中国学术名著丛书

傅斯年

诗经讲义

吉林出版集团股份有限公司

图书在版编目（CIP）数据

傅斯年 诗经讲义 / 傅斯年著. —— 长春：吉林出版集团股份有限公司，2017.2（2022.2重印）

（中国学术名著丛书 / 杜贞霞主编）

ISBN 978-7-5581-1898-2

Ⅰ.①傅… Ⅱ.①傅… Ⅲ.①《诗经》—诗歌研究 Ⅳ.① I207.222

中国版本图书馆 CIP 数据核字（2016）第 297637 号

傅斯年 诗经讲义

著　　者	傅斯年
出版策划	杜贞霞
责任编辑	王　平
封面设计	映象视觉
开　　本	710mm×1000mm　1/16
字　　数	223 千
印　　张	15.5
版　　次	2017 年 6 月第 1 版
印　　次	2022 年 2 月第 2 次印刷

出版发行　吉林出版集团股份有限公司
电　　话　总编办：010-63109269
　　　　　发行部：010-63109269
印　　刷　众鑫旺（天津）印务有限公司

ISBN 978-7-5581-1898-2　　　　　　定价：49.80 元

版权所有　　侵权必究

目 录

傅斯年　诗经讲义

叙　语 / 3

泛论《诗经》学 / 5

《周颂》/ 17

《大雅》/ 39

《小雅》/ 44

《鲁颂》、《商颂》述 / 50

《国风》/ 59

《国风》分叙 / 65

《诗》时代 / 79

《诗》地理图 / 82

《诗》之影响 / 83

论所谓"讽" / 85

《诗三百》之文辞 / 92

胡朴安　诗经学

绪　论 / 115
命　名 / 118
原　始 / 121
作诗采诗删诗 / 124
大序小序 / 128
六　义 / 140
四　始 / 148
诗　乐 / 154
诗　谱 / 161
三家诗 / 169
读诗法 / 175
春秋时之赋诗及群籍之引诗 / 180
两汉诗经学 / 185
三国南北朝隋唐诗经学 / 189
宋元明诗经学 / 192
清代诗经学 / 196
诗经之文字学 / 200
诗经之文章学 / 211
诗经之礼教学 / 220
诗经之史地学 / 228
诗经之博物学 / 236
研究诗经学之书目 / 238

傅斯年 诗经讲义

叙 语

下列关涉《诗经》之讲义十二篇，大体写就于民国十七年十二月，其《周颂》一篇，十一月所写，论文辞之一节，次年一月所补也。日中无暇，每晚十一时动笔写之，一日之劳，已感倦怠，日之夕矣，乃须抽思，故文辞不遑修饰，思想偶涉枝节。讲义之用本以代言，事既同于谈话，理无取乎断饰，则文言白话参差不齐之语，疏说校订交错无分之章，聊借此意自解而已。其中颇有新义，深愧语焉不详，此实初稿，将随时删定，一年之后，此时面目最好无一存也。此为论经之上卷，所敷陈诸题多为叙录《诗经》而设，中卷将专论语言文字中事，下卷则谈《诗经》旁涉所及之问题，均非今年所能写就。若所写就者，幸同学匡其失正其误也。

"诗三百篇"自是一代文辞之盛，抑之者以为不过椎轮，扬之者以为超越李、杜，皆非其实。文学无所谓进步，成一种有机体之发展则有之。故一诗之美，可以超脱时间，并非后来居上；而一体之成，由少而壮，既壮则老，文学亦不免此形役也。《诗经》之辞，有可以奕年永世者，《诗经》之体，乃不若五言七言之盛，则亦时代为之耳。欣赏之盛，尽随主观，鸠摩罗什有言，嚼饭与人，乃令呕哕。故讲习《诗经》最宜致力者，为文字语言之事，兹编未之及，留待中卷，以此事繁博非短时整理所能得其条贯。若论文辞一节，应人之请强为主观之事作解说，恐去讲章无几，删之亦可也。

《中国古代文学史讲义稿》拟目中三节涉及《诗经》者（第二篇四、五、八），即以此卷代之。此卷所论为叙录《诗经》，文学史中所应述说，理非二事，故不别作。

十八年一月二十日写记

泛论《诗经》学

《诗经》是古代传流下来的一个绝好宝贝,他的文学的价值有些顶超越的质素。自晋人以来纯粹欣赏他的文辞的颇多,但由古到今,关于他的议论非常复杂,我们在自己动手研究他以前,且看两千多年中议论他的大体上有多少类,那些意见可以供我们自己研究时参考?

春秋时人对于诗的观念:《诗三百》中最后的诗所论事有到宋襄公者,在《商颂》;有到陈灵公者,在《陈风》;若"胡为乎株林从夏南"为后人之歌,则这篇诗尤后,几乎过了春秋中期,到后期啦。最早的诗不容易分别出,《周颂》中无韵者大约甚早,但《周颂》断不是全部分早,里边有"自彼成康奄有四方"的话。传说则《时迈》、《武》、《桓》、《赉》诸篇都是武王克商后周文公作(《国语》、《左传》),但这样传说,和奚斯作《鲁颂》,正考父作《商颂》,都靠不住;不过《雅》、《颂》中总有不少西周的东西,其中也许有几篇很早的罢了。风一种体裁是很难断定时代的,因为民间歌词可以流传很久,经好多变化,才著竹帛:譬如现在人所写下的歌谣,许多是很长久的物事,只是写下的事在后罢了。《豳风·七月》是一篇封建制度下农民的岁歌,这样传来传去的东西都是最难断定他的源流的。《风》中一切情诗,有些或可考时代者,无非在语言和称谓的分别之中,但语言之记录或经后人改写(如"吾车既工"之吾改为我,石鼓文可证,吾、我两字大有别）。称谓之差别又没有别的同时书可以参映，而亚当夏娃以来的故事和情感，又不是分甚么周汉唐宋的，所以这些东西的时代岂不太难断定吗？不过《国风》中除《豳》、《南》以外所举人名都是春秋时人，大约总是春秋时诗最多，若列国之分，乃反用些殷代周初的名称，如邶、鄘、卫、唐等名，则辞虽甚后，而各国风之自为其风必有甚早的历史了。约而言之，《诗三百》之时代一部分在西周之下半，一部分在春秋之初期中期。这话至少目前可以如此假定。那么，如果春秋时遗文尚多可见者，则这些事不难考定，可惜记春秋时书只有《国语》一部宝贝，而这个宝贝不幸又到汉末为人割裂成两部书，添了许多有意作伪的东西，以致我们现在不得随便使用。但我们现在若求知《诗》在春秋时的作用，还不能不靠这部书，只是在用他的材料时要留心罢了。我想，有这样一个标准可以供我们引《左传》、《国语》中论《诗》材料之用：凡《左传》、《国语》和毛义相合者，置之，怕得是他们中间有狼狈作用，是西汉末治古文学者所加所改的；凡《左传》、《国语》和毛义不合者便是很有价值的材料，因为这显然不是治古文学者所加，而是幸免于被人改削的旧材料。我们读古书之难，难在真假混着，真书中有假材料，例如《史记》；假书中有真材料，例如《周礼》；真书中有假面目，例如《左传》、《国语》；假书中有真面目，例如东晋伪《古文尚书》。正若世事之难，难在好人坏人非常难分，"泾以渭浊"，论世读书从此麻烦。言归正传，拿着《左传》、《国语》的材料求《诗》在春秋时之用，现在未作此工夫不能预断有几多结果，但凭一时记忆所及，《左传》中引《诗》之用已和《论语》中《诗》之用不两样了。

一、《诗》是列国士大夫所习，以成词令之有文；二、《诗》是所谓"君子"所修养，以为知人论世议政述风之资。

说到《诗》和孔丘的关系，第一便要问"孔丘究竟删《诗》不？"说删《诗》最明白者是《史记》："古者《诗》三千余篇，及至孔子，去其重，取可施于礼义，上采契后稷，中述殷周之盛，至幽厉之缺，始于衽席，三百五篇，孔子皆弦歌之，以求合《韶》、《武》、《雅》、

《颂》之音，礼乐自此可得而述。"这话和《论语》本身显然不合。"诗三百"一辞，《论语》中数见，则此词在当时已经是现成名词了。如果删《诗》三千以为三百是孔子的事，孔子不便把这个名词用得这么现成。且看《论语》所引《诗》和今所见只有小异。不会当时有三千之多，遑有删《诗》之说，《论语》、《孟》、《荀》书中俱不见，若孔子删《诗》的话，郑卫桑间如何还能在其中？所以太史公此言，当是汉儒造作之论。现在把《论语》中论《诗》引《诗》的话抄在下面。

《学而》

1　子贡曰："贫而无谄，富而无骄，何如？"子曰："可也，未若贫而乐。富而好礼者也。"

子贡曰："《诗》云'如切如磋，如琢如磨'，其斯之谓与？"子曰："赐也，始可与言《诗》已矣，告诸往而知来者。"

《为政》

2　子曰："《诗》三百，一言以蔽之。曰，思无邪。"

《八佾》

3　三家者，以雍彻，子曰："'相维辟公，天子穆穆'，奚取于三家之堂？"

4　子夏问曰："'巧笑倩兮，美目盼兮，素以为绚兮'何谓也？"子曰："绘事后素。"

曰："礼后乎？"子曰："起予者商也，始可与言《诗》已矣。"

5　子曰："《关雎》乐而不淫，哀而不伤。"

6　子谓《韶》尽美矣，又尽善也；谓《武》尽美矣，未尽善也。

《泰伯》

7 曾子有疾，召门弟子曰："启予足，启予手。《诗》云'战战兢兢，如临深渊，如履薄冰。'而今而后，吾知免夫，小子！"

8 子曰："兴于《诗》，立于礼，成于乐。"

9 子曰："师挚之始，《关雎》之乱，洋洋乎盈耳哉！"

《子罕》

10 子曰："吾自卫反鲁，然后乐正，《雅》、《颂》各得其所。"

11 "唐棣之华，偏其反而。岂不尔思？室是远而！"子曰："未之思也，夫何远之有？"

《先进》

12 南容三复白圭，孔子以其兄之子妻之。

《子路》

13 子曰："诵《诗三百》。授之以政，不达；使于四方，不能专对：虽多，亦奚以为！"

《卫灵公》

14 颜渊问为邦。子曰："行夏之时，乘殷之辂，服周之冕，乐则《韶》舞。放郑声，远佞人；郑声淫，佞人殆。"

《季氏》

15 齐景公有马千驷，死之日，民无德而称焉。伯夷、叔

齐饿于首阳之下，民到于今称之。"诚不以富，亦祇以异，"其斯之谓与？（此处朱注所校定之错简）

16　陈亢问于伯鱼曰："子亦有异闻乎"？对曰："未也，尝独立，鲤趋而过庭，曰：'学《诗》乎？'对曰：'未也。''不学《诗》无以言！'鲤退而学《诗》。他日，又独立，鲤趋而过庭，曰：'学礼乎？'对曰：'未也。''不学礼无以立！'鲤退而学礼。闻斯二者。"

《阳货》

17　子曰："小子何莫学夫《诗》？《诗》可以兴，可以观，可以群，可以怨。迩之事父，远之事君。多识于鸟兽草木之名。"

18　子谓伯鱼曰："女为《周南》、《召南》矣乎？人而不为《周南》、《召南》，其犹正墙面而立也与？"

19　子曰："恶紫之夺朱也，恶郑声之乱雅乐也，恶利口之覆邦家者！"

20　子所雅言，《诗》、《书》执礼，皆雅言也。

从此文我们可以归纳出下列几层意思：

一、以《诗》学为修养之用；

二、以《诗》学为言辞之用；

三、以《诗》学为从政之用，以《诗》学为识人论世之印证；

四、由《诗》引兴，别成会悟；

五、对《诗》有道德化的要求，故既曰"思无邪"，又曰"放郑声"；

六、孔子于乐颇有相当的制作，于《诗》虽曰放郑声，郑声却在《三百篇》中。

以《诗三百》为修养，为辞令，是孔子对于《诗》的观念。大约孔子前若干年，《诗三百》已经从各方集合在一起，成当时一般的教育。孔子曾编过里面的《雅》、《颂》，（不知专指乐或并指文，亦不知今见《雅》、《颂》之次序有无孔子动手处），却不曾达到《诗三百》中放郑声的要求。

一、西汉《诗》学

从孟子起，《诗经》超过了孔子的"小学教育"而入儒家的政治哲学。孟子说："王者之迹熄而《诗》亡，《诗》亡然后《春秋》作。"这简直是汉初年儒者的话了。孟子论《诗》甚泰甚侈，全不是学《诗》以为言，以为兴，又比附上些历史事件，并不合实在，如"戎狄是膺，荆舒是惩"附合到周公身上。这种风气战国汉初人极多，《三百篇》诗作者找出了好多人来，如周公、奚斯、正考父等，今可于《吕览》、《礼记》汉经说遗文中求之。于是，一部绝美的文学书成了一部庞大的伦理学。汉初《诗》分三家，《鲁诗》自鲁申公，《齐诗》自齐辕固生，《韩诗》自燕太傅韩婴，而《鲁诗》、《齐诗》尤为显学。《鲁诗》要义有所谓四始者，太史公曰："《关雎》之乱以为《风》始，《鹿鸣》为《小雅》始，《文王》为《大雅》始，《清庙》为《颂》始。"又以《关雎》、《鹿鸣》都为刺诗，太史公曰："周道缺，诗人本之衽席，《关雎》作；仁义凌迟，《鹿鸣》刺焉。"其后竟以《三百篇》当谏书。这虽于解《诗》上甚荒谬，然可使《诗经》因此不佚。《齐诗》、《韩诗》在释经上恐没有大异于《鲁诗》处，三家之异当在引经文以释政治伦理。齐学宗旨本异鲁学，甚杂五行，故《齐诗》有五际之论。《韩诗》大约去泰去甚，而于经文颇有确见，如殷武之指宋襄公，即宋代人依《史记》从《韩诗》，以恢复之者。今以近人所辑、齐、鲁、韩各家说看去，大约齐多侈言，韩能收敛，鲁介二者之间，然皆是与伏生《书》、《公羊春秋》相印证，以造成汉博士之政治哲学者。

二、《毛诗》

　　《毛诗》起于西汉晚年，通达于王莽，盛行于东汉，成就于《郑笺》；从此三家衰微，毛遂为《诗》学之专宗。毛之所以战胜三家者，原因甚多，不尽由于宫廷之偏好和政治之力量去培植他。第一，申公、辕固生虽行品为开代宗师，然总是政治的哲学太重，解《诗》义未必尽惬人心，而三家博士随时抑扬，一切非常异义可怪之论必甚多，虽可动听一时，久远未免为人所厌。而《齐诗》杂五行，作佟论，恐怕有识解者更不信他。则汉末出了一个比较上算是去泰去甚的《诗》学，解《诗》义多，作空谈少，也许是一个"应运而生"者。第二，一套古文经出来，《周礼》、《左氏》动荡一时，造来和他们互相发明的《毛诗》，更可借古文学一般的势力去伸张。凡为《左传》文词所动周官系统所吸者，不由不在《诗》学上信毛舍三家。第三，东汉大儒舍家学而就通学，三家之孤陋寡闻，更诚然敌不过刘子骏天才的制作，王莽百多个博士的搜罗；于是三家之分三家，不能归一处，便给东京通学一个爱好《毛诗》的机会。郑康成《礼》学压倒一时，于《诗》取毛，以他的礼学润色之，《毛诗》便借了郑氏之系统经学而造成根据，经魏晋六朝直到唐代，成了唯一的《诗》学了。

　　《毛诗》起源很不明显，子夏、荀卿之传授，全是假话。大约是武帝后一个治三家《诗》而未能显达者造作的，想闹着立学官（分家立博士，大开利禄之源，引起这些造作不少，尤其在《书》学中多）。其初没有人采他，刘子骏以多闻多见，多才多艺，想推翻十四博士的经学，遂把他拿来利用了。加上些和从《国语》中搜出来造作成的《左传》相印证的话，加上些和《诗》本文意思相近的话，以折三家，才成动人听闻的一家之学。试看《毛传》、《毛序》里边有些极不通极陋的话，如"不显显也"，"不时时也"之类，同时又有些甚清楚甚能见闻杂博的话，其非出于同在一等的人才之手可知。现在三家遗说不能存千百于十一，我们没法比较《毛诗》对于三家总改革了多少，然就所得见的传说论，《毛诗》有些地方去三家之泰甚，又有些地方，颇能就《诗》的本文作义，不若三家全凭臆造。所以《毛诗》在历史的意义上是作伪，在《诗》学的意义上是进步；《毛诗》虽出身不高，来路不明，然颇有自奋出来的点东西。

三、宋代《诗》学

经学到了六朝人的义疏，唐人的正义，实在比八股时代的高头讲章差不多了，实在不比明人大全之学高明了。自古学在北宋复兴后，人们很能放胆想去，一切传说中的不通，每不能逃过宋人的眼。欧阳永叔实是一个大发难端的人，他在史学、文学和经学上一面发达些很旧的观点，一面引进了很多新观点，摇动后人（别详）。他开始不信《诗序》。北宋末几朝已经很多人在那里论《诗序》的价值和诗义的折中了。但迂儒如程子反把《毛诗序》抬得更高，而王荆公谓诗人自己作叙。直到郑夹漈所叙之论得一圆满的否定，颠覆了自郑玄以来的传统。朱紫阳做了一部《诗集传》，更能发挥这个新义，拿着《诗经》的本文去解释新义，于是一切不通之美刺说扫地以尽，而《国风》之为风，因以大明。紫阳书实是一部集成书，韵取吴才老叶韵之说，叶韵自陈、顾以来的眼光看去，实在是可笑了，但在古韵观念未出之前，这正是古韵观念一个胎形。训诂多采毛、郑兼及三家遗文，而又通于《礼》学（看王伯厚论他的话）。其以赋比兴三体散入虽系创见，却实不外《毛诗》独标兴体之义。紫阳被人骂最大者是由于这一部书，理学、汉学一齐攻之，然这部书却是文公在经学上最大一个贡献，拿着本文解诗义，一些陋说不能附会，而文学的作用赤裸裸的重露出来。只可惜文公仍是道学，看出这些《诗》的作用来，却把这些情诗呼作淫奔，又只敢这样子对付所谓变《风》，不敢这样子对付大小《雅》、《周南》、《召南》、《豳风》，走得最是的路，偏又不敢尽量的走去，这也是时代为之，不足大怪。现在我们就朱彝尊的《经义考》看去，已经可以觉得宋朝人经学思想之解放，眼光之明锐，自然一切亡论谬说层出不穷，然跳梁狐鸣，其中也有可以创业重统者。（文公对于文学的观念每每非常透彻，如他论《楚辞》、陶诗、李、杜诗常有很精辟的话，不仅说《三百篇》有创见）

又宋代人因不安于《毛诗》学，博学者遂搜罗三家遗说。例如罗泌不是一个能考六艺的人，然他发挥《商颂》为《宋颂》，《殷武》为颂襄公，本之《韩诗》（《韩诗》最后佚），而能得确证。宋末有一伟大的学者王伯厚，开近代三百年朴学之源，现在试把《玉海》附刻各经及《困学纪闻》等一看，已经全是顾亭林、阎百诗以来所做的题目。他在《诗经》学上有《诗考》，考四家诗；有《诗地理考》，已不凭借《郑谱》。虽然搜罗不多，但创始的困难每每这样子的。这实在都是《诗》学上最大的题目，比起清儒拘《郑笺》、拘《毛传》者，他真能见其大处。

四、明季以来的《诗》学

明季以来《诗》学最大的贡献是古韵和训诂两事，这都是语言学上的事，若在《诗》之作用上反而泥古，不及宋人。陈季立（第）顾宁人（炎武）始为系统的古韵学，以后各家继起，自成一统系者十人以上，而江、戴、孔、段、王发明独多。训诂方而，专治《诗》训诂者如陈奂、马瑞辰、胡承珙诸家，在训诂学第二流人物中；其疏通诸经以成训诂公谊者，如惠、戴、段、二王、郝、俞、章等，不以《诗》学专门，而在诸经学之贡献独大。但谈古音的人每不能审音，又少充分的认识方言之差别，聚周代汉初之韵以为一事，其结果分类之外，不能指实；而训诂学亦以受音韵学发达之限制，未能建立出一个有本有源的系统来。这是待从今以后的人，用新材料，借新观点去制造的。话虽这样，清代人对于《诗经》中训诂的贡献是极大的，至于名物礼制，既有的材料太紊乱，新得的材料又不多，所以聚讼去，聚讼来，总不得结论。

从孔巽轩、庄存与诸君发挥公羊学后，今文经学一时震荡全国，今文经学家之治《诗》者，不幸不是那位学博识锐的刘申受，而是那位志大才疏的魏默深。魏氏根本是个文士，好谈功名，考证之学不合他的性质。他做《诗古微》，只是要发挥他所见的齐、鲁、韩《诗》论而已，这去客观《诗》学远着多呢！陈恭甫（寿祺）、朴园（乔枞）父子收集了极多好材料，但尚未整理出头绪来，这些材料都是供我们用的。

五、我们怎样研究《诗经》

我们去研究《诗经》应当有三个态度，一、欣赏他的文辞；二、拿他当一堆极有价值的历史材料去整理；三、拿他当一部极有价值的古代言语学材料书。但欣赏文辞之先，总要先去搜寻他究竟是怎样一部书，所以言语学、考证学的工夫乃是基本工夫。我们承受近代大师给我们训诂学上的解决，充分的用朱文公等就本文以求本义之态度，于《毛序》、《毛传》、《郑笺》中寻求今本《诗经》之原始，于三家《诗》之遗说、遗文中得知早年《诗经》学之面目，探出些有价值的早年传说来，而一切以文本为断，只拿他当做古代留遗的文词，既不涉伦理，也不谈政治，这样似乎才可以济事。约之为纲如下：

一、先在《诗》本文中求《诗》义。

二、一切传说自《左传》、《论语》起，不管三家《毛诗》，或宋儒、近儒说，均须以本文折之。其与本文合者，从之；不合者，舍之；暂若不相干者，存之。

三、声音、训诂、语词、名物之学，继近儒之工作而努力，以求奠《诗经》学之真根基。

四、礼乐制度，因《仪礼》、《礼记》、《周礼》等书，现在全未以科学方法整理过，诸子传说，亦未分析清楚，此等题目目下少谈为妙，留待后来。

匆匆拟《诗经》研究题目十事，备诸君有意作此工作者留意。

一、古代《诗》异文辑

宋刻本异文，诸家校勘记已详；石经异文，亦若考尽；四家异文，陈氏父子所辑略尽；然经传引《诗经》处，参差最多，此乃最有价值之参差，但目下尚无辑之者。又汉儒写经，多以当时书改之，而古文学又属"向壁虚造"，若能据金石刻文校出若干原字，乃一最佳之工作。例如今本《小雅》中"我车既攻"，石鼓文作"吾车既攻"，吾、我两字作用全不同，胡珂各有考证。而工字加了偏旁。汉儒加偏旁以分字，所分未必是，故依之每致误会。

二、三家《诗》通谊说

三家《诗》正如《公羊春秋》，乃系统的政治伦理学，如不寻其通谊，如孔、庄诸君出于公羊学，便不得知三家《诗》在汉世之作用。陈恭甫父子所辑材料，既可备用，参以汉时政刑礼乐之论，容可得其一二纲领，这是经学史上一大题目。魏默深在此题中之工作，粗疏主观，多不足据。

三、毛《诗》说旁证

依《毛诗》为注者，多为《毛序》、《毛传》、《郑笺》考信，此是家法之陋，非我等今日客观以治历史语言材料之术。毛氏说如何与古文经若《左传》、《周礼》、《尔雅》等印证，寻其端绪之后，或可定《毛诗》如何成立，古文学在汉末新朝如何演成。我等今日岂可再为"毛、郑功臣"？然后代经学史之大题，颇可为研究之科目。

四、宋代论《诗》新说述类

宋代新《诗》说有极精辟者，清儒不逮，删《诗序》诸说，风义刺义诸论，能见其大。若将自欧阳永叔以来之说辑之，必更有胜义，可以拾检，而宋人思想亦可暂得其一部。

五、毛公独标兴体说

六诗之说，纯是《周官》作祟，举不相涉之六事，合成之以成秦汉之神圣数（始皇始改数用六）。赋当即屈、宋、荀、陆之赋，比当即辩（章太炎君说），若兴乃所谓起兴，以原调中现成的开头一两句为起兴，其下乃是新辞，汉乐府至现代歌谣均仍存此体，顾颉刚先生曾为一论甚精。今可取《毛传》所标兴体与后代文词校之，当得见此体之作用。

六、证《诗三百篇》中有无方言的差别？如有之，其差别若何？

历来论古昔者，不以方音为观点之一，故每混乱。我们现在有珂罗倔伦君整理出来的一部《广韵》，有若干名家整理的《诗经》韵，两个中间差一千年；若就扬子云《方言》为其中间之阶，看《诗经》用韵有循列国方言为变化者否？此功若成，所得必大。

七、《诗》地理考证补

王伯厚考《诗》地理，所据不丰；然我等今日工作，所据材料较前多矣，必有增于前人之功者。《诗》学最大题目为地理与时代，康成见及此，故作《诗谱》，其叙云："欲知源流清浊之所处，则其上下而有之（此以国别）；欲知风化芳臭气泽之所及，则旁行而观之（此以时分）。此《诗》之大纲也。举一纲而万目张，解一卷而众篇明。"先生之志则大矣，先生之结果则不可。康成实不知地理，不能考时代，此乃我等今日之工作耳。从《水经注》入手，当是善法，丁山先生云。

八、《诗经》中语词研究

《诗经》中语词最有研究之价值，然王氏父子但知其合，不求其分。如语词之"言"，有在动词上者，有在动词下者，有与其他语词合者。如证其如何分，乃知其如何用。

九、《诗》中成语研究

即海宁王静安氏所举之题。《诗》中成语多，如"亦孔子""不显"（即丕显）等。但就单词释诂训者，所失多矣。

《诗》中晦语研究

《诗》中有若干字至今尚全未得其着落者，如时字之在"时夏""时周""不时"，及《论语》之"时哉时哉"，此与时常训全不相干，当含美善之义，而不得其确切。读《诗》时宜随时记下，以备考核。

十、抄出《诗》三百五篇中史料

《书经》是史而多诬，《诗经》非史而包含史之真材料，如尽抄出之，必可资考定。

《周颂》

《周颂》大致分两类：一、无韵的，二、有韵的。无韵的如《清庙》、《维天之命》、《维清》（此篇之祯字本祺字，故亦非韵）、《昊天有成命》、《时迈》、《武》、《赉》、《般》皆是，半无韵的如《我将》、《桓》是，此外都是有韵的。这些无韵、半无韵的，文辞体裁和有韵的绝然不同，有韵的中间很多近于《大雅》、《小雅》的，若这些无韵的乃是《诗三百》中孤伶仃的一类。大约这是《诗经》中最早的成分了。《国语》以其中之《时迈》为周文公作，大约不对，《昊天有成命》一篇已出来了成王。但这些和那些有韵的《周颂》及《大疋》总要差着些时期。近写《〈周颂〉说》一篇，即取以代讲义。

《周颂》说（附论鲁、南两地与《诗》、《书》之来源）

凡是一种可以流行在民间的文学，每每可以保存长久，因为若果一处丧失了，别处还可保存；写下的尽丧失了，口中还可保存。所以有些并没有文字的民族，他的文学，每每流传好几百年下去，再书写下来，其间并不至于遗失。至于那些不能在民间流行的文字，例如藏在政府的，仅仅行于一个阶级中的，一经政治的剧烈变化，每每丧失得剩不下甚么。这层事实很明显，不用举例。照这层意思看《诗》、《书》，

《诗》应比《书》的保存可能性大。若专就《诗》论，我们也当觉得最不容易受政治大变动而消失或散乱者，是《国风》；最容易受政治大变动而消失或散乱者，是《颂》。诚然不错，在口中流传并不著于竹帛之文词，容易改变，但难得因一个政治大变化丧失得干净；若保存在官府的事物，流动改变固难，一下子掉了却很容易。《周书》、《周诗》现在的样子好不奇怪！《周书》出于伏生者，只有号为武王伐纣的两篇，即《牧誓》、《洪范》，和关于周公的十多篇，从《金縢》到《立政》，成王终康王即位的二篇，以下还只有涉及甫侯的一篇是西周，此外皆东周了。何以周公的分量占这么大？宗周百年中《书》的分配这么不平均？再看《周诗》，《大疋》、《小疋》、《颂》中两个大题目是颂美文武，称道南国，二《南》更不必说，何以南国的分量占这么多？宗周百年中《诗》的分配这么不平均？这都不能没有缘故吧？或者宗周的《诗》、《书》经政治的大变动而大亡佚，在南、鲁两处，文之守献之存独多些，故现在我们看见《诗》、《书》显出这个面目来？

现在且就《周颂》说。《周颂》有两件在《诗经》各篇中较不同的事：一、不尽用韵，二、不分章。王静安君以此两事为颂声之缓，皆揣想之词，无证据可言。且《鲁颂》有摹《周颂》处，《商颂》（实《宋颂》）更有摹《鲁颂》、《周颂》处。《鲁颂》、《商颂》皆用韵，是"颂"之一体可韵可不韵。大约韵之在诗中发达，由少到多。《周颂》最先，故少韵；《鲁颂》、《商颂》甚后，用韵一事乃普遍，便和《风》、《疋》没有分别了。又《鲁颂》、《商颂》皆分章，且甚整齐，如《大疋》、《小疋》；是《周颂》之不分章，恐另有一番缘故。若如王君声缓之说，《鲁颂》、《商颂》之长又要怎么办？王君意在驳仪征阮君之释《颂》义，所以把这两事这样解了，其实阮君释《颂》不特"本义至确"（王君语），即他谓三《颂》各章皆是舞容，亦甚是。王君之四证中，三证皆悬想，无事实；一证引《燕礼记》、《大射仪》，也不是证据，只是凭着推论去，拿他所谓礼文之繁证其声缓。《仪礼》各仪因说得每每最繁，不止于这一事，且由礼繁亦不能断其声缓，盖《时迈》一章奏时无论如何缓，难得延长三十四节，若必有这么一回事，必是夹在中间，或首末奏之。又由声缓亦不能断定他不属于舞诗。阮君把《颂》皆看做舞诗，我们现在虽不能篇篇找到他是舞诗之证据，但以阮君解释之透彻，在我们得不到相反的证据时，我们不便不从他。因为颂字即是容字，舞乃有容，乐并无容，何缘最早之颂即出于本义之外？所以若从阮君释《颂》之义，便应从阮君释《颂》之用，两件事本是一件事，至少在《周颂》中，即颂体之开始中，不应有"觚不觚"之感。现在细看《周颂》，实和《大疋》不同，《大疋》多叙述，《周颂》只是些发扬蹈厉之言，只到《鲁颂》、《商颂》才有像《大雅》的。金奏可以叙述，舞容必取蹈厉。若是《周颂》和《大疋》在用处上没有一个根本的分别，断乎不会有这现象的。

《周颂》在用韵上和鲁、商两《颂》的分别应该由于先后的不同，《周颂》在词语上和《大疋》的分别应该由于用处的不同，若《周颂》的不分章又该是由于甚么缘故呢？我想《周颂》并非不分章。自汉以来所见其所以不分章者，乃是旧章乱了，传经者整齐不来，所以才有现在这一面目。有三证：《左传·宣十二年》楚子曰："武王克商，作颂曰：'载戢干戈，载櫜弓矢，我求懿德，肆于时夏，允王保之。'又作《武》，其卒章曰：'耆定尔功。'其三曰：'敷时绎思，我徂维求定。'其六曰：'绥万邦，屡丰年。'"我们用《左传》证《诗》有个大危险，即《左传》之由《国语》出来本是西汉晚年的事，作这一番工作者，即是作古《礼》、《古文尚书》、《毛诗》、《周官》之说者，其有意把他们互相沟通，自是当然。但《国语》原书中当然有些论《诗》、《书》的，未必于一成《左传》之后，一律改完，所以凡《左传》和《毛诗》、《周官》等相发明者，应该不取，因为这许是后来有意造作加入的材料；凡《左传》和《毛诗》、《周官》等相异或竟相反者，应该必取，因为这当是原有的成分，经改乱而未失落的。《宣十二年》这一段话和毛义不同，这当然不是后来造作以散入者。这一段指明《武》之卒章、三章、六章，此是一证。现在看《周颂》各篇文义，都像不完全的，《闵予小子》、《访落》、《敬之》、《小毖》或及《烈文》合起来像一事，合起来才和《顾命》所说的情节相合，此种嗣王践阼之仪，不应零碎如现在所见《周颂》本各章独立的样子。又《载芟》、《良耜》、《丝衣》三篇也像一事，《载芟》是耕耘，《良耜》乃收获，《丝衣》则收获后燕享。三篇合起有如《七月》，《丝衣》一章恰像《七月》之乱，不过《七月》是民歌，此应是稷田之舞。又《清庙》以下数章，尤其现出不完全的样子，只是他们应该如何凑起来，颇不易寻到端绪。此是二证。《鲁颂》、《商颂》虽然有演变，然究竟应该是继续《周颂》者，果然《鲁颂》、《商颂》无不是长篇者，若把他们也弄得散乱了，便恰是现在所见《周颂》的面目。此是三证。外证有《左传·宣十二年》所记，内证有文义上之当然，旁证有《鲁颂》之体裁，则《周颂》之本来分章，当无疑问。舞为事节最繁者，节多则章亦应多，乃反比金奏为短，不分章节，似乎没有这个道理。至于在《诗三百》中《周颂》何以独零乱得失了节章，当因《颂》只是保存于朝廷的，不是能"下于大夫"的，一朝国家亡乱，或政治衰败，都可散失的。《国风》固全和这事相反，即《大雅》、《小雅》也不像这样专靠朝廷保存他的面目的。

　　如上所说，《周颂》不分章由于旧章已乱，传他的人没法再分出来，然则我们现在在《周颂》中可能找出几件东西的头绪来？可能知道现在三十一章原来是些甚么东西零乱成的？答曰：《周颂》零乱了，可以有三件事发生：一、错乱，即句中之错乱，及不同在一章之句之错乱；二、次序之颠倒；三、章节之亡失。孟子引《诗》，"立我烝民，莫匪尔极"之下，尚有"不识不知，顺帝之则"，今此语见《大疋·思文》篇中，"莫匪尔极"下乃"贻我来牟，帝命率育"两句，不知谁是错乱者，或俱是经过错乱的。《宣十二年传》，《武》之三章有"敷时绎思，我徂惟求定"，《武》之六章有"绥万邦，屡丰年"，今《桓》在《赉》之前。至于各章不尽在三十一章别有遗失，恐怕更不能免的了。所以若求在这三十一章中寻出几个整篇来，是做不到的。但究竟是哪些篇杂错在这三十一章中，还有几个端绪可寻。

其一曰《肆夏》。《左传·宣十二年》："武王克商，作《颂》曰：'载戢干戈，载櫜弓矢。我求懿德，肆于时夏，允王保之。'"今在《时迈》，他章无可考。后来乐名《夏》或《大夏》者，恐是由此名流演。

其二曰《武》，或曰《大武》。《左传·宣十二年》记其卒章、三章、六章中语，今在《武》、《赉》、《桓》三章中，他章无可考。据《左传·宣十二年》语，《武》乃克殷后作，所纪念者为武成之义，故庄王于此推论出《武》之七德来——禁暴、戢兵、保大、定功、安民、和众、丰财。《武》为儒者所称道，在儒家的礼乐及政治的理论中据甚高的地位。王静安君据《乐记》所记之舞容，从《毛诗》之次叙，把《大武》六章作成一表，其说实无证据，现在先录其表如下：

	一成	再成	三成	四成	五成	六成
所象之事	北出	灭商		南国是疆	分周公左召公右	复缀以崇
舞容	总干山立	发扬蹈厉			分夹而进	武乱皆坐
舞诗篇名	《武宿夜》	《武》	《酌》	《桓》	《赉》	《般》
舞诗	昊天有成命，二后受之。成王不敢康，夙夜基命宥密。於缉熙，单厥心，肆其靖之。	於皇武王，无竞维烈。允文文王，克开厥后。嗣武受之，殷胜遏刘，耆定尔功。	於铄王师，遵养时晦。时纯熙矣，是用大介。我龙受之，蹻蹻王之造。载用有嗣，实维尔公允师。	绥万邦，屡丰年，天命匪解。桓桓武王，保有厥土，于以四方，克定厥家。於昭于天，皇以间之。	文王既勤止，我膺受之。敷时绎思，我徂维求定。时周之命。於绎思！	於皇时周，陟其高山，嶞山乔岳，允犹翕河，敷天之下，裒时之对，时周之命。

他事不必论，即就舞容与舞诗比较一看，无一成合者，王君于六成之数每成之容，是从《乐记》的，于次叙是后《毛诗》的，但《毛

诗》、《周颂》之次叙如可从，何以王君明指之六篇别在三处，相隔极远？故《毛诗》次序如可从，王说即不成立，《乐记》的话如可据，则《武》之原样作《乐记》者已不可闻，他明明白白说："有司失其传。"现在抄下《乐记》此一节语，一览即知其不可据。

宾牟贾侍坐于孔子，孔子与之言及乐，曰："夫《武》之备戒之已久，何也？"对曰："病不得其众也。"（《武》谓周舞也，备戒击鼓警众，病犹忧也，以不得众心为忧，忧其难也。）"咏叹之，淫液之，何也？"对曰："恐不逮事也。"（咏叹、淫液，歌迟之也。逮，及也。事，戎事也。）"发扬蹈厉之已蚤，何也？"对曰："及时事也。"（时至《武》，事当施也。）"《武》坐致右，宪左，何也？"对曰："非《武》坐也。"（言《武》之事无坐也。致，谓膝至地也。宪，读为轩，声之误。）"声淫及商，何也？"对曰："非《武》音也。"（言《武》歌在正其军，不贪商也。时人或说其义为贪商也。）子曰："若非《武》音，则何音也？"对曰："有司失其传也，若非有司失其传，则武王之志荒矣。"（有司，典乐者也。传，犹说也。荒，老耄也。言典乐者失其说也，而时人妄说也。《书》曰，王耄荒。）子曰："唯。丘之闻诸苌弘，亦若吾子之言也。"（苌弘，周大夫。）宾牟贾起，免席而请曰："夫《武》之备戒之已久，则既闻命矣，敢问迟之迟而又久，何也？"（迟之迟，谓久立于缀。）子曰："居，吾语汝。夫乐者，象成者也；总干而山立，武王之事也；发扬蹈厉，大公之志也；《武》乱皆坐，周召之治也。（居，犹安坐也。成，谓已成之事也。总干，持盾也。山立，犹正立也。象武王持盾正立待诸侯也。发扬蹈厉，所以象武时也。武舞，象战斗也。乱，谓失行列也。失行列则皆坐，象周公、召公以文止武也。）且夫《武》，始而北出，再成而灭商，三成而南，四成而南国是疆，五成而分，周公左，召公右，六成复缀以崇（成，犹奏也，每奏武曲一终为一成。始奏象观兵盟津时也，再奏象克殷时也，三奏象克殷有余力而反也，四奏象南方荆蛮之国复畔者服也，五奏象周公、召公分职而治也，六奏象兵还振旅也。复缀，反位止也。崇，充也。凡六奏以充武乐也。）天子。夹振之而驷伐，盛威于中国也。（夹振之者，王与大将夹舞者振铎以为节也。驷当为四，声之误也。武舞，战象也。每奏四伐，一击一刺为一伐。《牧誓》曰："今日之事，不过四伐五伐。"）分夹而进，事蚤济也；（分，犹部曲也。事，犹为也。济，成也。舞者各有部曲之列，象用兵务于早成也。）久立于缀，以待诸侯之至也。（象武王伐纣，待诸侯也。）且女独未闻牧野之语乎？（欲语以作武乐之意。）武王克殷反商，未及下车，而封黄帝之后于蓟，封帝尧之后于祝，封帝舜之后于陈；下车，而封夏后氏之后于杞，投殷之后于宋，封王子比干之墓，释箕子之囚，使之行商容而复其位。庶民弛政，庶士倍禄。济河而西，马散之华山之阳，而弗复乘；牛散之桃林之野，而弗复服；车甲衅而藏之府库，而弗复用；倒载干戈，包之以虎皮；将帅之士，使为诸侯，名之曰'建橐'。然后天下知武王之不复用兵也。（反商，当为及，字之误也。及商，谓至纣都也。牧誓曰："至于商郊，牧野。"封，谓故无土地者也。投，举徙之辞也。时武王封纣子武庚于殷墟，所徙者，微子也。后周公更封而大之。积土为封，封比干墓，崇贤也。行，犹视也；使箕子视商礼乐之官贤者所处，皆令反其居也。弛政，去其纣时苛政也。倍禄，复其纣时薄者也。散，犹放也。桃林，在华山傍。甲，铠也。衅，釁字也。兵甲之衣曰橐，键橐，言闭藏兵甲也。《诗》曰："载橐弓矢。"《春秋》传曰："垂橐而入。"《周礼》曰："橐之欲其约也。"蓟或为续，祝或为铸。）散军而郊射，左射《狸首》，右射《驺虞》，而贯革之射息也；裨冕，搢笏，而虎贲之士说剑也；祀乎明堂，而民知孝；朝觐，然后诸侯知所以臣；耕藉，然后诸侯知所以敬：五者天下之大教也。（郊射，为射宫于郊也。左，东学也，右，西学也。《狸首》、《驺虞》所以歌为节也。贯革，射穿甲革也。裨冕，衣裨衣而冠冕也。裨衣，衮之属也。搢，犹插也。贲，愤怒也。文王之庙为明堂制。耕藉，藉田也。）食三老五更于大学，天子袒而割牲，执酱而馈，执爵而酳，冕而总干，所以教诸侯之弟也。（三老五更，互言之耳，皆老人更知三德五事者也。冕而总干，亲在舞位也。周名大学曰东胶。）若此，则周道四达，礼乐交道，则夫《武》之迟久，不亦宜乎？"

此节明明是汉初儒者自己演习武舞之评语。《坶誓》虽比《周诰》像晚出，却还没有这一套战国晚年的话，后来竟说到"食三老五更于大学"，秦爵三老五更都出来了，则这一篇所述《武》容之叙，即使不全是空话，至少亦不过汉初年儒者之《武》。且里边所举各事，如"声淫及商"，可于《大疋》之《大明》、《荡》中求之；"发扬蹈厉，大公之志也"，在《大明》里；"北出"在《笃公刘》、《文王有声》里；"南国是式"在《崧高》里，其余词皆抽象，不难在《大疋》中寻其类似。这样的一篇《大武》，竟像一部《大雅》的集合，全不合《周颂》的文词了。大约汉初儒者做他的理想的《大武》，把《大疋》的意思或及文词拿进去，《乐记》所论就是这。不然，《武》为克殷之容，而"南国是式"，远在成康以后，何以也搬进去呢？

其三曰《勺》。现在《毛诗》里还有《酌》一篇。酌本即勺字之后文，犹祼之本作果，醴之本作豊，汉儒好加偏旁，义解反乱。《酌》篇即《勺》，历来法家用之，勺字见《仪礼·燕礼》"若舞则勺"，《礼记·内则》有"十三年学诵《诗》舞勺，成童舞象，学则御"，熊安生谓即《勺》篇。勺、韶两字在声音上古可通。勺与今在平声之韶同纽，与在去声之召小差，而此差只是由z到d，珂罗倔伦君证此差通例在古代无有。勺以K收声，韶以U，汉语及西洋语为例不少，珂罗倔伦君亦会证宵药等部乃去入之对转（见他所著《汉语分析字典序》），我们试看以勺为形声之字，多数在入，而约、钓、玓诸字在去声，约且在《广韵》与召同部。召与勺在声音上既可同源，我们现在可假设召、勺之分由方言出，因韶之错乱，而勺韶在后来遂为实有小异之名，盖同源异流，因流而变，而儒者不之知也。今先看古书中韶、勺相连处，《荀子·乐论》："舞《韶》歌《武》。"孔子时尚未以歌舞为《武》、《韶》之对待。（乐则韶舞四句，乃后人三代损益之说，决非《论语》旧文，别处详论之。）而后人谓《勺》乃但云舞，是舞韶者舞勺也。又《春秋繁露·质文篇》，以《勺》为周文公颂克殷之事，显见《勺》与《武》关系之密切，惟《韶》可如此来源。与《武》为比，若果如《内则》所记为小舞，则不当尸此大用。又《汉书·董仲舒传》引武帝诏，以为在虞莫盛于《韶》，在周莫盛于《勺》，此虽言其异，实是言其同类。大约召乐在鲁地者，失而为不完之《勺》，遂有小实，然仍不忘其为周物，其流行故虞地者，仍用"召"名，遂与虞舜之传说牵连，然仍可见其与《勺》同类，此例实证其通也。再看其相异：《周礼》韶、勺并举，然《周礼》举事物尽是把些不同类且相出入的事凑成者，如六书六诗，原是不别择的大综合，则一物在后来以方言而有二名，二名亦因殊方不尽同实者，被他当做两事，初不奇怪。《荀子·礼论》亦杂举韶、武、勺、濩、象、箾及八种乐器，然《荀子·礼论》类汉儒敷论，故多举名物，不若《乐论》纯是攻墨者之言，较为近古。《吕氏春秋·古乐》、《音始》两篇举乐舞之名繁多，独不及《勺》，而举九招之名。如此看去，由召流为勺看，在鲁失其用而有大号，由召流入虞者，仍用韶名，乐舞唐大，而被远称。这个设定似乎可以成立。加偏旁既多是汉儒事，则韶之原字必为召，招更是后起之假借字了。此说如实，则今《诗》中至少尚有《韶》之一章。召字为乐之称，准以夏颂文王，武颂武王，舞名皆是专名之例，得名当和召公为一事。孔子对于《韶》、《武》觉得《韶》能尽美尽善，《武》却只能尽美，未能尽善，当是由于《韶》之作在《武》后，青出于蓝而胜于蓝。且《武》纪灭商，陈义总多是些征伐四国、戎商必克的话，《韶》之作乃在周室最盛的时候，当是较和平的舞乐，用不着甚多的干戈戚斧。《内则》郑注："先学勺，后学象，文武之次也。"孔疏："舞勺者，熊氏云，言十三之时，学此舞勺之文舞也。成童舞象者，成童谓十五以上，舞象谓舞武也。熊氏云，谓用干戈之小舞也，以其年尚幼，故用文武之小舞也。"孔子对此文舞遂称曰尽善，对彼武舞还以为不能尽善。《雅》、《颂》在孔子时之鲁国本已乱了，大约由于丧失、改作及借用。《论语》："子曰，'吾自卫及鲁，然后乐正，《雅》、《颂》各得其所。'"则必以先已经不得其所。又，三家者以雍彻，子曰："相维辟公，天子穆穆，奚取于三家之堂！"则已把《周颂》借用到他事。《韶》并已亡于鲁，《论语》："子在齐闻《韶》，三月不知肉味，曰：'不图为乐之至于斯也。'"孔子适齐在年三十五以后，见《孔子世家》，若《韶》还存在鲁国，孔子不会到了齐始闻到，乐得那样。《韶》之大体及本体虽早亡，但从这一个名字流行下来的却不少。在鲁儒家有勺舞，在齐有徵招、角招之乐，《孟子·梁惠王下》："景公说，大戒于国，出舍于郊，召大师曰，为我作君臣相说之乐，盖徵招、角招是也。"《韶》如是称道召公，则此处徵招、角招为君臣相说之乐，去初义还不远。召公之后召虎戡定南国，《韶》乐当可行于南国，后来韶既与南国有相干，则南国或有此名之遗留；果然《楚辞》中存《招魂》、《大招》两篇。这里这个招字当即是徵招、角招的招字，大招不如此解乃不词。《招魂·叙》上有"乃下召曰"，遂把招魂之招作为动字，不知《叙》和《招魂》本文全不相干，且矛盾，《招魂》本文劝魂归家，东西南北俱不可止，《叙》乃言下召之使上天，明是有人将这一篇固有之礼魂之歌，硬加在屈原身上，遂造作这一段故事作《叙》（楚赋中如此例者不一，《高唐神女》之《叙》与本文都不相干）。《吕览·古乐篇》、《周礼·春官·大司乐》，皆载九招之名，是由召而出；以"招"名者，在战国至汉初年多得很了。至于后人何以把韶加在虞身上，大约由于虞地行《韶》之一种流变，遂以为是出自虞地之先人者。李斯《上秦王书》"郑卫桑间，韶虞舞象者，异国之乐也"，指明了他的流行地了。

其四曰《象》舞，《毛诗序》在《颂》一部分，虽然说得不大明晰，但还没有甚支离的话，且颇顾到《诗》本文，或者其中保存早年师说尚多，不便以其晚出及其为古文学一套中物而抹杀（《毛诗》实是古文之最近情理者，不泰不甚，或本有渊源，为古文学者窃取加入其系统内，说别详）。我们如用毛说，则《维清》为《象》舞之一章。《吕览·古乐篇》："成王立，殷民反，命周公践伐之，商人服象为虐于东夷，周公遂以师逐之，至于江南，乃为三象，以嘉其德。"商地本出象舞，近人已得证据，象舞应是商国之旧，或者周初借用商文化时取之，熊安生以为即在《武》中，未必有本。又春秋时有万舞，《左传》记其行于楚："子反欲蛊文夫人，为馆于其侧，而振万焉。"《诗经·邶风·简兮》记其行于卫："简兮简兮，方将万舞。"《商颂》记其行于商："万舞有奕。"或亦是商国之书，远及南服，未知和象舞有关系否？

其五曰嗣王践阼之舞，此舞之名今不知，或可于传记中得到。《闵予》、《访落》、《敬之》三篇及《烈文》，均应是这个作用。我不是说这四篇应该合起来属一篇，但这四篇中必有如何关系，这四篇都不是单独看便能完全了意思的。现在把《书·顾命》及《诗·闵予小子》、《访落》、《小毖》、《烈文》、《敬之》抄在下面，一校便知嗣王践阼之容，当甚繁长。

  惟四月，哉生霸，王不怿……王曰："乌乎，疾大渐惟几，病日臻，既弥留，恐不获誓言嗣，兹予审训命女：昔君文王武王，宣重光，奠丽陈教，则肆肆不违，用克达殷，集大命。在后之侗，敬迓天威，嗣守文武大训，无敢昏逾。今天降疾，殆弗兴弗悟，尔尚明时朕言，用敬保元子钊，弘济于艰难，柔远能迩，安劝小大庶邦。思夫人自乱于威仪，尔无以钊冒贡于非几。"兹既受命还，出缀衣于庭。越翼日，乙丑，王崩。太保命仲桓、南宫毛、俾爰、齐侯吕伋,以二千戈,虎贲百人,送子钊于南门之外。……越七日,癸酉……王麻冕黼裳,由宾阶跻。……太史秉书,由宾阶跻,御王册命。曰:"皇后凭玉几,道扬末命,命汝嗣训,临君周邦,率循大卞,燮和天下,用答扬文武之光训。"王再拜,兴,答曰:"眇眇予末小子,其能而乱四方,以敬忌天威。"乃受同、瑁。王三宿三祭三咤,上宗曰:"飨!",大保受同,降盥,以异同,秉璋以酢,授宗人同,拜,王答拜,太保受同,祭哜宅授宗人同,拜,王答拜,太保降,收,诸侯出庙门俟。王出在应门之内,太保率四方诸侯入应门左,毕公率东方诸侯入应门右,皆布乘黄朱,宾称奉圭兼币。曰:"一二臣卫,敢执壤奠。"皆再拜稽首。王义嗣德,答拜,太保及芮伯咸进相揖,皆再拜稽首。曰:"敢敬告天子,皇天改大邦殷之命,惟周文武诞受羡若,克恤西土,惟新陟王,毕协赏罚,戡定厥功,用敷遗后人休。今王敬之哉。张皇六师,无坏我高祖寡命。"

以下《康王之诰》(《康王之诰》是报书,然词义同上)。

王若曰:"庶邦侯甸男卫,惟予一人钊报诰,昔君文武丕平,富不务咎,厎至齐,信用昭明于天下,则亦有熊罴之士,不二心之臣,保乂王家,用端命于上帝。皇天用训厥道,付畀四方,乃命建侯树屏,在我后之人。今予一二伯父,尚胥暨顾绥,尔先公之臣服于先王,虽尔身在外,乃心罔不在王室,用奉恤厥若,无遗鞠子羞。"群公既皆听命,相揖趋出。王释冕,反丧服。

闵予小子,遭家不造,嬛嬛在疚。於乎皇考,永世克孝。念兹皇祖,陟降庭止,维予小子,夙夜敬止。於乎皇王,继序思不忘。

访予落止，率时昭考，於乎悠哉，朕未有艾。将予就之，继犹判涣，维予小子，未堪家多难。绍庭上下，陟降厥家，休矣皇考，以保明其身。

　　予其惩而毖后患。莫予荓蜂，自求辛螫。肇允彼桃虫，拼飞维鸟，未堪家多难，予又集于蓼。

　　烈文辟公，锡兹祉福，惠我无疆，子孙保之。无封靡于国邦，维王其崇之，念兹戎功，继序其皇之。无竞维人，四方其训之，不显维德，百辟其刑之。於乎，前王不忘。

　　敬之敬之，天维显思，命不易哉。无曰高高在上，陟降厥士，日监在兹。维予小子，不聪敬止，日就月将，学有缉熙于光明。佛时仔肩，示我显德行。

　　以上的排列，并非说《周颂》这几篇便是可以释《顾命》的，也不是说这几篇是和《顾命》同一事，也不是说《周颂》这几篇原来是一件，不过把这两事列在一起看，《周颂》这几篇的作用才更明白。

　　其六曰稷田之舞。《载芟》、《良耜》、《丝衣》三篇属之。《丝衣》一篇尤像《豳风·七月》末章。稷田是当时的大事，自可附以丰长之舞容。

　　此外必尚有其他残篇在《周颂》内，只是此时，或者永远，寻不出头绪来了。

　　约上文而言之，《周颂》不分章非原不分章，乃是"不得其所"之后零乱得不分章。其所以在《三百篇》中独遭这个厄运者，由于这些事物的本体原是靠政府保存的，政治大变动便大受影响。只剩了些用旧名而变更成了新体的各种舞乐在民间了。东汉末年文化远高于西周末年，然灵帝以后之大乱，弄得中原众乐沦亡，魏武平荆州，获杜夔，善八音，常为汉雅乐郎，尤悉乐事。于是以为军谋祭酒，使创定雅乐。东汉之乱尚至如此，遑论西周之亡？

　　大约《周颂》可分三类，一无韵者，二有韵之短章，三有韵之长章，文辞各不同。

上文中涉及两事，心中寻绎起来觉得关涉颇大者：一、西周亡时是怎么个样子？二、《风》、《雅》、《颂》中关系南者何以这样大？西周亡时，大约是把文物亡得几乎光光净净。因亡国而迁都，都不是能搬着文物走的，永嘉之乱，没有搬出甚么东西到建业来；靖康南渡，没有搬出甚么东西到临安来。东晋文化只靠吴国的底子。南宋文化只靠江南诸军内的底子。照例推去，则宗周之亡，至少应该一样损失文献，遑论平王以杀父之嫌，申侯以弑君之罪，自取灭亡之后，更不能服人的。《小疋·正月》、《雨无正》两篇，记载周既东之初年景况，一望而知当时的周王竟成流离之子，则《诗》、《书》、《礼》、《乐》带不出来，是当然的。而据周故地者，先是野蛮的犬戎，后是称中国为蛮夏的戎秦，其少保存胜国文物更不必说。所以现在所见《诗》、《书》关于西周者，应该别有来源处，断不能于既东之周室求之。那么，来源处在哪里？我想，一是南国，二是鲁。

先说南国。照上文说，韶乐与召公当有一种关系，如《武》之于武王。《颂》中既有《勺》一章，则《颂》和南国当不是没有关系的。就《小雅》论，说到地名人名，涉及南国者不少。《出车》所记是北伐，而北伐之人是南仲，此诗是"狁狁于夷"后"薄言旋归"者，仿佛当时移镇南之师以为北征。《六月》之尹吉甫不知即是《大疋·常武》之尹否，若是，则伐狁狁至于太原之人，也曾有事于东南。方叔之方应在西周境内，故狁狁来侵，则侵镐及方，薄伐狁狁，则往城于方；《采芑》中以方叔南征，又若移直北之师以为平南。《四月》所记又是"滔滔江汉"，"瞻彼洛矣"亦是东都之诗，《鼓钟》又有"淮水湝湝"之语，《鱼在于藻》有"王在在镐"之文，然这可是遥祝之语。《小雅》中有地方性之诗，只伐狁涉及西周，其余皆在南国，或东周区域之内；所记之事，除燕享相见的礼仪外，几乎大多数是当周室之衰，士大夫感于散亡离乱之词。《大疋》称述周先德及克殷功烈者颇多，但除去涉及文武者外，所指地名人名都关涉南国及东周诸侯者。《崧高》之申伯，

《江汉》之召虎，《常武》之南仲，乃及《烝民》中"城彼东方"之仲山甫，皆是南国重要人物；即《韩奕》之韩侯，虽未记其涉南国事，但韩亦近洛，只到召旻，宗周既亡，所思亦是召公之烈。《大雅》自《烝民》以下无不涉南国者。如此看来，《大疋》、《小疋》之流传和南国当有一段因缘。

《大疋》、《小疋》不尽是西周诗，有确切之内证。《正月》"赫赫宗周，褒姒灭之"；《雨无正》"周宗既灭"，犹云宗周既灭；《召旻》"昔先王受命，有如召公，日辟国百里，今也日蹙国百里"，从此可知《大疋》、《小疋》决不是全数出自西周的。又如上节所举事实，南国成分占这么多，若是出于西周，不会如此偏重南国。宗周三百年间文献，为甚么要偏于厉、宣两朝之一隅？又大、小雅之记丧乱，就辞义看去，许多已是"亡国之音哀以思"，至少也是出于两代的政景，故这些虽未指明南地的，也只能出于南国或东周之初。从这些事实上我们可以断定《大雅》中总有不少一部分是由南国传下的。至于《大雅》之述先烈，《小雅》之记礼乐，也许是从南国出来，也许是从东周保存故周礼乐最多的鲁国出来，也许春秋初其他列国中还有些保存的，现在未能决定；不过鼓钟明言"鼓钟钦钦，鼓瑟鼓琴，笙磬同音，以雅以南，以籥不僭"，雅南配合在一起，则其中关系之大，恐有过于我们上文所叙者。《大雅》、《小雅》各篇，以时代论，集在宣、幽、平时代如此多；以地方论，集在南国徐、淮如此多；以事迹论，集在南国拓土上如此多；以感情论，集在政乱国破上如此多，若把这么一套作为宗周遗物，则由文王算起，大约宗周有三百年，即令前半诗体不发达，也何至有这样的分配？若看做大部分自南国出，这样时代地方事迹分配不平之怪状，都可释然了。

《风》中之《周南》、《召南》同明指南地，且看他是何时诗，何地诗。二《南》中之地名，有河、汝、江、汉，南不逾江，北不逾河，西不涉岐周任何地名，当是黄河南，长江北，今河南中部至湖北中部一带。二《南》中之时代，有《何彼秾矣》篇中"平王之孙"一语，证其下及春秋初世；有《甘棠》一篇中"召伯所茇"一语，证其后于《召虎》多少年，这一篇恐正如《大疋》之《召旻》，因丧乱而思先烈；又《汝坟》一篇也言"王室如毁"，恰是在《风》中对待在《雅》中《正月》、《十月》、《雨无正》等篇者。《南》、《雅》之相对已如此合符，至于词句中相同处更多，不待尽举，且有连着几句同者，如"喓喓草虫，趯趯阜螽。未见君子，忧心忡忡。既见君子，我心则降"，同见《小雅·出车》、《召南·草虫》。又《毛序》论变风"发乎情止乎礼义"之说，实在只有在二《南》可通，邶、鄘、卫、王、郑、齐、陈都包括很多并没有节制的情诗。二《南》之作用实和其他《国风》有些不同：第一，二《南》的情诗除《野有死麕》一篇都是有节制的；第二，二《南》中不像是些全在庶人中的诗，已经上及士大夫的环境和理想；第三，二《南》各篇，如《关雎》为结婚之乐，《樛木》、《螽斯》为祝福之词，《桃夭》、《鹊巢》为送嫁之词，皆和当时体制有亲切关系，不类其他《国风》咏歌情意之诗，多并不涉于礼乐。《小雅》的礼乐在燕享相见成室称祝等。二《南》的礼乐在婚姻备祀（《采蘩》、《采蘋》）成室称祝等，礼乐有大小，而同是礼乐。《南》之不同于《风》而同于《雅》者既如此多，则说《南》、《雅》当是出于一地之风气，可以信得过去了。

说到此，不由不问南国究竟是怎么一回事了。周室之兴，第一步是征服了西方，所谓伐密伐崇戡黎者。这时候文王对于诸夏，仅做到断虞芮之讼而已。第二步是东出，武王只做到了诛纣，禄父还是为商主，只把管蔡重兵监着罢了。到周公乃真灭商，以封曹、卫、鲁、燕等国。成王时又北出灭唐，以封唐叔。记南国开辟事最早见者是"昭王南征不复"，其前在成康时如何形状，现在全无明文可见。《大雅》、《小雅》开辟南国各诗，《毛序》皆归之宣王时，但《国语》载宣王事多非善歌，既败于姜氏之戎，又丧南国之师，又兴鲁难。厉王和幽王并称，当是战国时事，厉王只是严厉，为国人所逐，彼时之周尚强大，能将熊渠之王号去之，或南征各篇上及厉王，也甚可能者。周之开南国当是很长久的事，南至江汉，封建诸姬，至楚兴乃尽灭之（《左传》：汉阳诸姬，楚实尽之），这样子决不是一时的事。在周朝最盛的时代开辟了一片新疆土，成了殖民行军的重地，又接近成周，自然可以发达文化。这一片地有直属于王室者，有分封诸侯者，直属于王室者曰周南，分封诸侯统于召伯者曰召南，在这一片地殖民之士大夫所用礼乐，自然可以来自宗周，也可出于诸夏，也不免有些自己的制作。及宗周政变，这些地方大约也很受些影响，平王带着弑父弑君的罪名来居雒，实在做不出共主的局面来，这些文物的南国，当不能如厉、宣时之盛。不过在楚未大时，尚能保持其文物，至周庄王末年，楚始强大，伐申成随，弄得周人戍申责随，从此不久，楚武、文两世几乎把南国尽灭了，江汉间姬姓的势力完全失了。成、随后四五十年间，楚逼中国之势更大，齐桓公遂称伯伐楚，宋襄、鲁僖、晋文继续对付南来之逼迫，为春秋之最大事件，晋两次受伯，一次以义和辅周之东迁，一次以重耳城濮之败楚，两事在周史上重要相等。周之宗亡于犬戎，周所封建之南国灭于楚，所谓南国之寿命大约从西周的下半到平王都洛后六七十年间，总也有百多年至百五十多年的历史。

以上一段不是牵引的话，乃就《史记·周本纪》、《楚世家》、《十二诸侯表》、《左传》、《国语》及《诗》之本文辑合起来的。南国之解既稍清楚，有一谬说可借以扫除者，即周、召分伯一左一右陕西陕东之论。周公称王灭殷，在武王成王间，其时之召公奭只是一个大臣，虽《君奭》篇中亦不见他和南国有何相干。开辟南国是后起事，那时召伯虎为南国之伯，去召公奭不知有几世了。周室既乱，南国既亡，召伯之遗爱犹在，南国之衰历历在《周南》、《召南》、大小《雅》中见之。亡于楚后，南人文化尤为中原所称，如《论语》："南人有言，人而无恒，不可以作巫医，信夫。"又如《中庸》："南方之强也，而君于居之。"到《孟子》时才以南为楚而诋之，忘其为文物之遗，犹之东晋人仍谓中原人士为"先帝遗民"，宋齐以后并北地汉人亦称为索虏矣。南国之孑遗，他的功烈也在人口及诗中。秦时始以陕分中国为二。

儒者忘了历史，遂把召公奭、召伯虎混为一人，以至于东征之周公，平南之召伯，作为同时，更从秦人关内关外之观念，以陕分二伯。汉初儒者实不知史事，司马迁说："学者皆称周伐纣，居洛邑，综其实不然，武王营之，成王使召公卜居，居九鼎焉，而周复都丰镐。至犬戎败幽王，周乃东徙于洛邑。"西周东周且不知，自然会把召公奭、召伯虎混了的。又战国人造《坶誓》，把一切西方南方蛮族加入师中，不知周人自赞他的文王之诗，也不敢说这些大话，只举他伐崇怀虞芮而已。

《书》中有《甫刑》一篇，和其他《周书》都不是一类，且时代前边接不上周公成王那一大堆，后边接不上《文侯之命》，来源颇可疑。《诗》中有"生甫及申"语，皆"南国是式"者，甫侯既是南国之一，《甫刑》又记苗事，当亦是南国典书之孑遗者。

南国而外，《诗》、《书》从鲁国出来的必很多。鲁国和儒者的关系，儒者和六艺的关系，是不能再密切的了。战国初年的儒学，多是由所谓七十子之徒向四方散布，汉初年的儒学，几乎全是从齐鲁出来，这些显然的事实还都是后来的。我们且去看《诗》、《书》在早年如何流行。《左传·昭二年》，晋侯使韩宣子来聘，观《书》于太史氏，见《易象》与《鲁春秋》，曰："《周礼》尽在鲁矣，吾乃今知周公之德，与周之所以王也。"这句话里有一矛盾处，书之用为泛名，经传皆曰书，是甚后的事，襄昭之世尚不至此。《论语》中尚且以"书"为今所谓《尚书》之专名，则观"书"只能观出所谓《周书》者来，不能观出《易象》与《鲁春秋》来。又《易》和儒学、鲁国之关系最浅，《论语》不曾提及《易》一字，（今流行本"五十以学易"，本是古文所改，原作亦，从下读，引见《经典释文》。）而《易》之传授见于《儒林传》者，和《易》之作用见于《左传》等者，均不和儒家相涉。是《易》之入儒当为汉代事（另论），和周公无干。《春秋》比附于周公，又是古文学之伪说，前人辨之已详。此处见"《易象》与《鲁春秋》"，显是为古文学者从《国语》里造出《左传》来的时侯添的，以证其古文说，而不知和上文观《书》之书字矛盾。这样看来，见《易象》与《鲁春秋》，应是为古文学者加入者，原文只是观《书》于太史氏，遂感于《周礼》尽在矣。伏生所传《周书》有《坶誓》、《洪范》、《金縢》、《大诰》、《康诰》、《酒诰》、《梓材》、《召诰》、《雒诰》、《多士》、《毋劮》、《君奭》、《多方》、《立政》、《顾命》、《柴誓》、《甫刑》、《文侯之命》、《秦誓》各篇。《坶誓》、《洪范》出来应甚后，文词甚不合，《坶誓》已是吊民伐罪之思想，和《诗》所记殷周之际事全不同，《义解》当和《汤誓》、《甘誓》同出战国，为三代造三《誓》以申其吊民伐罪之论。《洪范》更是一套杂学，有若《吕氏春秋》之目录。《周书》的前端两篇如此，后端则《柴誓》已经余永梁先生考证其非伯禽时物，应和《鲁颂》同涉僖公；《甫刑》一篇，上文已说其可出于南国；《文侯之命》、《秦誓》已是春秋时物，当另有来源。且以秦之介乎蛮夷间，断难流传其文书于河山以东，恐怕这是伏生故为秦博士，由他传《书》的痕迹。至于中间由《金縢》、《大诰》至《立政》十二篇，都是说周公成王间事，诚可由此感觉到"周礼在鲁，周公之德，与周之所以王也"。然则韩宣子之言，即《周书》大部分出于鲁国之证。又《大诰》乃周公称王东征之始，《立政》乃周公将老归政成王之书，周公占这么大的成分，《周诰》几乎全成了周公之诰，《周书》几乎全成了周公之书。《周书》中这样德重周公，何以《雅》、《颂》中不及周公一字，《诗》、《书》相反若此？且《金縢》里边的话，只有周公之党与裔可以这样说，宗周三百年中尤其不能独有周公居东数年的话语为大典章，则今伏生所传《周书》之不能出于宗周，可以无疑；而伏生所传《周书》大部出于鲁，即出于周公之党与裔，亦可信矣。然则《周书》只是鲁书，入战国而首尾附益了几篇，有来自别一源者，有是儒者造作者，以成伏生入汉所传。

《诗》中可疑为鲁者，为《豳风》。我一向相信豳应在岐周，但现在有三事使我不得不改信《豳风》是鲁传出。

一、《金縢》既不能不信其为鲁国所出了，偏偏《金縢》中有一解释《鸱鸮》之文，异常不通。《鸱鸮》本是学鸟语的一首诗，在中国文学中有独无偶，而《金縢》中偏把他解作周、公、管、蔡间事，必是《鸱鸮》之歌流行之地与《金縢》篇产生之地有一种符合，然后才可生这样造作成的"本事"。二、《左传·襄二十九》："吴公子札来聘……为之歌《豳》，曰：美哉《荡》乎，乐而不淫，其周公之东乎！"果然周公之名在《诗》中只见于此处，而《东山》征戍之叹音，"无使我公归兮"之欲愿，皆和周公之东情景符合。至于《七月》中词句事节颇同《雅》、《颂》，亦可缘鲁本是周在东方殖民之国，其保有周之故风，应为情理之常。三、《吕氏春秋·音初》篇："乃作为破斧之歌，实始为东音。"今《破斧》正在《豳风》，虽附丽之事，不与《吕览》所记者同，然调子却是那个调子。有此三证，则《豳风》非出于豳，乃出于宗周在东方殖民之新豳，当是可以成立的了。至于《雅》、《颂》中有专自鲁国出来者否，未可知。

除南鲁、两地而外，为《诗》、《书》之出产地者，尚有宋。箕子之守朝鲜，实以相土时即有辽东（《商颂》："相土烈烈，海外有截。"），故宗周虽亡，犹可保守东疆，如晋宋南迁，只以辽东文化不发达，后来乃忘了这一段故实。微子朝周，实等于刘姓宗室向王莽献符命，所谓殷有三仁之中，竟有他来陪衬比干、箕子，当是他的后代宋国的话。殷在亡国时，疆土大，势力也大，牧野之战，"殷商之旅，其会如林"，虽把纣杀了，武庚犹在商国。及周公居东，三年经营，才能灭商。迁商顽民，到底不能绝殷祀，并用些恭维话，称商之德，安诸夏之心。宋不用姓，亦无封爵之号。周朝的习惯，男子称氏，女子称姓，然子并非姓，宋国女子以子为号，与箕子之子，公子之子，当是同源。至于公之一辞，本是诸侯及周室大夫之泛称，《诗》、《书》所记都这样，侯伯子男乃是封建之号（此一说别详）。所以宋在立国上本有些不同于诸侯者，在遗训上当有些承受自前者，然商之文物，数次被周人扫荡一空，宋在初年当没有若何的事物可记。到春秋时，中国之局面大变，周室等于亡国，中原无有力之共主，而戎狄南侵，至于郑卫，荆楚北窥，尽有南国，诸夏文化几乎又要遭一场大厄，齐桓拿这些号召做了一番霸业，宋襄公跟着又恢复他的国族主义了。《商颂》即成于此时，若末篇《殷武》，直说襄公伐楚的事业，这本是三家旧说，赵宋人有信之者，而罗泌考证，以荆楚一词并非商旧，更是明切。《商颂》既为《宋颂》，则《商颂》必自宋出，若《书》中之宋国成分，则当于《商书》中求之。《汤誓》疑是战国时为吊民伐罪论者做的，可别论；《盘庚》三篇文词不如《周诰》古，而比其他虞夏商周书都古，疑是西周末宋人所追记前代之典。若《高宗肜日》、《西伯戡黎》、《微子》三篇，以文词论，当更后。高宗是儒者所称"三年之丧"一义之偶像，西伯之称当是宋人之称文王者，周人自称曰文王，商宋人称他曰西伯，《诗》、《雅》、《颂》绝未提及西伯一名，且周人断无称他这一号之理，犹满州决不会称他的先世为建州卫都指挥。殷周之际恐很像大明与清廷之关系，明已亡其半，犹对清说："贵国昔在先朝，夙膺封号，载在盟府，宁不闻乎？"（《史阁部答多尔衮书》）清虏在初步虽和中国已动干戈，还并不敢对明有贬词（皇太极《侵明告示》中可见），直到其帝玄晔才为诡辩，说"得国之正无过本朝"，谓本是异国也。此可解释文王西伯之称，实因周宋而异，然则《西伯戡黎》又是《宋书》了，《微子》一篇说得微子不是降周为山阳公，崇礼侯，而是遁世，这也很像宋人曲为其建国之君讳者。就这些看，至少可以假定《商书》大都分是《宋书》。

此外尚有一国恐怕和儒者所传之《诗》、《书》有不小关系者，即卫国。卫国所据本纣之都，其地的文化必高，又是周之宗盟中大国。《论语》："吾自卫反鲁，然后乐正，《雅》、《颂》各得其所。"或者孔子时代鲁国人造作得很自由，"三家者以雍彻"，竟须借卫国所存以正鲁国了。《风》中亦以卫诗为最多，而《卫风》即是北音。《吕览·音始》篇，北音之始为燕燕往飞，今燕燕于飞，在《邶》、《鄘》、《卫》。

西周亡，文物随着亡，南亡而"《周礼》尽在鲁矣"。"诗三百"，孔子时已经成了一个现成名词，则其成立必在孔子前。"三百"之名称虽成，然孔子所见《诗》和我们所见还有些甚不同处，"唐棣之华，偏其反而。岂不尔思？室是远而"，已不在《诗经》，犹可说孔子嫌他不通，"未之思也，夫何远之有"，而删去了。然如"巧笑倩兮，美目盼兮",今见《硕人》,下边并没有"索以为绚兮",这是孔子注意的话,也不在了。《左传·襄二十九年》所记吴季札语,不知有没有古文学者改动,若不是改动过的,则魏文侯时,《诗》之次叙已和现在所见者大都同了。《孟子》、《荀子》、《礼记》引《诗》分合处常和现在所见者不同,又有些篇目不见者,不知是名称和今见《毛诗》不同或是遗失。《大戴记·投壶》:"凡《雅》二十六篇,共八篇可歌,歌《鹿鸣》、《狸首》、《鹊巢》、《采蘩》、《采蘋》、《伐檀》、《白驹》、《驺虞》。"好几篇今在二《南》者,放在《雅》中;《伐檀》一篇,又在《魏风》,甚可怪。王静安先生以为《诗》、《乐》早已分传,恐是。果然这样,则《雅》、《南》关系之切,上文所举外,又得一证。总而言之,《诗》各部分之集合,应当成于孔子之前,雅、颂、南、郑之名均见《论语》,其后流传上大同小异,入汉才有现在所见的"定本"呵。

　　《论语》说《书》处较少,恐怕孔子所见只是些鲁国所传的周公之《书》,也许有些宋国所传殷家之《书》,"阁三年","孝乎惟孝",恐皆出自《商书》。战国时大约《尚书》大扩充了一下子,虞夏传说,吊民伐罪,各种理想,一齐搬进。《大誓》总是战国时儒者所传一篇重要书。入汉而伏生为二十八篇之定本;然真《书》假《书》永是闹个不已,只闹到齐梁人大舫头上二十八字。《诗》之集合在孔子前,孔子以后不过是些少出入,《书》之集合在孔子后,众来闹着大变动,《诗》、《书》在传授的生命上是大不同的。我们上文所叙可供人设想《诗》、《书》的成分如何因地分析,以证其时代,我也断定儒者所传六艺都是和十二诸侯年表一样,不上于共和的。杞不足征夏,宋不足征殷,雒京不足征周。

附记

　　以上匆匆论《诗》、《书》之成分,只谈到轮廓,其详细的问题待继续考核材料,搜集证据。我的朋友余永梁先生近谓方言颇和《诗》、《书》中语有可比较处,正作这番工夫。若成,必得若干比上文所叙确实得多的知识。

《大雅》

一、雅之训恐已不能得其确义

自汉儒以来释"雅"一字之义者,很多异说。但都不能使人心上感觉到涣然冰释。章太炎先生作《〈大雅〉、〈小雅〉说》,取《毛序》"雅者政也"之义,本《孟子》"王者之迹熄而《诗》亡,《诗》亡然后《春秋》作"之说,以为雅字即是迹字,虽有若干言语学上的牵引,但究竟说不出断然的证据来。又章君说下篇引一说曰:

> 《诗谱》云:"迹及商王,不风不雅。"然则称雅者放自周。周秦同地,李斯曰:"击瓮叩缶,弹筝搏髀,而呼乌乌快耳者,真秦声也。"杨恽曰:"家本秦也,能为秦声,酒后耳热,仰天拊缶,而呼乌乌。"《说文》:"雅,楚乌也。"雅、乌古同声,若雁与鴈,兔与鵵矣!大小雅者,其初秦声乌乌,虽文以节族,不变其名,作雅者非其本也。

此说恐是比较上最有意思的一说(此说出于何人,今未遑考得)。《小雅·鼓钟》,"以雅以南",这一篇诗应该是南国所歌,南是地名，或雅之一词也有地方性，或者雍州之声流入南国因而光大者称雅，南国之乐，普及民间者称南，也未可知。不过现在我们未找到确切不移的证据，且把雅字这个解释存以待考好了。(《论语》"子所雅言，《诗》、《书》执礼，皆雅言也"之雅字，作何解，亦未易晓。)

二、《大雅》的时代

《大雅》的时代有个强固的内证。吉甫是和仲山甫、申伯、甫侯同时的，这可以《崧高》、《烝民》为证。《崧高》是吉甫作来美申伯的，其卒章曰："吉甫作颂，其诗孔硕，其风肆好，以赠申伯。"《烝民》是吉甫作来美仲山甫的，其卒章曰："吉甫作诵，穆如清风，仲山甫永怀，以慰其心。"而仲山甫是何时人，则《烝民》中又得说清楚："四牡彭彭，八鸾锵锵。王命仲山甫，城彼东方。四牡骙骙，八鸾喈喈。仲山甫徂齐，式遄其归。"《史记·齐世家》："盖太公之卒百有余年，(按，年应作岁，傅说谓太公卒时百有余岁也。)子丁公吕伋立。丁公卒，子乙公得立。乙公卒，子癸公慈母立。癸公卒，子哀公不辰立(按，哀公以前齐侯谥用殷制，则《檀弓》五世反葬于周之说，未可信也)。哀公时纪侯谮之周，周烹哀公而立其弟静，是为胡公。胡公徙都薄姑而当周夷王之时，哀公之同母少弟山怨胡公，乃与其党率营丘人袭杀胡公而自立，是为献公。献公元年，尽逐胡公子，因徙薄姑都治临菑。九年，献公卒，子武公寿立。武公九年，周厉王出奔居彘，十年王室乱，大臣行政，号曰共和，二十四年周宣王初立。二十六年武公卒，子厉公无忌立。厉公暴虐，故胡公子复入齐，齐人欲立之，乃与攻杀厉公，胡公子亦战死。齐人乃立厉公子赤为君，是为文公，而诛杀厉公者七十人。"按，厉王立三十余年，然后出奔彘，次年为共和元年。献公九年，加武公九年为十八年，则献公元年乃在厉王之世，而胡公徙都薄姑，在夷王时，或厉王之初，未尝不合。周立胡公，胡公徙都薄姑；则仲山甫徂齐以城东方，当在此时，即为此事。至献公徙临菑，乃杀周所立之胡公，周未必更转为之城临菑。《毛传》以"城彼东方"为"去薄姑而迁于临菑"，实不如以为徙都薄姑。然此两事亦甚近，不在夷王时，即在厉王之初，此外齐无迁都事，即不能更以他事当仲山甫之城齐。这样看来，仲山甫为厉王时人，彰彰明显。《国语》记鲁武公以括与戏见宣王，王立戏，仲山甫谏。懿公戏之立，在宣王十三年，王立戏为鲁嗣必在其前，是仲山甫及宣王初年为老臣也。（仲山甫又谏宣王料民，今本《国语》未纪年。）仲山甫为何时人既明，与仲山甫同参朝列的吉甫、申伯之时代亦明，而这一类当时称颂的诗，亦当在夷王厉王时矣。这一类诗全不是追记，就文义及作用上可以断言。《烝民》一诗是送仲山甫之齐行，故曰："仲山甫徂齐，式遄其归。吉甫作诵，穆如清风，仲山甫永怀，以慰其心。"这真是我们及见之最早赠答诗了。

吉甫和仲山甫同时，吉甫又和申伯同时，申伯又和甫侯一时并称，又和召虎同受王命（皆见《崧高》），则这一些诗上及厉，下及宣，这一些人大约都是共和行政之大臣。即穆公虎在彘之乱曾藏宣王于其宫，以其子代死，时代更显然了。所以《江汉》一篇，可在厉代，可当宣世，其中之王，可为厉王，可为宣王。厉王曾把楚之王号去了，则南征北伐，城齐城朔，薄伐狁，淮夷来辅，固无不可属之厉王，宣王反而是败绩于姜氏之戎，又丧南国之人。

大、小《疋》中那些耀武扬威的诗，有些可在宣时，有些定在厉时，有些或者是在夷王时的，既如此明显，何以《毛序》一律加在宣王身上？曰这都由于太把《诗》之流传次序看重了：把前面伤时的归之厉王，后面伤时的归之幽王，中间一大段耀武扬威的归之宣王。不知厉王时王室虽乱周势不衰，今所见《诗》之次序，是绝不可全依的。即如《小雅·正月》中言"赫赫宗周，褒姒灭之"，《十月》中言"周宗既灭"，此两诗在篇次中颇前，于是一部《小雅》，多半变做刺幽王的，把一切歌乐的诗、祝福之词，都当做了刺幽王的。照例古书每被人移前些，而大、小《疋》的一部被人移后了些，这都由于误以《诗》之次序为全合时代的次序。

三、《大雅》之终始

《大雅》始于《文王》，终于《瞻卬》、《召旻》。《瞻卬》是言幽王之乱，《召旻》是言疆土日蹙而思召公开辟南服之盛，这两篇的时代是显然的。这一类的诗是不能追记的。至于《文王》、《大明》、《绵》、《思齐》、《皇矣》、《下武》、《文王有声》、《生民》、《公刘》若干篇，有些显然是追记的。有些虽不显然是追记，然和《周颂》中不用韵的一部之文辞比较一下，便知《大雅》中这些篇章必甚后于《周颂》中那些篇章。如《大武》、《清庙》诸篇能上及成康，则《大雅》这些诗至早也要到西周中季。《大雅》中已称商为大商，且云："殷之未丧师，克配上帝。"全不是《周颂》中"遵养时晦"（即"兼弱取昧"义）的话，乃和平地与诸夏共生趣了。又周母来自殷商，殷士裸祭于周，俱引以为荣，则与康之敌意已全不见。至《荡》之一篇，实在说来鉴戒自己的，末一句已自说明了。

《大疋》不始于西周初年，却终于西周初亡之世，多数是西周下一半的篇章。《孟子》说："王者之迹熄而《诗》亡，《诗》亡然后《春秋》作。"这话如把《国风》算进去是不合的；然若但就《大雅》、《小雅》论，此正所谓王者之迹者，却实在不错。《大雅》结束在平王时，其中有平王的诗，而《春秋》始于鲁隐公元年，正平王之四十九年也。

四、《大雅》之类别

《大疋》本是做来作乐用的，则《大雅》各篇之类别，应以乐之类别而定，我们现在是不知道这些类别的了。若以文词的性质去作乐章的类别，恐怕是不能通达的。但现在无可奈何，且就所说的物事之不同，分析《大疋》有几类，也许可借以醒眉目。

甲、述德　《文王》、《大明》、《绵》、《思齐》、《皇矣》、

《下武》、《文王有声》、《生民》、《笃公刘》九篇，皆述周之祖德。这不能是些很早的文章，章句整齐，文词不艰，比起《周颂》来，顿觉时代的不同。又称道商国，全无敌意，且自引为商室之甥，以为荣幸，这必在平定中国既久，与诸夏完全同化之后。此类述祖德词中每含些儆戒的意思，如《文王》。又《皇矣上帝》一篇，文王在那里见神见鬼，是"受命"一个思想之最充满述说者，俨然一篇自犹太《旧约》中出的文字。

乙、成礼　成礼之辞，《小雅》中最多，在《大疋》中有《棫朴》、《旱麓》、《灵台》、《行苇》、《既醉》、《凫鹥》、《假乐》、《泂酌》、《卷阿》九篇。

丙、儆戒　《民劳》、《板》、《荡》、《抑》四篇。此类不必皆在周室既乱之后，《周诰》各篇固无一不是儆戒之辞。

丁、称伐　《崧高》、《烝民》、《韩奕》、《江汉》、《常武》五篇皆发扬蹈厉，述功称伐者，只《常武》一篇称周王，余皆诵周大臣者。

戊、丧乱之音　《桑柔》、《云汉》、《瞻卬》、《召旻》四篇，皆丧乱之辞。其中《召旻》显是东迁以后语，曰蹙国百里矣。《瞻卬》应是幽王时诗，故曰"哲妇倾城"，词中只言乱，未及国亡。《桑柔》一篇，《左传》以为芮伯刺厉王者，当是刘歆所加。曰"靡国不泯"，曰"灭我立王"，皆幽王末平王初政象，厉王虽出奔，王室犹强；共和行政，不闻丧乱，犬戎灭周，然后可云靡国不泯耳。《云汉》一篇，恐亦是东迁后语，大兵之后，继以凶年，故曰："天降丧乱，饥馑荐臻。"《小雅·十月之交》明言宗周已灭，其中又言"降丧饥馑，斩伐四国"，故《云汉》或与《十月之交》为同时诗。

《小雅》

一、《小雅》、《大雅》何以异

《小雅》、《大雅》之不在一类,汉初《诗》学中甚显,故言四始不言三始,而《鹿鸣》、《文王》分为《小雅》、《大雅》之始。但春秋孔子时每统言曰《雅》,不分大小,如《诗·鼓钟》"以雅以南",《论语》"《雅》、《颂》各得其所",都以雅为一个名词的。即如甚后出的《大戴礼记·投壶》篇所指可歌之雅,有在南中者,而大、小《雅》之分,寂然无闻。我们现在所见大、小《雅》之别,以《左传·襄二十九年》吴季札观乐一节所指为最早,而《史记》引《鲁诗》四始之说,始陈其义。我们不知《左传》中这一节是《国语》中之旧材料或是后来改了的。我们亦不及知《雅》之分小大究始于何时,何缘而作此分别?大约《雅》可分为小大,或由于下列二事:一、乐之不同;二、用之不同。其实此两事正可为一事,乐之不同每缘所用之处不同,而所用之处既不同,则乐必不能尽同也。我们现在对于《诗三百》中乐之情状,所知无多,则此问题正不能解决,姑就文词以作类别,当可见到《小雅》、《大雅》虽有若干论及同类事者,而不同者亦多。《颂》、《大雅》、《小雅》、

《风》四者之间,界限并不严整,《大雅》一小部分似《颂》,《小雅》一小部分似《大雅》,《国风》一小部分似《小雅》。取其大体而论,则《风》、《小雅》、《大雅》、《颂》各别;核其篇章而观,则《风》(特别是二《南》)与《小雅》有出入,《小雅》与《大雅》有出入,《大雅》与《周颂》有出入,而二《南》与《大雅》或《小雅》与《周颂》,则全无出入矣。此正所谓"连环式的分配",图之如下:

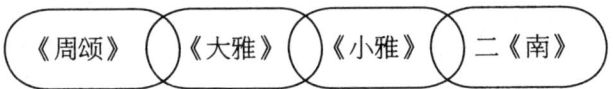

今试以所用之处为标,可得下列之图,但此意仅就大体,其详未必尽合也。

故略其不齐,综其大体,我们可说《风》为民间之乐章,《小雅》为周室大夫士阶级之乐章,《大雅》为朝廷之乐章,《颂》为宗庙之乐章。

宗庙	朝廷	大夫士	民间	
			邶以下国风	《邶》《鄘》《卫》以下之《国风》中,只《定之方中》一篇类似《小雅》,其余皆是民间歌词,与礼乐无涉。(王柏删诗即将《定之方中》置于《雅》,以类别论,故可如此观,然不知《雅》乃周室南国之《雅》,非与《邶风》相配者。)
		周南	召南	
		小	雅	
大	雅			
周颂				
鲁颂				
商颂				

二、《小雅》之词类

《小雅》各篇所叙何事,今以类相从,制为一表,上与《大雅》比,下与二《南》、《豳风》比,亦可证上文"连环式的分配"之一说。《国风》中只取二《南》及《豳》者,因《雅》是周室所出,二《南》亦周室所出,《豳》则"周之既东",其他《国风》属于别个方土民俗,不能和《雅》配合在一域之内。

表中类别之词，恐有类似于《文选》之分诗赋者，此实无可如何事，欲见其用，遂不免于作这个模样的分别了。

大　雅	小　雅	周南、召南	豳风
述祖德 《文王》、《大明》、《绵》、《思齐》、《皇矣》、《下武》、《文王有声》、《生民》、《笃公刘》。 成礼 《棫朴》、《旱麓》、《灵台》、《行苇》、《既醉》、《凫鹥》、《假乐》、《泂酌》、《卷阿》。	宴享相见称福之辞 一、宴享 《鹿鸣》、《彤弓》（以上宾客），《常棣》、《頍弁》（以上兄弟），《伐木》（友生），《鱼丽》、《南有嘉鱼》、《南山有台》、《湛露》、《瓠叶》（以上未指明宴享者）。 二、相见 《蓼萧》、《菁菁者莪》、《庭燎》、《瞻彼洛矣》、《裳裳者华》、《隰桑》、《采菽》（此是朝王之诗）。 三、称福 《天保》、《桑扈》、《鸳鸯》、《斯干》（成室之诵）、《无羊》（诵富），《楚茨》、《信南山》、《甫田》、《大田》（以上恰是《雅》中之对待《七月》者），《鱼藻》（遥祝五福）。 以上三类但示大别，实不能尽分也。 四、戎猎 《车攻》、《吉日》。	《樛木》、《螽斯》、《麟趾》。 《驺虞》。	《七月》。

大　雅	小　雅	周南、召南	豳风
	五、婚乐 《车舝》。	《关雎》、《桃夭》、《鹊巢》。	
称伐 　《崧高》、《烝民》、《韩奕》、《江汉》、《常武》。 儆戒 　《民劳》、《板》、《荡》。 丧乱 　《桑柔》、《云汉》、《瞻卬》、《召旻》。	诵功 　《六月》、《采芑》、《黍苗》。 怨诗 一、伤乱政 　《沔水》、《节南山》、《巧言》、《何人斯》、《巷伯》、《青蝇》(以上四诗刺逸佞)、《角弓》(刺不亲亲)、《菀柳》(？) 二、悲丧亡 　《正月》、《十月之交》、《雨无正》、《小旻》、《小宛》、《小弁》。 三、感愤 　《祈父》、《黄鸟》、《我行其野》、《苕之华》、《无将大车》。 四、不平 　《大东》(颇似《伐檀》)、《四月》、《北山》。 以上一与二,三与四,姑假定其分,实不能固以求之。	《甘棠》、《汝坟》。 《小星》。	

大雅	小雅	周南、召南	豳风
	行役及伤离 《四牡》、《皇皇者华》、《采薇》、《出车》、《杕杜》、《鸿雁》、《小明》、《鼓钟》、《渐渐之石》、《何草不黄》。	《草虫》。	《东山》、《破斧》。
	杂诗 一、弃妇词 　《谷风》（恰类《邶》之《谷风》）、《白华》。 二、思亲之词 　《蓼莪》。 三、怨旷词 　《采绿》。 四、思女子之辞 　《都人士》。 五、行路难 　《绵蛮》。 六、未解者 　《鹤鸣》、《白驹》。	《卷耳》、《殷其雷》。 以礼为防之诗 《汉广》、《行露》。 爱情诗 《摽有梅》、《江有汜》、《野有死麕》。 妇事及妇词 《葛覃》、《采蘩》、《采蘋》、《苤苢》。 状诗 《兔罝》、《羔羊》、《何彼秾矣》。	《伐柯》。 《九罭》、《狼跋》。 作鸟语诗 《鸱鸮》。

三、"雅者政也"

《毛诗·卫序》云："《疋》者政也，言王政之所由废兴也，政有大小，故有《小疋》焉，有《大疋》焉。"这句话大意不差，然担当不住一一比按。《六月》、《采芑》诸篇所论,何尝比《韩奕》、《崧高》为小?《瞻卬》、《召旻》又何尝比《正月》、《十月》为大?不过就全体论,《大疋》所论者大,《小疋》所论者较小罢了。《疋》与《风》之绝不同处,即在《风》之为纯粹的抒情诗(这也是就大体论),《雅》乃是有作用的诗,所以就文词的发扬论,《风》不如《雅》,就感觉的委曲亲切论,《雅》亦有时不如《风》。

四、《雅》之文体

《雅》之体裁,对于《国风》甚不同处有三:第一,篇幅较长;第二,章句整齐;第三,铺张甚丰。这正是由于《风》是自由发展的歌谣,《疋》是有意制作的诗体。故《雅》中诗境或不如《风》多,《风》中文辞或不如《疋》之修饰。恐这个关系颇有类于《九章》、《九辩》与《汉赋》之相对待处。以体裁之发展而论定时代,或者我们要觉得《国风》之大部应在《疋》之大部之先,而事实恰相反。这因为《国风》中各章成词虽后,而其体则流传已久;《雅》中各章出年虽早,而实是当年一时间之发展而已。楚国诗体已进化至屈宋丰长之赋,而《垓下》、《大风》犹是不整之散章,与《风》、《雅》之关系同一道理。

《鲁颂》、《商颂》述

　　解释《诗三百》之争论，以关于《鲁颂》者为最少。以为《鲁颂》是僖公时诗，三家及《毛诗》一样，这正因为《诗》本文中已有"周公之孙，庄公之子"，"令妻寿母"（从朱于读）的话，即使想作异说，也不可能。但三家诗以《鲁颂》为僖公时公子奚斯所作，恐无证据。《閟宫》卒章说"寝庙奕奕，奚斯所作"，是《鲁颂》颂奚斯，不是奚斯作《鲁颂》。三家虽得其时代，而强指名作者，亦为失之。《诗三百》中，除《陈风》外，恐无后于《鲁颂》者（《商颂》时代不远），《鲁颂》亦最为丰长。《商颂》既为襄公时物，宋襄卒于鲁僖卒前十年，则《鲁颂》、《商颂》同代，而《鲁颂》稍后也。《鲁颂》拟《大雅》的痕迹显然，反与《周颂》不相干，此亦可证《大雅》与《周颂》文词之异，由于时代之不同，《鲁颂》之时代近于《大雅》，故拟其近者；否则《鲁颂》以体裁论，固应拟《周颂》不应偏拟《大雅》。

　　《商颂》之时代，三家说同；《史记·宋世家》："宋襄公之时，修行仁义，欲为盟主。其大夫正考父美之，故追道契汤高宗殷所以兴，作《商颂》。"《韩诗薛君章句》亦然（《后汉书·曹褒传》注引）。独《毛传》立异说，以为"微子至于戴公，其间礼乐废坏，有正考父者，得《商颂》十二篇于周之太师，以《那》为首。"这一说与《鲁语》合。《鲁语》："闵马父……曰……昔正考父校商之名《颂》十二篇于周太师，以《那》为首。"这话是非常离奇的：第一，汉以前不闻有校书之事；第二，《国语》中无端出这一段《商颂》源流说，我们感觉不类。欲断此文之为伪加，应先辨者三事。

一、《商颂》是宋诗

宋人自称商，金文中已有成例（见《积古斋钟鼎彝器款识》）。《左传》中此称尤多（详见阎百诗所考）。至于《商颂》之不能为商时物，必为宋时物者，王静安论之甚详，王君说：

《殷武》之卒章曰："陟彼景山，松柏丸丸。"毛郑于景山均无说。《鲁颂》拟此章则云："徂徕之松，新甫之柏。"则古自以景山为山名，不当如《鄘风·定之方中》传"大山"之说也。按，《左氏传》商汤有景亳之命，《水经注·济水篇》：黄沟枝流北迳己氏县故城西，又北迳景山东，此山离汤所都之北亳不远，商丘蒙亳以北惟有此山，《商颂》所咏，当即是矣。而商自盘庚至于帝乙，居殷虚，纣居朝歌，皆在河北；则造高宗寝庙，不得远伐河南景山之木；惟宋居商丘，距景山仅百数十里，又周围数百里内别无名山，则伐景山之木以造宗庙，于事为宜，此《商颂》当为宋诗不为商诗之一证也。又自其文辞观之，则殷虚卜辞所纪祭礼与制度文物，于《商颂》中无一可寻，其所见之人、地名与殷时之称不类，而反与周时之称相类，所用之成语并不与周初类，而与宗周中叶以后相类，此尤不可不察也。卜辞称国都曰商，不曰殷，而《颂》则殷商错出；卜辞称汤曰大乙，不曰汤，而《颂》则曰汤，曰烈祖，曰武王，此称名之异也。其语句中亦多与周诗相袭，如《那》之"猗那"，即《桧风·隰有苌楚》之"阿傩"，《小雅·隰桑》之"阿难"，石鼓文之"亚箬"也；《长发》之

"昭假迟迟"，即《云汉》之"昭假无赢"，《烝民》之"昭假于下"也；《殷武》之"有截其所"，即《常武》之"截彼淮浦，王师之所"也。又如《烈祖》之"时靡有争"，与《江汉》句同；"约軝错衡，八鸾鸧鸧"，与《采芑》句同。凡所同者，皆宗周中叶以后之诗，而《烝民》、《江汉》、《常武》，《序》皆以为尹吉甫所作，扬雄谓"正考父晞尹吉甫"，或非无据矣。

按王君此说有三证：一、景山在宋；二、《商颂》中称谓与殷卜辞不同；三、《商颂》中词句与宗周中叶以后诗之词句同。二、三两证断无可疑，一证则无力。盖《鄘诗·定之方中》亦有"景山与京"之语，此诗乃卫文公成是丘时诗也。恐景山即是大山之义，未必是专名，虽此证未必有着落，然二、三两证已足证《商颂》为宋诗而有余矣。

二、《商颂》所称不及宋襄公

王君断定《商颂》为宋诗固是精确不移之论，然又以为是宗周中叶之时，以求合《鲁语》正考父校于周太史之说，则由王君一往不取孔广森、刘逢禄以来辨析古文经作伪之义，故有所蔽，不敢尽从韩义，不免曲为《鲁语》说也。请申韩说。《殷武》初章、二章曰：

挞彼殷武，奋伐荆楚。罙入其阻，裒荆之旅。有截其所，汤孙之绪。

维女荆楚，居国南乡。昔有成汤，自彼氐羌，莫敢不来享，莫敢不来王，曰商是常。

荆蛮称楚，绝不见于《诗三百》，西周诗中称伐荆蛮者数次，皆不称楚，则荆楚之称乃春秋时事，此是一证。西周之世，王室犹强，礼乐征伐，自王朝出，《大雅》、《小雅》所叙各种战伐事可以为例，断不容先朝之遗，自整武威；故宋在西周，无伐楚使之来享于宋来王于商之可能：此是二证。《史记·楚世家》：

当周夷王之时，王室微，诸侯或不朝，相伐。熊渠甚得江汉间民和，乃兴兵伐庸、杨粤至于鄂。熊渠曰："我蛮夷也，不与中国之号谥。"乃立其长子康为句亶王，中子红为鄂王，小子执疵为越章王，皆在江上楚蛮之地。及周厉王之时，暴虐，熊渠畏其伐楚，亦去其王。后为熊毋康，毋康早死。熊渠卒，子熊挚红立。挚红卒，其弟弑而代立，曰熊延。熊廷生熊勇。……熊勇十年卒，弟熊严为后。……熊严卒，长子伯霜代立……熊霜六年卒……而小弟季徇立，是为熊徇……熊徇卒，子熊咢立。熊咢九年卒，子熊仪立，是为若敖。若敖二十年，周幽王为犬戎所弑。……二十七年若敖卒，子熊坎立，是为霄敖。霄敖六年卒，子熊眴立，是为蚡冒。蚡冒……十七年卒。蚡冒弟熊通弑蚡冒子商代立，是为楚武王。……三十五年，楚伐随。随曰："我无罪。"楚曰："我蛮夷也，今诸侯皆为叛，相侵，或相杀，我有敝甲，欲以观中国之政，请王室尊吾号。"随人为之周，请尊楚，王室不听，还报楚。三十七年楚熊通怒曰："吾先鬻熊，文王之师也，早终，成王举我先公，乃以子男田令居楚，蛮夷皆率服，而王不加位，我自尊耳。"乃自立为武王，与随人盟而去。于是始开濮地而有之。五十一年，周召随侯，数以立楚为王。楚怒，以随背己，伐随，武王卒师中，而兵罢。子文王熊赀立，始都郢。文王二年，伐申。……六年伐蔡。……楚强陵江汉间小国，小国皆畏之。十一年，齐桓公始霸，楚亦始大。十二年，伐邓，灭之。十三年，卒，子熊艰立，是为杜敖。杜敖五年，欲杀其弟熊恽，恽奔随，与随袭弑杜敖，代立，是为成王。成王恽元年，初即位，布德施惠，结旧好于诸侯。使人献天子，天子赐胙曰："镇尔南方夷越之乱，无侵中国。"于是楚地千里。十六年，齐桓公以兵侵楚，至陉山，楚成王使将军屈完以兵御之，与桓公盟。桓公数以周之赋不入王室，楚许之乃去。十八年，成王以兵北伐许，许君肉袒谢，乃释之。二十二年，伐黄。二十六年，灭英。三十三年，宋襄公欲为盟会，召楚。楚王怒曰："召我，我将好往，袭辱之。"遂行，至盂，遂执辱宋公，已而归之。三十四年，郑文公南朝楚，楚成王北伐宋，败之泓，射伤宋襄公，襄公遂病创死。三十九年……晋果败子玉于城濮。

由这一段看去，楚在周夷王时曾强大，后以厉王故，削其王号。大、小《雅》中所记"蠢尔蛮荆""荆蛮来威"等语，皆是指厉王、宣王对荆用兵事。此后荆蛮颇衰，兄弟争乱，幽王之乱，不曾乘势以攻东周。数代之故，经若敖、蚡冒"筚路蓝缕以启山林"（见《左传·宣公十二年》），至于熊通（武王），然后又北向以窥中国，历覆南国，亡绝江汉旧封。至于晋文之世，息以周姻之侯，申以方伯之遗，竟为楚之戎卒，北战晋宋矣。厉宣时之伐荆，既非宋之得而参与，而楚在武王文王前，亦无与宋接触之可能，则宋之伐荆楚者，必为襄公，历检《春秋左氏》、《史记》，断断乎无第二人也。此是三证。总之，西周荆不称楚，西周伐荆乃王室事，周既东迁之后，宋楚接触，至襄公始有之，是《韩诗》以《商颂》为襄公时作，太史公述《鲁诗》亦然，皆不诬也。

或疑《殷武》之词甚泰，曰："挞彼殷武，奋伐荆楚，深入其阻，裒荆之旅，有截其所，汤孙之绪。"若核以《左氏》、《史记》所载，宋襄公固未胜楚，盂之盟辱身，泓之战丧师，几乎亡国，晋文救之，然后不亡。若此汤孙为襄公，何至厚颜如此？答之曰：《诗》之语夸，一往皆然，即以《周诗》论，猃狁侵镐，至于陉阳，临渭滨矣（从王静安所考，陉阳为秦之陉阳，非汉之陉阳）；徐淮侵周，迫雒京矣。而《周诗》所记南征北伐，只记反攻之盛，不言入寇之强。且《殷武》固一面之词，《左氏》所记亦一面之词。旧来《国语》应是晋三家将为诸侯或已为诸侯时之人所集，以晋楚等传说为资料而成者。今如统计《国语》、《左传》时记事，晋最多，楚次之，鲁又次之，(《左传》中关涉鲁者甚多，然皆敷衍经文语，当非原有。) 晋楚间小国如周郑等又次之，宋甚少，齐尤小。且《左氏》称晋楚多善言，记鲁国多乱政，从此可知原本《国语》之成分，来自晋楚者多，宋齐事恐皆是附见他国者，楚人记宋襄公必另是一面之词也。今试看《春秋》所记，葵丘之会，襄公与焉；鹹之会，牡丘之会，淮之会，皆与焉。齐桓甫死，襄公即以曹卫邾莒之师伐齐，胜鲁而定齐难，于是乎继齐桓之霸。次年(僖十九年)执滕子婴齐，与曹人邾人盟于曹南。逾二年(僖二十一年)宋人齐人楚人盟于鹿上。大国之盟，宋人为先，俨然盟主也。其年秋，"宋公、楚子、陈侯、蔡侯、郑伯、许男、曹伯盟于盂"，襄公然后为楚所欺，乘车之会，楚人伏兵执襄公。次年，"宋公、卫侯、许男、滕子伐郑"，其年冬十一月，然后败于泓。由是而论，襄公固曾主霸，只是断烂朝报之《春秋》，所记不详耳。襄公曾致楚人来，盟之而为主霸，泓之战前，未必对楚无小胜也。且若合襄公前后两世看之，宋在当时关系实大。僖四年，"公会齐侯、宋公、陈侯、卫侯、郑伯、许男、曹伯侵蔡，蔡溃，遂伐楚，次于陉。楚屈完来盟于师，盟于召陵"。僖六年夏，"公会齐侯、宋公、陈侯、卫侯、曹伯伐郑，围新城。秋，楚人围许，诸侯遂救许"。七年，"公会齐侯、宋公、陈世子款、郑世子华，盟于宁母"。八年"公会王人、齐侯、宋公、卫侯、许男、曹伯、陈世子款盟于洮，郑伯乞盟"。是齐桓敌楚诸役，襄公之父桓公皆与焉。(当时郑已臣服于楚，故齐桓诸会，子华听命，郑伯不来。其后宋襄公时伐郑，亦以楚故。楚胜宋，郑文夫人芈氏姜氏劳楚子，取郑二姬而归。) 襄公卒后，楚势大张，伐陈灭夔，数次伐宋，几至入其国，诸侯以宋故盟于宋。至僖公二十八年，晋文败楚于城濮，然后中国不为楚灭。是则晋文定功，亦缘宋之故也。齐桓晋文之间，宋襄虽小霸而不卒，然齐桓晋文御南蛮之事业，宋公三世（桓襄成）皆参与之。则"奋伐荆楚"之语，括召陵之盟以言可也。若《殷武》作于襄公卒后，括城濮之役以言亦可也。《殷武》固只言战荆而胜之，未言荆楚来享。总之，《楚语》以楚为本，一种说法，《殷武》以宋为本，又是一种说法。其详则"书阙有间"，不可考矣。

就《殷武》看，宋之民族思想在春秋中世又大发达，所谓"自彼氐羌，莫敢不来享，莫敢不来王"者，乃指周之先世臣服于商。姜为周所自出，《大雅》"厥初生民，实为姜嫄"，《鲁颂》"赫赫姜嫄，其德不回"。至于氐，疑即狄之异文。

三、《商颂》非考父作

正考父相传为孔父嘉之父，孔父嘉与殇公同为华父督所杀（桓王十年，西历前710年），下逮襄公之立（襄王二年，西历前650年），已六十年，时代不相接。故《史记》、《韩诗》以《商颂》为襄公时者则是，以为即是正考父作者则非。战国末汉初人好为诗寻作者，故以《周颂》一部分为周文公作（已见《国语》），《鲁颂》为奚斯作，《商颂》为正考父作，无非于其国中时代差近之闻人，择一以当之。此是说诗者之附会，不暇详考年代者也。

宋襄公之为如何人物，《春秋》家与《国语》、《左氏》所记绝异。泓之战，《公羊传》以为"虽文王之师不为过"。凡记襄公事，无不称之，襄公受窘，无不讳之。《公羊》于齐桓称之甚矣，亦未至如此。故宋襄公者，公羊家之第一偶像。《论语》、《孟子》无谈及襄公者。然以孔子之称管仲齐桓，孟子之论《春秋》，"其事则齐桓晋文"，又曰"戎狄是膺"，诸义衡之，宋襄自是历来儒家所传之贤圣，为中国文化奋斗者也。儒与宋颇有关系，《国语》则出自晋，不与宋相涉，又非儒家之义，故其记襄公与《诗经》、《春秋》有异。刘子骏刺取《国语》材料以为《春秋左氏传》，凡《公羊》之义彼可得而反者，无不设法尽力反之。《公羊》义之甚重者，如新周、故宋、王鲁，《左氏传》则全无以鲁为王之义，而改《公羊》春王正月之王谓文王一义曰"王周正月"，更以周为绝对者，非溯统而述文王。至其抑宋，更不待说矣。

故《商颂》为宋襄公之颂，儒者所传故说，与事实相合者也。引申而有正考父作之论，传《诗》者之小傅会也。改正考父之作为校，而曰是商代之诗，刘子骏作伪时所取义，以抑宋之地位，以与三家《诗》立异，以与春秋家立异，于《鲁语》中羼入一种不伦不类之言，以证其说者也。刘子骏盖以自己校书之事加之古人，而忘时代之异，《商颂》说之三段迁移如此。

综观《鲁颂》、《商颂》，齐桓管仲事业之盛可见，宋襄鲁僖皆叨桓公之光者耳。齐桓之霸，北伐山戎，以救邢封卫，南伐楚，陈诸侯之兵于召陵，楚既受责，略东夷淮徐以归。方厉宣之世，狁临渭，徐淮犯雒，南北交侵中国，宣王能自保未能大定也，故幽王遂亡于犬戎。周既东之后，楚又张大，申、息、随、邓、江汉诸姬，无不翦灭，进迫河、洛之间。齐桓遂于北方功定之后，率诸侯之师以威之，虽未能战而胜楚，楚不敢不受盟也。鲁僖实躬与桓公历年之盟会，伐楚之役，与师往焉，东略而归，遵徐淮而反。疑《鲁颂》中所言淮夷来同，徐方来同者，未必非由召陵班师之役，桓公助之开始经营。桓公晚年，徐从诸夏，楚伐之，诸夏救之。桓公一死而宋鲁哄，宋纳齐孝公，鲁亦纳公子无亏，宋败鲁。从此宋东联东夷，主诸夏之盟，以斗楚，鲁则折而为楚。（僖十九年，鲁与楚盟。鲁之折而为楚者，疑由子志切略地徐方，故远交楚而近攻徐。徐在桓公末年，已折为中夏，楚伐之，同时楚人入舒，舒亦淮上国也。楚鲁夹攻徐，则鲁之拓地徐方自易。鲁僖为自己之利，忘诸夏之义矣）宋襄之主盟不成者，恐亦由于恢夏殷商之观念甚炽，姬姓诸国所极不愿，然毅然抗楚之北上，为齐桓之所不敢为，继齐桓之志，开晋文之业，诚春秋前半之最大事件。若鲁僖则始追齐桓之后，继背诸复而为楚，终乃于泓之战后受楚之献宋俘。乃曰："戎狄是膺，荆舒是惩。"亦颜之厚矣。若《商颂》之语，虽为辞近，就感情论，及诚真无隐。宋人质直，故谈愚人每曰宋人（《庄子》宋人资章甫而适诸越，《孟子》宋人有悯其苗之不长而揠之等。），而大史公评鲁公"揖让之礼则从矣，而行事何其戾也！"礼云礼云，乐云乐云，鲁道之交，如是而已。

《国风》

一、"国风"一词起来甚后

"雅"、"颂"均是春秋时已经用了的名词，而风之一词出来甚后。《论语》上只有"南""郑"等称，无"国风"一个统称。《诗经》自己文句中有"以雅以南"，也不提及风字，其提及风字者，乃反不在风中，如"吉甫作诵，其风肆好"在《大雅》。《左传·襄二十九年》，载吴季札观乐语，亦不及风字，直曰周南、召南、邶、鄘、卫等等而已。汉儒董仲舒又以《大雅》文王受命为"乐之风也"。汉儒制作的《礼记》各篇中，才有国风这个名词。现在《国风》各部分都是当时列国的通信歌乐，统言曰诗（与雅颂同），析言则曰周南、召南，曰邶、鄘、卫，曰王，曰郑等，必曰风，风乃该雅。山川有异，建国各殊，风土不同，感觉不一，春秋时有人集合之，大体上如我们今日所见，但当时歌诗决不止此，恐和汉魏乐府，唐五季北宋词一样，流传世间者万千中之十一耳。始也风可该雅，继则以风对雅，言风雅犹今言雅俗，后来风雅成一名词，如杜子美时"别裁伪体亲风雅"，风雅即等于雅，犹之乎吉凶皆是德矣。

二、四方之音

既如上所述，则论《国风》必以其为四方不齐之音，然后可以感觉其间之差别。《吕氏春秋·音初》篇，为四方之音各造一段半神话的来源，这样神话全无一点历史价值，然其分别四方之音，可据之以见战国时犹感觉各方声音异派。且此地所论四方恰和《国风》有若干符合，请分别述之。

甲、南音 "禹行功，见涂山氏之女，禹未之遇，而巡省南土。涂山氏之女乃令其妾侯禹于涂川之阳，女乃作歌。歌曰：'侯人兮猗。'实始作为南音。"周公及召公取风焉，以为《周南》、《召南》。以"侯人兮"起兴之诗，今不见于二《南》。然吕不韦时人尚知二《南》为南方之音，与北风对待，所以有这样的南音原始说。二《南》之为南音，许是由南国俗乐所出（周殖民于南国者，用了当地的俗乐。），也许战国时南方各音由二《南》一流之声乐出，《吕览》乃由当时情事推得反转了，但这话是无法考核的。

乙、北音 "有娀氏有二佚女，为之九成之台，饮食必以鼓。帝令燕往视之，鸣若谥隘，二女爱而争搏之，覆以玉筐；少选，发而视之，遗二卵，北飞，遂不返。二女作歌一终。曰：'燕燕往飞。'实始作为北音。"以"燕燕于飞"（即燕燕往飞）起兴之诗，今犹在《邶》、《鄘》、《卫》中。（凡以一调与起为新词者，新词与旧调，应同在一声范域之中，否则势不可歌。起兴为诗，实即填词之初步，诗填词法严，起兴自由耳）。是《诗》之《邶》、《鄘》、《卫》为北音。又《说苑·修文》篇，"纣为北鄙之声，其亡也忽焉"，《卫》正是故殷朝歌。至于邶、鄘所在，王静安君论之最确，抄录如下：

> 郑氏诗谱曰，邶、鄘、卫者，商纣畿内方千里之地，自纣城而北谓之邶，南谓之鄘，东谓之卫。以邶为近畿之地。《续汉书·郡国志》，径于河内郡朝歌下曰，北有邶国，则以

邶为在朝歌境内矣。彝器中多北伯北子器，不知出于何所。光绪庚寅，直隶涞水县张伯泾又出北伯器数种，余所见拓本，有鼎一、卣一，鼎文云，"北伯作鼎"；卣文云"北伯斿作宾尊彝"。北即古之邶也。此北伯诸器与易州所出祖父兄三戈，足征涞易之间，尚为商邦畿之地，而其制度文物全与商同。观于周初箕子朝鲜之封，成王肃慎之令，知商之声灵固远及东北，则邶之为国自当远在殷北，不能于朝歌左右求之矣。邶既远在殷北，则鄘亦不当求诸殷之境内，余谓鄘与奄声相近，《书·雒诰》"无若火始焰焰"，《汉书·梅福传》引作"毋若火始庸庸"；《左文十八年传》"阎职"，《史记·齐太公世家》、《说苑·复思篇》并作"庸职"，奄之为鄘，犹阎之为庸矣。奄地在鲁，《左襄二十五年》，"齐鲁之间有弇中"。汉初古文《礼》经出于鲁淹中，皆其证。邶、鄘去殷虽稍远，然皆殷之故地。《大荒东经》言"王亥托于有易"，而泰山之下亦有相土之东都，自殷未有天下时已入封域，又《尚书疏》及《史记集解》、《索隐》皆引汲冢古文"盘庚自奄迁于殷"，则奄又尝为殷都，故其后皆为大国。武庚之叛，奄助之尤力，及成王克殷践奄，乃封康叔于卫，周公子伯禽于鲁，召公子于燕，而太师采诗之目，尚仍其故名，谓之邶、鄘，然皆有目无诗。季札观鲁乐，为之歌邶、鄘、卫，时尚未分为三；后人以《卫诗》独多，遂分隶之于《邶》、《鄘》，因于殷之左右求邶、鄘二国，斯失之矣。

丙、西音 "周昭王亲将征荆，辛余靡长且多力，为王右。还反涉汉，梁败，王及蔡公抎之汉中。辛余靡振王北济，又反振蔡公。周公乃侯之于西河，实为长公。（周公旦如何可及昭王时，此后人半神话）殷整甲徙宅西河，犹思故处，实始作为西音，长公继是音以处西山，秦公取风焉，实始作为秦音。"然则秦风即是西音，不知李斯所谓"击瓮叩缶，弹筝搏髀"者,即《秦风》之乐否。《唐风》在文词上看来和《秦风》近,和《郑》、《王》、《陈》、《卫》迥异,不知也在西音之内否。

丁、东音 "夏后氏孔甲田于东阳萯山,天大风,晦盲,孔甲迷惑,入于民室。主人方乳,或曰:'后来,是良日也,之子是必大吉。'或曰:'不胜也,之子是必有殃。'乃取其子以归,曰:'以为余子,谁敢殃之?'子长成人,幕动坼橑斧斫斩其足,遂为守门者。孔甲曰:'呜呼,有疾,命矣夫!'乃作为《破斧》之歌,实始为东音。"今以《破斧》起兴论周公之诗,在豳,恐《豳风》为周公向东殖民以后,鲁人用周旧词,采庸奄土乐之诗(已在《周颂》中论之)。

从上文看,那些神话因不可靠,然可见邶、南、豳、秦方土不同,音声亦异,战国人遂以之为异源。

戊、郑声 《论语》言放郑声,可见当时郑声流行的势力。李斯《上秦王书》:"郑卫桑间……异国之乐也,今弃击缶而就郑卫。"不知郑是由卫出否?秦始皇时郑声势力尚如此大,刘季称帝,"风变于楚",上好下甚,想郑声由此而微。至于哀帝之放郑声,恐怕已经不是战国的郑声了。

己、齐声 齐人好宗教(看《汉书·郊祀志》),作侈言(看《史记·孟子驺子列传》),能论政(看管晏诸书),"泱泱乎大国",且齐以多乐名。然《诗·风》所存齐诗不多,若干情诗以外,即是论桓姜事者。恐此不足代表齐诗。

三、"诸夏"和《国风》

"诸夏"一个名词是古史上一个重要的问题,我们且试求诸夏是些甚么,在哪一带地域。

《诗·周颂》:"明昭有周,式序在位。载戢干戈,载櫜弓矢。我求懿德,肆于时夏,允王保之!"

又:"思文后稷,克配彼天!立我烝民,莫匪尔极。贻我来牟,帝命率育。无此疆尔界，陈常于时夏。"

《论语》："夷狄之有君，不如诸夏之亡也。"

《左传》："任宿句，风姓也，实司太皞与有济之祀，以服事诸夏。"

《荀子》："君子居楚而楚，居夏而夏。"

历来相传夏商周为三代，商周两世的历史，我们晓得的还多，夏世则太少了。不知太史公据《世本》以成的《夏本纪》在世次上有多少根据，但"启"之一词，已经等于始祖，其上乃更有禹与尧舜之传说生关系者，大约总是后来人所加。启之母为涂山氏女，或即和周之姜嫄，殷之有娀为同类之传说，而启之开夏或即由于灭甘乃大（《甘誓》已言五行，出必甚后，当在战国末矣）。夏之世系大约已不完全，相传夏故域在汾水流域，而其后代之祀在壅丘，当黄河之南，去殷商不远。又在陈者有夏氏，疑夏在盛时之疆域，北包晋唐，东至山东境，南及于江汉，此区域中文明古国至多，到春秋时这些痕迹犹在。国为南汤践灭，而文物犹在，故这一带地方的列国叫做诸夏。商虽灭夏，然以取夏文化之故，或者也以诸夏自居，犹之乎满洲人入了山海关，便也自称中国，称人蛮夷了。周人入了中国，把中国"周化"得很利害，封建制度即是扩大周化的，而周行周道周宗周京一齐周起来，而文化的中国之名仍泛用夏。《周颂》中那几篇无韵的文辞甚古，说到夏者两处，在有韵的《周颂》及大、小《雅》中夏之称不见了，《周颂》中说到夏的几句话。大意是谓武成功立，藏起干戈弓矢来，与诸夏相安，这很像克服了中国与人休息的话。这样看来，诸夏在西周之初是很常用的名词。直到战国末年，还以楚对夏，大约由于楚向北发展，诸夏又受了一回震动，诸夏之一部分遗留，即为周之南国者，为楚所并，而楚风变夏。然楚夏对当之称犹在民间。夏一个字在商周千多年中的命运，仿佛像汉一个字在魏晋以后至于现在的命运一样。

那么晋之南，汉之北，一切小国，在势力上几乎都是四邻大邦的附庸，在文化上却有很长的遗留，或者郑、魏、陈、桧以至于曹，以至于唐，一切不同的列国之风，就音乐论也许保留了些诸夏之旧。发扬蹈厉每是新国之容，濮上桑间，玉树后庭，乃歌胜国之文华也。

四、起兴

六诗之说始于《周官》。《毛诗叙》说："诗有六义焉，一曰风，二曰赋，三曰比，四曰兴、五曰雅，六曰颂。"自秦始皇数用六以后，汉儒凡事都以六为纪，不可以五，不可以七，六艺六书皆不恰恰是六。六在汉代犹之七在佛经上，成了一种"圣数"啦！所以六诗一说，本不必拘泥求之。大约说六诗者有两类：一、以六诗皆是诗体之称，如《郑志》；二、以风雅颂为体，赋比兴为用，如《朱传》。近人章炳麟先生谓赋比兴为诗体，为孔子所删。赋比兴之本为诗体，其说不可易，至读《诗三百》中无赋比兴者，乃孔子所删，则不解删诗之说，本后起之论，宋儒辨之已详也。章君又谓赋即屈荀之所作体，其言差信，谓比即辩亦通，独谓兴为挽歌，乃甚不妥。（章说见《检论》二）强引《周官》以论兴，说得使人心上不能释然。寻绎《毛传》独标兴体，必有缘故。前见顾颉刚先生一文论此，谓兴体即后人所谓起兴，汉乐府以至于现行歌谣犹多如此。据原有歌中首句或首两句，下文乃是自己的，故毛公所据兴体，每每上两句与后来若相干若不相干。此论至不可易。起兴之用，有时若是标调，所起同者，若有多少关系。例如《邶》之"习习谷风"和《小雅》之"习习谷风"，长短有别，皆是弃妇词。"关关雎鸠"和"雍雍鸣雁"相类，皆是结婚词。"燕燕于飞，泄泄其羽"，和"雄雉于飞，泄泄其羽"相等，皆是伤别词。即《吕氏春秋》所记"燕燕往飞"也是感别，《破斧》之音也是人事艰屯。那么起兴同而辞异者，或者是一调之变化吗？

《国风》分叙

一、《周南》、《召南》

　　《周南》、《召南》都是南国的诗,并没有岐周的诗。南国者,自河而南,至于江汉之域,在西周下一半文化非常的高,周室在那里建设了好多国。在周邦之内者曰周南,在周畿外之诸侯统于方伯者曰召南。南国称召,以召伯虎之故。召伯虎是厉王时方伯,共和行政时之大臣,庇护宣王而立之之人,曾有一番轰轰烈烈的功业,"日辟国百里"。这一带地方虽是周室殖民地,但以地方富庶之故,又当西周声教最盛之时,竟成了文化中心点,宗周的诸侯每在南国受封邑。其地的人文很优美,直到后来为荆蛮残灭之后,还保存些有学有文的风气。孔子说"南人有言……",又在陈、蔡、楚一带地遇到些有思想而悲观的人。《中庸》上亦记载"宽柔以教,不报无道,南方之强也,而君子居之"。这些南国负荷宗周时代文化之最高点,本来那时候崤函以西的周疆是不及崤函以东大的(宣王时周室还很盛,然渭北已是猃狁出没地,而渭南的矢,在今鳌屋县,逼近镐京,已称王了。不知在汉中有没有疆土,在巴蜀当然是没有的。若关东则北有河东,南涉江汉,南北达两千里)。我们尤感觉南国在西周晚年最繁盛,南国的一部本是诸夏之域,新民族(周)到了旧文化区域（诸夏）之膏沃千里中（河南江北淮西汉东）更缘边启些新土宇（如大、小《雅》所记拓土南服），自然发生一种卓异的文化，所以其地士大夫家庭生活，"鼓钟钦钦，鼓瑟鼓琴，笙磬同音。以雅以南，以籥不僭"。《周南》、《召南》是这一带的诗，《大雅》、《小雅》也是这一带的诗，至少也是由这一带传出，其上层之诗为《雅》，其下层之诗号《南》。南国盛于西周之末，故《雅》、《南》之诗多数属于夷厉宣幽，南国为荆楚剪灭于鲁桓庄之世，故《雅》、《南》之诗不少一部分属于东周之始。已是周室丧乱，哀以思之音。

二《南》有和他《国风》绝然不同的一点，二《南》文采不艳，而颇涉礼乐：男女情诗多有节制（《野有死麕》一篇除外），所谓"发乎情止乎礼义"者，只在二《南》里适用，其他《国风》全与礼乐无涉（《定之方中》除外），只是些感情的动荡，一往无节。

《周南》、《召南》是一题，不应分为两事，犹之乎《邶》、《鄘》、《卫》之不可分，《左传·襄二十九》，吴季札观乐于鲁，"为之歌《周南》、《召南》"，固是不分的。

现在把《周南》、《召南》中各篇的意思，凭一时猜想，写在下面。限于时间和篇幅，考证不详，又不能申长叙论，所以只举大义。以下《国风》皆放此。其中必有不少错误，诸君应详细覆案，若有所疑，便即讨论。

《关雎》　叙述由"单相思"至结婚，所以是结婚时用的乐章。

《葛覃》　这是女子之辞，首章叙景物，次章叙女工，卒章言归宁。

《卷耳》　女子思其丈夫行役在外之辞。但首章是女子口气，下三章乃若行役在外者之辞，恐有错乱。

《樛木》　祝福之辞，《小雅》中这一类甚多。

《螽斯》　祝福之辞，祝其子孙。

《桃夭》　送女子出嫁之辞。

《兔罝》　称美武士之辞。

《芣苢》　女子成群，采芣苢于田野，随采随歌之调。

《汉广》　此诗颇费解，既曰"汉有游女，不可求思"，又曰"之子于归，言秣其马"，像是矛盾。欧阳永叔以为"言秣其马者"，所谓"虽为之执鞭所欣慕焉"之意，这话有趣，然亦未必切合。这样民歌每每没有整齐的逻辑，遂心所适而言，所以不可固以求其意。此诗初章言不可求，次章卒章、言已及会晤，送之而归，江汉茫茫，依旧不可得。

《汝坟》　妇思其夫行役在外，未见时，"惄如调饥"；"既归"则曰"不我遐弃"。卒章叹息时艰，曰"王室如毁"，则已是幽王丧乱后诗。

《麟趾》　称颂之辞，以麟为喻，颂公姓盛美。

《鹊巢》　送嫁之辞，与《桃夭》同。

《采蘩》　女子之辞。首章、次章言自己采蘩，末章言其丈夫早出迟归，以从公室之事。

《草虫》　女子思其丈夫行役在外，未见则忧，既归则悦，与《汝坟》同。

《采蘋》　女子采蘋之辞，与《采蘩》同。

《甘棠》　周衰楚盛，召伯虎之功不得保持，国人思之。

《行露》　此诗难解，聚讼已多。疑是一女子矢志不嫁一男子之辞。

《羔羊》　形容仕于公者盛服反家。

《殷其雷》　丈夫行役在外，其妻思之旋归。

《摽有梅》　此是女子求男子之辞，乃是一篇《关雎》别面。初章曰及吉而嫁，次章曰及今而嫁，卒章曰语之即嫁。

《小星》　仕宦者夙夜在公，感其劳苦而歌。

《江有汜》　女子为人所弃而歌。首章言虽弃我而后必悔，次章言虽弃我亦即安之，卒章言虽弃我我自乐，《郑风》所谓"子不我思，岂无他人"也。

《野有死麕》　男女相悦，卒章虽《郑风》不是过。

《何彼秾矣》 歌王姬下嫁之盛，既曰平王之孙，则明是东迁后多年之诗。

《驺虞》 此是猎歌。

二、《邶》、《鄘》、《卫》

邶鄘卫乃一体，不可分，误为人分为三。《左传·襄二十九》，吴季札闻乐于鲁，尚不分。邶鄘卫篇章皆是卫诗，而蒙以邶鄘故名者，明音之所自；此是北风，以对南音（详上章）。

《柏舟》 女子不见爱于其夫，困于群妾，作此劳歌。

《绿衣》 此亦悲歌，但所悲何事未明。此是兴体，朱子误以为比。女子制衣，且制且叹。

《燕燕》 相传为庄姜送戴妫归之词。然陈女妫姓，并非任姓，"仲氏任只"，犹《大雅》"挚仲氏任"，虽非一人而同名。若大任之名，后来为人借用以呼一切贤善女子，则此诗可为涉庄姜戴妫者，否则名姓不同，必另是一事。此为送别之悲歌则无疑。

《日月》 妇见弃于夫之哀歌。

《终风》 妇不见爱于其夫，其夫"谑浪笑敖"以待之，伤而歌此。

以上四诗，《毛诗》以为庄姜传，《鲁诗》遗说可考者，则以《柏舟》为寡姜诗，《燕燕》为定姜诗（《韩诗》同），《日月》为宣姜诗，其实皆无征，但为妇人见弃之词耳。

《击鼓》 丈夫行役于外念及室家，思其旧盟，而为哀歌。"平陈与宋"，或云是州吁联合宋、陈、蔡以伐郑纳太叔段事（此事记载《史记》、《左传》各不同），不可详考。

《凯风》 孝子之辞，自怨自艾，谓母氏圣善，而已无令德。《毛诗序》以为其母有七子而不安其室，恐怕说得太多了。

《雄雉》 妇思其夫行役在外，悲其不能来，德音慰之。

《匏有苦叶》 义未详，四章不接，恐已错乱。

《谷风》　妇人为夫所弃，为此悲痛之歌。

《式微》　《列女传》（刘向传《鲁诗》）以为是黎庄夫人与其傅之辞。《毛诗序》以为黎侯失国久寓于卫，其臣劝之归。毛说较通，然未必有据。

《旄丘》　行役在外之人展转无定，怨其叔伯不致之归。

《简兮》　形容万舞之士而美之。

《泉水》　卫女出嫁诸侯，思归宁而不可屡归。初章言思归，次章、三章言归宁之行，末章是后来又思归宁也。

《北门》　士不得志，穷而且劳。

《北风》　男女相爱，同行同归。

《静女》　此亦同上，为男女相爱之辞。

《新台》　本事已亡，诗义不详。《毛诗序》以为刺宣公诗，甚觉不切。此篇与下篇之毛义，朱子皆疑之。

《二子乘舟》　鲁说以为伋、寿二子傅母作，毛以为国人伤伋、寿之死而作，然诗中无可证此义者。

《柏舟》　母氏欲其嫁一人，而自愿别嫁一人，以死矢之。

《墙有茨》　言卫宫淫乱。

《君子偕老》　美君夫人之辞，全无刺义。"不淑"即"不吊"，王引之、吴大澂已证之。

《桑中》　男女相爱之诗。

《鹑之奔奔》　刺其上之词。

《定之方中》　《左传》、《史记》皆载卫懿公灭于狄事。懿公战死，"宋桓公逆诸河……卫之遗民男女七百有三十人，益之以共滕之民为五千人，立戴公以庐于漕。齐侯使公子无亏率车二百乘，甲士三千人，以戍漕"。"戴公元年卒，齐桓公以卫数乱，乃率诸侯伐狄，为卫筑楚丘，立戴公弟毁为卫君，是为文公"。"文大布之衣，大帛之冠，务材，训农，通商，惠工，敬教，劝学，受方，任能，元年革车三十乘，季年乃三百乘"。此诗中言"作于楚宫"，"作于楚室"，"以望楚矣"，其为卫文公营楚丘诗甚明。末云"骍牝三千"，生息已繁矣。

《蝃蝀》 义不详。初二章言行远父母，卒章言无信不知命，当有错乱。

《相鼠》 刺无礼。

《干旄》 此诗本事已亡，义不能详。

《载驰》 此许穆夫人诗。《列女传》三："许穆夫人者，卫懿公之女，许穆公之夫人也。初，许求之，齐亦求之，懿公将与许。女因其傅母而言曰：'古者诸侯之有女子也，所以苞苴玩弄，系援于大国也。今者许小而远，齐大而近，若今之世，强者为雄，如使边境有寇我之事，维有四方之故，赴告大国，妾在不犹愈乎？今舍近而就远，离大而附小，一旦有车驰之难，孰可与虑社稷？'卫侯不听，而嫁之于许。其后翟人攻卫，大破之，而许不能救卫侯，遂奔走涉河而南，至楚丘。齐侯往而存之，遂城楚丘以居卫侯，于是悔不用其言。当败之时，许穆夫人驰驱而吊唁卫侯，因疾之而作诗云……君子善其慈惠而远识也。"按此段所记与《左传》、《史记》皆不合，许穆夫人为懿公之妹，非其女。且懿公被杀，国亡，齐先立戴公，以城于漕，次立文公，以城楚丘。《列女传》当是本之《鲁诗》说，未采《左传》、《史记》。《毛诗序》："《载驰》，许穆夫人作也。闵其宗国颠覆，自伤不能救也。卫懿公为狄人所灭，国人分散，露于漕邑，许穆夫人闵卫之亡，伤许之小，力不能救，思归唁其兄，又义不得，故赋是诗也。"按此说本之《鲁诗》而稍改善，犹有不妥处，即谓许穆夫人思归而不得；诗文中则许穆夫人固已"言至于漕"矣。

解此诗最善者，无过朱子。从朱子之解，诗中文义可通。盖许穆夫人已至于漕，而许大夫追之使反，愤而为此诗。朱说易见，且文繁，故不录。

《淇澳》 自《鲁诗》以来相传以为美卫武公之作。诗本文无证，要之为美"君子"之诗则然也。

《考槃》 隐居不仕者之诗。

《硕人》　自《鲁诗》以来，相传以为为庄姜作。以诗本文论，此说是也。此诗鲁以为刺，毛以为悯，其实不含刺悯，但形容庄姜容貌意态之美耳。盖庄姜初由齐至卫，卫人惊其美而有仪，乃作此歌。故先叙其家世，末叙其媵从也。此与《召南》之《何彼秾矣》，《大雅》之《韩奕》，皆歌初嫁之诗。《左传》"美而无子，卫人所为赋《硕人》也"，此乃发明《毛传》所谓悯者，诗文全不涉及"无子"。《左传》中论诗义者多刘歆诸人羼入，成其古文学之系统，前人论之详矣。

《氓》　妇人为夫所弃之劳歌，与《谷风》同。

《竹竿》　诸侯女嫁于卫，思归宁而不得之辞（非卫女嫁于诸侯者之辞）。

《芄兰》　所谓不详。

《河广》　《毛序》以为宋桓夫人作。"宋桓夫人，卫文公之妹，生襄公而出。襄公即位，夫人思宋，义不可往，故作是诗以自止。"不知此说是否，其为思宋之诗则无疑。

《伯兮》　丈夫行役在外，其妻思之。

《有狐》　丈夫行役在外，其妻虑其无衣无裳。

《木瓜》　男女相好之辞。

三、《王》

《王风》是周朝东迁以后在王城一带的民间诗。《王风》与二《南》不同者，二《南》虽涉东周之初，犹是西周之遗风，所以并不是乱世之音；《王风》则在东迁之后，疆土日蹙，民生日困，所以全是些乱离的话。

《黍离》　行迈之人悲愤作歌。《毛序》谓"周大夫行役至于宗周，过故宗庙宫室，尽为禾黍，闵周室之颠覆，彷徨不忍去，而作是诗"。然诗中云："知我者谓我心忧，不知我者谓我何求。悠悠苍天，此何人哉！"与此情景颇不切合。

《君子于役》 丈夫行役于外，其妻思之。

《君子阳阳》 室家和乐之诗。

《扬之水》 戍人思归之诗。东迁之后，既亡四疆，而南国又迫于楚。周室当散亡之后，尚须为南国戍。申、甫、许皆受迫害，而周更大困矣。此桓庄时诗，桓庄以前，申、甫未被迫，桓庄已后，申、甫已灭于楚。

《中谷有蓷》 女子嫁人不淑之悲诗。

《兔爰》 遭时艰难，感觉到生不如死。此《诗三百》中最悲愤之歌。

《葛藟》 政衰世乱，人民流散，求寄生于人家，而人不收。

《采葛》 男女相思之歌。

《大车》 男女相爱，不敢同奔，矢以同死。

《丘中有麻》 男女约期之词。

四、《郑》

《缁衣》 义不详，《毛序》以为美武公，不知何据。

《将仲子》 一女爱一男子，而畏父母宗族，辞以绝之。

《叔于田》 郑人爱大叔段，而称美之。

《大叔于田》 同上。

《清人》 此诗之本事，毛氏、《左传》相表里为一辞。《毛序》："《清人》，刺文公也。高克好利而不顾其君，文公恶而欲远之，不能，使高克将兵而御狄于竟。陈其师旅，翱翔河上，久而不召，众散而归。高克奔陈。公子素恶高克进之不以礼，文公退之不以道，危国亡师之本，故作是诗也。"《春秋》闵元"郑弃其师"。《左传》："郑人恶高克，使率师次于河上，久而弗召，师溃而归，高克奔陈。郑人为之赋《清人》。"此为《左传》之最不似《国语》处，亦即最显然敷衍经文处。此古文学之系统的印证，最不足信者，此诗本事竟不可考。

《羔裘》　美君子。而此君子为何人，则本事已亡。

《遵大路》　男女相爱者中道乖违，于路旁作别，仍愿留之。

《女曰鸡鸣》　此亦相悦者之辞。

《有女同车》　美其所爱之女子之辞。

《山有扶苏》　相爱者之戏语。

《萚兮》　此诗无义，只是说你唱我和，当是一种极寻常的歌词，如《周南》之《芣苢》。

《狡童》　一女子为其所爱者所弃，至于不能餐息。

《褰裳》　女子戏语其所爱者之辞。

《丰》　一女子悔未偕迎之者俱去，而言欲与之归。

《东门之墠》　上章言室迩人远，下章言思之而不来。盖爱而不晤者之辞。

《风雨》　相爱者晤于风雨鸡鸣中。

《子衿》　爱而不晤，责其所爱者何以不来也。

《扬之水》　相爱者闻人言而疑，其一慰其他曰："终鲜兄弟，维予与女。无信人之言，人实迂女。"

《出其东门》　一人自言其所爱之专一。

《野有蔓草》　男女相遇而相爱，自言适愿。

《溱洧》　相爱者偕游之辞。

《论语》　有"郑声淫""放郑声"之说，直到李斯时，"郑卫桑间"，尚成《乐》中一势力。今就《三百篇》中《郑诗》看，二十一篇中，十五篇言涉男女情爱事，《萚兮》一篇，或亦为此用。是《郑诗》多言男女，诗中固为显证，不必以"郑声淫"但指声言不指诗言也。此亦足证孔子固未删《诗》，《诗》若由孔子删者，必无此样《郑风》。

五、《齐》

《鸡鸣》　妃戒其君以应早朝。

《还》 一女子自言逢一男子，其人爱而揖之。

《著》 男子期女子于其家，而见其盛装也。

《东方之日》 此应为女子之言，朱子误以为男子之言。"彼姝者子"，固可为称男者。此诗之义自显。（如"孑孑干旄"之"彼姝者子"，非指女人。）

《东方未明》 从仕于公者，感于辰夜劳苦，其君兴居不时，与《南》中之《小星》同。

《南山》 毛义以为言齐襄公鲁文姜事，与诗本文甚合。

《甫田》 大夫行役在外，其妻思之。

《卢令》 称美猎者。

《敝笱》 形容齐女出嫁。毛义以为指鲁桓夫人文姜（同《南山》），未知有据否。

《载驱》 叙述齐女嫁于鲁事，并无刺语。鲁娶于齐事不一，未必指文姜也。

《猗嗟》 称美齐之甥形容修好，舞射俱臧。鲁庄公固为齐甥，然不知此诗是否指之。

如《南山》、《敝笱》、《载驱》、《猗嗟》为一时之诗，则应是尽叙文姜、鲁庄者。

按，齐有泱泱大国风之誉，《诗三百》中殊不足以见此。疑《诗三百》之集合受齐影响少，齐诗多不入内，入内者固不足代表齐也。

六、《魏》

《魏诗》是否即《晋诗》之一部，未能决。但唐、魏之关系决不与邶、鄘、卫同。邶、鄘、卫者实是一事，皆是《卫诗》，而实以邶、鄘以记音之系统。此为北声，用对南音也。至于魏，或为魏亡前之诗，如此则为《魏诗》；或为魏亡后诗，如此则为《晋诗》。要之出于魏故地。今以唐、魏相校，诗意多不同风，《魏诗》悲悯，《唐诗》言及时行乐，容非一体。

《纠纠》　女子为其丈夫制履制服，而其丈夫性褊急，歌以刺之。

《汾沮洳》　疑是言一寻常百姓之子，美如玉英，贵族不及。

《园有桃》　心有忧者，"居则忽忽若有所亡，行则不知其所往"。愤人之不知，而弃捐不道。

《陟岵》　行役在外者，思其父母兄在家思之归。

《十亩之间》　男女相悦，而言同归。

《伐檀》　民刺其上不猎不稼，有貆有禾。

《硕鼠》　民苦于重征厚敛，以硕鼠比其上，而云将适异国。

七、《唐》

《蟋蟀》　言人应及时行乐，否则时日不我与。末又诵云："好乐无荒，良士瞿瞿。"

《山有枢》　此亦言及时行乐，而多含悲痛之意。

《扬之水》　《毛序》云："刺晋昭公也。昭公分国以封沃，沃盛强，昭公微弱，国人将叛而归沃焉。"按首章云："从子于沃。"卒章云："我闻有命，不敢以告人。"恐是曲沃谋翼事。

《椒聊》　疑是称美人之子孙蕃衍。犹《南》之《螽斯》。

《绸缪》　男女相遇，而为戏语。或谓此是婚娶时夫妇相谓之语。

《杕杜》　飘流之人，感在外之艰难，而思他人不如同父同姓也。

《羔裘》　不详。

《鸨羽》　行役在外，不遑事父母，而为哀歌。

《无衣》　言我固有衣，然不如服子之衣，更为安吉。《毛诗》以为是曲沃武公并晋始受王七命事，恐是傅会。

《有杕之杜》　思君子，欲其来，而言"中心好之，曷饮食之"。

《葛生》　此是怨旷之词。妇人感其夫在外，无与息与居者，更不知其何日来，而作沉痛语曰"百岁之后，归于其居"，言其不能待而先死也。

《采苓》 此劝人勿轻信谗言之辞。

八、《秦》

秦与周同地，虽异世而有同者，《秦风》词句每有似《小雅》处。

《车邻》 此亦及时行乐之意。

《驷驖》 此猎歌，其用于公室者，如《石鼓文》；其流行在民间者，如此类。

《小戎》 丈夫出征，其妻思之。

《蒹葭》 此亦相爱者之词。辛稼轩《元夕词》云："众里寻他千百度，蓦然回首，那人却在灯火阑珊处。"与此诗情景同。

《终南》 秦人美其君之辞。

《黄鸟》 秦穆公卒，以三良为殉，国人哀之，而歌此诗。三家、毛义同，事见《左传》。

《晨风》 丈夫在外，其妻思之。

《无衣》 秦武士出征时，相语之壮辞。

《渭阳》 《列女传》（传《鲁诗》）《毛序》皆以为秦康公送其舅氏晋公子重耳入国之辞。

《权舆》 言为礼不卒，后不承先，但不知如何人之歌也。

九、《陈》

《宛丘》 形容舞者之辞。

《东门之枌》 朱子云："男女聚会歌舞，而赋其事以相乐。"按此说是也。

《衡门》 朱子云："此隐居自乐而无求者之词。"按此说是也。

《东门之池》 思女子之辞。

《东门之杨》 男女相期于昏,而明星煌煌,犹未至也。

《墓门》 妇不得志于其夫之悲歌,与《邶诗·终风》同义。颠倒思予,乃文法之倒转,即予思颠倒。

《防有鹊巢》 朱子云"此男女之有私,而忧或间之之辞"。

《月出》 朱子云"此亦男女相悦而相念之辞"。

《株林》 人民歌陈灵公君臣从夏姬游事,事见《左传》、《国语》。

《泽陂》 此亦思女子之辞。

按,《陈风》所歌之事,最近于郑。

十、《桧》

《羔裘》 不详。毛义不通。

《素冠》 亦男女相爱之辞。女子见其所爱者遭丧,仍欲速嫁之也。

《隰有苌楚》 感于人生艰难,不如草木之无知。

《匪风》 悲诗。

按《桧诗》之体,以"兮"为结,甚似《郑风·缁衣》,故《郑》、《桧》恐是一地之诗。桧于西周时,即为郑灭。

十一、《曹》

《蜉蝣》 悲诗。

《候人》 言在朝者不称其位,无已,退与季女游乐。

《鸤鸠》 颂美其上之辞。

《下泉》 伤时衰世乱,而念昔之盛世。

按,曹叔振铎,文之昭也。周初所褒大封,后乃畏服于强邻。故《鸤鸠》之辞,稍似《小雅》;《下泉》之辞,有类亡国之音哀以思者,盖曹在初年必为大国,后乃衰微不承权舆耳。

十二、《豳》

《七月》　封建制下农民之岁歌。

《鸱鸮》　作鸟语者。此类人作鸟兽语之诗，古代中国只有此一首遗后来。

《东山》　士卒东征者，既感行役之劳，返其家室，与妇相语。

《破斧》　周公东征，虽功烈甚大。而民亦劳苦。此实哀诗，如依四家美刺之义以为序，此真"刺周公也"。

《伐柯》　此疑是婚诗。

《九罭》　就卒章看。或是徂东兵士，不愿周公西归之歌。

《狼跋》　美公孙，然不知此公孙是何人，其非周公则甚明。

《豳风》虽涉周公事，然决非周公时诗之原面目，恐口头流传二三百年后而为此语言。其源虽始于周公时，其文乃递变而成于后也。不然，《周颂》一部分如彼之简直，《豳风》如此之晓畅，若同一世，于理不允。

《诗》时代

研究《诗三百》的时代，似乎应当依下列的几条道路。

一、先把那些可以确定时代者，考定清楚，以为标准。

二、那些时代不能确定者，应折中于时代能确定者，以名的同异，语法之演进，章法之差别，定他对于能确定时代之若干篇之时代的关系。

三、凡是泛泛关涉礼乐的文词，在最初创始及历次变化中，每可经甚长的时候，故只能断定其大致，不能确指为何时。

四、在一切民间的歌谣中，每有纠缠不清的关系。乙歌由甲歌出，而乙歌又可递变为丙；一歌自最初成词，至后来谱于乐章，著于竹简，可经很多的变化。即如《小雅》之"习习谷风"，与《邶风》之"习习谷风"，起兴同，所叙之事同，意思同，显是一调之变化。起兴很可助我们寻求一调之源流的。在这情形之下，一个歌谣可以有数百年的历史，决不宜指定其为何朝者。

故由此看去，不特我们现在已经不能为《诗三百篇》篇篇认定时代，且正亦不可如此作，如此作则不免于凿。康成《诗谱》为每一篇中找好了一个时代，既诬且愚也。

一、周诗系统

《周颂》 《周颂》中大别可分为两类：一、无韵者；二、有韵又甚丰长者；其间还有些介物。那些无韵的时代在前，有韵又甚丰长者在后，有韵而不整齐丰长者在中间，此是文体之自然演化。今以其有韵又甚丰长者，与大、小《雅》中可定为厉宣时诗者比较，则觉难《周颂》之最后者，犹与厉宣时诗甚不同，则《周颂》当是成康以来下至懿孝间诗，无韵者在先，有韵者在后也。肆夏武诸章显是既克商，中国业已安定，愿言休息之诗，三家诗属之成王时或近情。

大、小《雅》 大、小《雅》无周初年者，其南征、北伐诸篇，当厉宣时。已说在前。若《大雅》之述祖德，皆是甚后之追记，且"殷之未丧师，克配上帝"诸篇，已经历历以殷亡为戒，不是兴国初年之语，又均与《周颂》的口气不同。我们难不能说《颂》、《雅》时代相递换，然《颂》之末期，可当《雅》之初期，《雅》中无与不韵之《颂》同时者，则若显然。

大、小《雅》中颇多东迁后诗，然均在始迁时，无后于平王者可见。故如但以《雅》论，则诚如孟子说："王者之迹熄而《诗》亡，《诗》亡然后《春秋》作。"

《周南》、《召南》 二《南》中可确定时代者，为《汝坟》、《甘棠》、《何彼秾矣》三篇，显是周东迁不久时诗。又《江有汜》、《汉广》等篇，显是周末丧南国时诗。南国盛于西周之末，大约二《南》是西周下半，东周初年诗。上不过共、懿，下不逾平、桓。

《豳》 豳地甚西，犹在周之西，而有"既东"之称，大约是周向东之后带来的故乐，称邠以示其自来，犹《卫诗》之称北也。《七月》、《东山》、《破斧》之原必甚古，而后来之面目则不必甚先，然《豳风》中不见有东周诗。

《王》 《王风》皆东迁后诗，其《扬之水》一章言戍申、戍甫、戍许，明是楚人北犯时诗，楚已成随，申犹未夷为楚县时也。

二、非周诗

《邶》、《鄘》、《卫》、《邶》、《鄘》、《卫》中只有两诗可确定时代者，即《载驰》与《定之方中》，都是齐桓时诗，此外文词既无大异，时代大约相离不远。

《郑》、《齐》、《魏》、《唐》、《秦》、《陈》、《桧》、《曹》此若干国中凡有时代可指实者，皆在春秋初年，只在《陈风》中有下及陈灵之世者（周定王、鲁宣公）。大约此中歌诗至早者在西周晚年，而东周初年者为最多。

《鲁颂》、《周颂》之时代已见前。

现在试作下表，未必无误，待后考之。

武王周公成王	康昭穆共懿孝	夷	厉	共和	宣王	幽王	平王	桓王	庄釐惠王	襄王	顷匡定王
	?			周南 召南							
		?		邶以下至曹							
?	豳		?								
?	小雅	大雅									
周颂	?										
和表始自共年太史自共年					宗周既灭		入春秋		商颂 鲁颂 齐桓之世 晋文之世		

民间歌词，著文或后，来源每远，故以虚线表之。

《诗》地理图

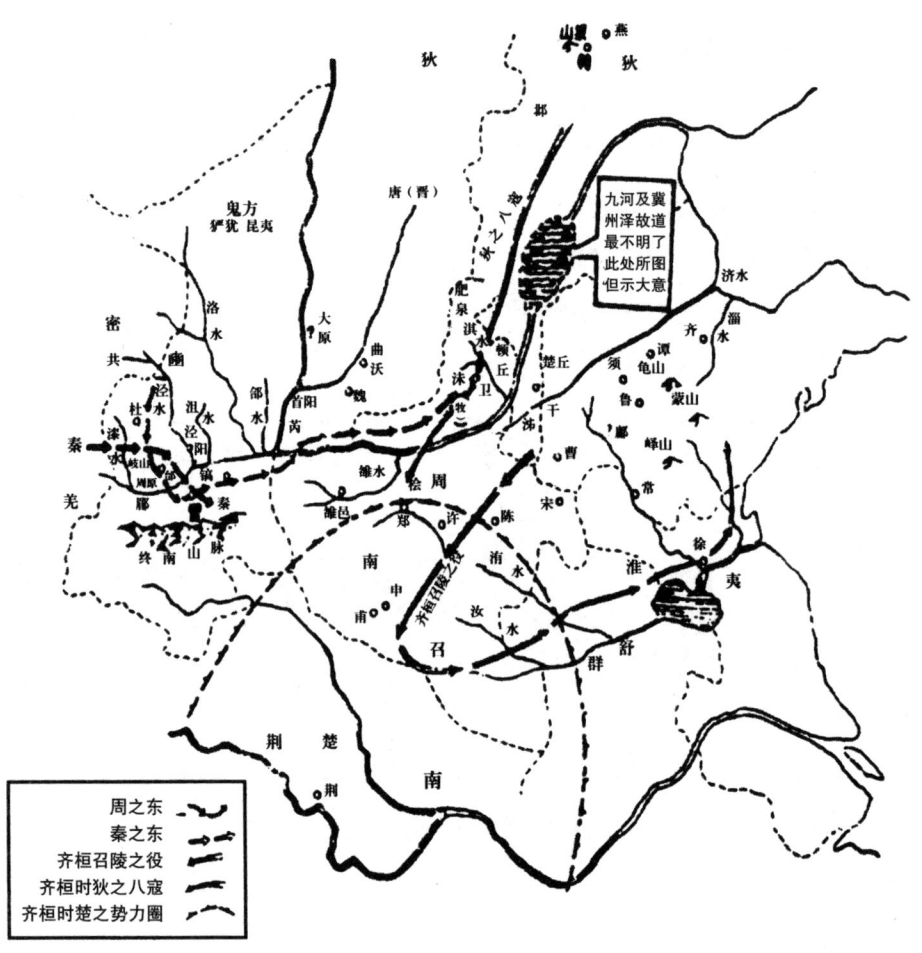

《诗》之影响

《诗三百》在儒家的文献中,虽然有这么大的势力,而在后来文学的影响上,并不见得很多。仿佛《诗经》之体,同《诗经》之文,俱断于春秋之世。后来虽有四言诗,却已不是《诗三百》之四言诗了。所以这样者,一、春秋战国间流行的音乐改变了,和旧音乐在一起的诗体遂不通行。魏文侯闻今乐则乐,闻古乐则倦,当时今乐古乐之分已甚断然了。二、汉代音乐乃继楚声者,稍加上些北方之音,故不绍雅、颂、郑、卫的系统。三、雅乃随宗周之文物而亡的,更不消说。春秋战国间,中国一切物事都大变,文辞音乐也不免随着。还有一个理由:《诗三百》到底是初年的诗体,并未发达到曹子建的五言诗,或李、杜的七言诗之地步。突然遇到春秋战国间之大变,遂不能保持着统绪下去。

况且一切诗体都不是能以绍述成生命的,所以历代诗之变比文之变快得多。文究竟多含理智上的东西,以后承前,还可积累上去。若诗,则人之感情虽说古今无异,不外是些悲欢离合,爱好愤惧,而人之感觉却无处不映照时代,时代变则感觉随着变。例如唐人最好的诗,现在读来,或者不觉得亲切,因为时代不同,我们不能感觉唐人所感觉之故。自然单个诗中每有不朽者,若但以一种体制一种倾向而论,总是有生有死,有壮有老者。

于是乎《诗三百》在后来之影响,不在诗中,而在假古董中。自汉武重倾术，而三王对策作《尚书》语，扬子云箴作《诗经》语。以后如韦、孟的诗（此非西汉诗），历代享祀的诗，每学《诗经》。然而"点窜《尧典》、《舜典》字，涂改《清庙》、《生民》诗"者，何尝是有生命的文学？不过是些学究的雕虫之技而已。汉魏六朝四言之体犹盛，然除少数的经学诗外，未尝和《诗三百》有系统的关联。

论所谓"讽"

《诗三百》之后世虽小，然以风为名之辞在后来却变成一种新文体，至汉而成枚马之赋，现在分别叙这一件事之流行。

一、"风""讽"乃一字　此类加偏旁的字每是汉儒做的，本是一件通例，而"风""讽"原通尤可证。

《诗序》："所以风。"《经典释文》："如字：徐，福凤反；今不用。"按：福凤反，即讽（去声）之音。又，"风，风也"。《释文》："并如字。风上如字，下福凤反。崔灵恩集注本，下即作讽字。刘氏云：动物曰风，托音曰讽。崔云：用风感物则谓之讽。"

《左氏·昭五年》注："以此讽。"《释文》："本亦作风。"

风读若讽者，《汉书集注》例甚多（从《经籍籑诂》所集），《食货志下》集注，《艺文志》集注，《燕王怿传》集注，《齐悼惠王肥传》集注，《灌婴传》集注，《娄敬传》集注，《梁孝王武传》集注，《卫青传》集注，《霍去病传》注，《司马相如传》集注三见，《卜式传》集注，《严助传》集注，《王褒传》集注，《贾捐之传》集注，《朱云传》集注，《常惠传》集注，《鲍宣传》集注，《韦元成传》集注，《赵广汉传》集注三见，《冯野王传》集注，《孔光传》集注，《朱博传》集注，《何武传》集注，《扬雄传上》集注二见，《扬雄传下》集注三见，《董贤传》集注，《匈奴传上》集注三见，《匈奴传下》集注二见，《西南夷传》集注二见，《南粤王传》集注，《西域传上》集注，《元后传》集注二见，《王莽传上》集注二见，《王莽传下》集注，《叙传上》集注，《叙传下》集注二见，又《后汉·崔琦传》注。按，由此而观，风为名词，讽（福凤反）为动词，其义则一。

二、风乃诗歌之泛名（前已论之）。

《诗·大雅》："吉甫作诵，其风肆好。"（此《雅》之称风者）

又《小雅》："或湛乐饮酒，或惨惨畏咎，或出入风议，或靡事不为。""郑笺"以为"风犹放也"，未安；当谓出入歌诵，然后上与湛乐饮酒相配，下与靡事不为相反。

《春秋繁露》："'文王受命，有此武功。既伐于崇，作邑于丰'，乐之风也。"（《文王受命》，在《雅》）

《论衡》："'风乎雩'，风歌也。"按此解实通。

《论语》何注，风，凉也，无谓。

故《诗》之辞为风，诵之则曰讽（动词）；泛指诗歌，非但谓十五国。又以风名诗歌，西洋亦有成例，如Arig伊大利文谓风，今在德Arie在法Air皆用为歌曲之名。

三、战国时一种之诡词承风之名

《史记·滑稽列传》：

威王大说，置酒后宫，召髡，赐之酒。问曰："先生能饮几何而醉？"对曰："臣饮一斗亦醉，一石亦醉。"威王曰："先生饮一斗而醉，恶能饮一石哉？其说可得闻乎？"髡曰："赐酒大王之前，执法在傍，御史在后，髡恐惧俯伏而饮，不过一斗径醉矣。若亲有严客，髡帣韝鞠䁱，侍酒于前，时赐余沥，奉觞上寿，数起，饮不过二斗，径醉矣。若朋友交游，久不相见，卒然相睹，欢然道故，私情相语，饮可五六斗，径醉矣。若乃州闾之会，男女杂坐，行酒稽留，六博投壶，相引为曹，握手无罚，目眙不禁，前有堕珥，后有遗簪，髡窃乐此，饮可八斗，而醉二参。日暮酒阑，合尊促坐，男女同席，履舄交错，杯盘狼藉，堂上烛灭，主人留髡而送客。罗襦襟解，微闻芗泽，当此之时，髡心最欢，能饮一石。故曰'酒极则乱，乐极则悲，万事尽然。言不可极，极之而衰'，以讽谏焉。"（此虽史公节录，非复全文，然尽是整语，又含韵词，其自诗体来，断然可见也。）

此处之讽乃名词，照前例应为风字。"以风谏焉"，犹云以诗（一种之诡词）谏焉，此可为战国时一种诡辞承风之名之确证。至于求知这样的诡词之风是甚么，还有些材料在《史记》、《战国策》中：

《战国策》八 邹忌修八尺有余，身体昳丽。朝服衣冠，窥镜，谓其妻曰："我孰与城北徐公美？"曰："君美甚，徐公何能及公也？"城北徐公齐国之美丽者也，忌不自信，而复问其妾曰："吾孰与徐公美？"妾曰："徐公何能及君也？"旦日，客从外来，与坐谈，问之客曰："吾与徐公孰美？"客曰："徐公不若君之美也。"明日，徐公来，孰视之，自以为不如；窥镜而自视，又弗如远甚。暮寝而思之曰："吾妻之美我者，私我也；妾之美我者，畏我也；客之美我者，欲有求于我也。"于是入朝见威王曰："臣诚知不如徐公美，臣之妻私臣，臣之妾畏臣，臣之客欲有求于臣，皆以美于徐公。今齐地方千里，百二十城，宫妇左右，莫不私王，朝廷之臣莫不畏王，四境之内，莫不有求于王。由此观之，王之蔽甚矣。"王曰"善。"乃下令："群臣吏民，能面刺寡人之过者，受上赏；上书谏寡人者，受中赏；能谤议于朝市，闻寡人之耳者，受下赏。"令初下，群臣进谏，门庭如市；数月之后，时时而间进；期年之后，虽欲言无可进者。燕、赵、韩、魏闻之，皆朝于齐。此所谓战胜于朝廷。

《史记》七十四　淳于髡，齐人也。博闻强记，学无所主（例如与孟子所辩男女授受不亲诸辞），其陈说慕晏婴之为人也；然而承意观色为务。客有见髡于梁惠王，惠王屏左右，独坐而见之，终无言也。惠王怪之，以让客曰："子之称淳于先生，管晏不及，及见寡人，寡人未有得也，岂寡人不足为言耶？何故哉？"客以谓髡。髡曰："固也，吾前见王，王志在驱逐；后复见王，王志在音声。吾是以默然。"客具以报王。王大骇曰："嗟乎！淳于先生诚圣人也！前淳于先生之来，有献善马者，寡人未及视，会先生至。后先生之来，有献讴者，未及试，会先生来。寡人虽屏心，然私心在彼。有之。"后淳于髡见，一语连三日三夜无倦。惠王欲以卿相位待之，髡因谢去。于是送以安车驾驷，束帛加璧，黄金百镒，终身不仕。

《史记》四十六　驺忌子以鼓琴见威王，威王说而舍之右室。须臾，王鼓琴，驺忌子推户入曰："善哉鼓琴！"王勃然不说。去琴按剑曰："夫子见容未察，何以知其善也？"驺忌子曰："夫大弦浊以春温者，君也；小弦廉折以清者，相也；攫之深，醳之愉者，政令也；钧谐以鸣，大小相益，回邪而不相害者，四时也。吾是以知其善也。"王曰："善语音。"驺忌子曰："何独语音？夫治国家而弭人民，皆在其中。"王又勃然不说，曰："若夫语五音之纪，信未有如夫子者也。若夫治国家而弭人民，又何为乎丝桐之间？"驺忌子曰："夫大弦浊以春温者，君也；小弦廉折以清者，相也；攫之深而醳之愉者，政令也；钧谐以鸣，大小相益，回邪而不相害者，四时也。夫复而不乱者，所以治昌也；连而径者，所以存亡也。故曰：琴音调而天下治。夫治国家而弭人民者，无若乎五音者。"王曰："善。"驺忌子见三月而受相印，淳于髡见之，曰："善说哉！髡有愚志，愿陈诸前。"驺忌子曰："谨受教。"淳于髡曰："得全全昌，失全全亡。"驺忌子曰："谨受令，请谨毋离前。"淳于髡曰："狶膏棘轴，所以为滑也。然而不能运方穿。"驺忌子曰："谨受令，请谨事左右。"淳于髡曰："弓胶昔干所以为合也，然而不能傅合疏罅。"驺忌子曰："谨受令，请谨自附于万民。"淳于髡曰："狐裘虽弊，不可补以黄狗之皮。"驺忌子曰："谨受令，请谨择君子，毋杂小人其间。"淳于髡曰："大车不较，不能载其常任；琴瑟不较，不能成其五音。"驺忌子曰："谨受令，请谨修法律而督奸吏。"淳于髡说毕，趋出至门，而面其仆曰："是人者吾语之微言五，其应我若响之应声，是人必封不久矣。"居期年，封以下邳，号曰成侯。

驺忌、淳于髡便是这样的人，他们的话便是这样的话，而这样的话便是风。到这时，风已不是一种狭义的诗体，而是一种广义的诡辞了。《荀子·成相》诡诗尚存全章，此等风词只剩了《战国策》、《史记》所约省的，已经把铺陈的话变做仿佛记事的话了。但与枚马赋体一比，其文体显然可见。

四、因此种诡词每以当谏诤之用，战国汉初儒者见到这样的"风"，更把刺诗的观念在解诗中大发达之，例如《关雎》为刺康王晏起之诗等等，于是《诗三百》真成谏书了。瞽献曲，史献言，一种的辞令，每含一种的寓意（欧洲所谓Moral），由来必远。然周、汉之间，《诗三百》之解释至那样子者，恐是由于那时候的诡词既以风名，且又实是寓意之辞，以今度古，以为《诗经》之作本如诡诗，遂成孟子至三家之《诗》学。

五、由这看来，讽字并无后人所谓"含讥带讽"之义，此义是引申而附加者。

六、我疑"论""议"等最初皆是一种诡诗之体，其后乃变成散文。

《庄子·齐物论》："六合之外，圣人存而不论；六合之内，圣人论而不议，《春秋》经世，先王之志，圣人议而不辨。"

此处之论，谓理；议，谓谊；辨，谓比。犹云六合外事，圣人存而不疏通之；六合内事，圣人疏通而不是非之，春秋有是非矣，而不党其词，以成偏言。这些都不是指文体之名而言。然此处虽非指文体，此若干名之源也许是诡诗变为韵文者。《九辩》之文还存在，而以辩名之文，尚有存名者。至于论之称，在战国中期，田骈作《十二论》，今其《齐物》一篇犹在《庄子》（考后详）。在战国晚年，荀卿、吕不韦皆著论（见《史记》）。然此是后起之义，《论语》以论名，皆语之提要钩玄处。又《晋书·束晳传》："太康二年……盗发魏……安釐王冢，得竹书数十车。……《论语·师春》一篇，《书》、《左传》诸卜筮。师春，似是造书者姓名也。"《左传》诸卜筮本是流行于晋之《周》易，师为官，春为名，当即传书之人。《左传》卜筮皆韵文诡诗，或者这是论之最早用处吗？议一字见于《诗经》者，"或出入风议"，应是谓出入歌咏，如此方对下文"靡事不为"。又郑语："姜，伯夷之后也。嬴，伯翳之后也。伯翳能礼于神，以佐尧者也。伯翳能议百物，以佐舜者也。"韦昭解："百物草木鸟兽，议使各得其宜。"此真不通之解。上举伯夷能礼，下句当谓伯翳能乐，作诡诗以形容百物，而陈义理，如今见《荀子·赋篇》等。约上文言，春秋时诡诗之名，入战国而成散文之体。我现在假诡如此，材料尚不足，妄写下待后考之。

七、枚马赋体之由来 汉初年，赋绝非一类。《汉志》分为四家，恐犹未足尽其辨别。此等赋体渊源有自，战国时各种杂诗之体，今存名者尚不少，待后详论之（《文学史讲义》第二篇第十二章）。现在只论枚乘、司马相如赋体之由来。枚赋今存者，只《七发》为长篇，而司马之赋以《子虚》为盛（《上林》实在《子虚》中，为人割裂）。此等赋之体制可分为下列数事。

（一）铺张侈辞。

（二）并非诗体，只是散文，其中每有协韵之句而已。

（三）总有一个寓意（Moral）无论陈设得如何侈靡，总要最后归于正道，与淳于髡饮酒，邹忌不如徐公美之辞全然一样。

我们若是拿这样赋体和楚词校，全然不是一类；和宋玉赋校，词多同者，而体绝不同；若和齐人讽词校，则直接之统续立见。枚马之赋，固全是战国风气，取词由宋玉赋之一线，定体由讽词之一线，与屈赋毫不相干者也。淳于髡诸驵子之风，必有些很有趣者，惜乎现在只能见两篇的大概。

贾谊《惜誓》云："涉丹水而驰骋兮，右大夏之遗风。""遗风"二字难解。及观《淮南·原道训》云："目观体羽武象之乐，耳听滔朗奇丽激抮之音，扬郑、卫之浩乐，结激楚之遗风"。知所谓遗风，正是歌诗，可为此说益一证也。

《诗三百》之文辞

我们在论《诗三百》之美文以前,应当破除两个主观。这两个主观者,第一,以词人之诗评析《三百篇》,而忘了《诗三百》是自山谣野歌以至朝廷会享用的乐章集,本是些为歌而作,为乐而设的,本不是做来"改罢自长吟"的,譬如《芣苢》:

采采芣苢,薄言采之。采采芣苢,薄言有之。
采采芣苢,薄言掇之。采采芣苢,薄言捋之。
采采芣苢,薄言袺之。采采芣苢,薄言襭之。

这真是太原始的诗了。然如我们想到这不是闭户而歌,而是田野中所闻之声。当天日晴和,山川明朗的时候,女子结群采掇芣苢,随采随歌,作这和声。则这样章节自有他的激越之音,不可仅以平铺直叙看做他是诗歌之"原形质"了。又如《萚兮》:

萚兮萚兮,风其吹女。叔兮伯兮,倡予和女。
萚兮萚兮,风其漂女。叔兮伯兮,倡予要女。

这也太寻常了。然如假想这是一群人中士女杂坐,一唱众和之声,则这一歌也自有他的兴发处。如果我们不认识这一层,一律以后来诗人做诗的标准衡量他们,必把这事情看得差了。第二个主观是把后人诗中艺术之细密,去遮没了《诗三百》中挚情之直叙。诗人斤斤于艺术之细,本已类似一种衰落的趋势。抒情诗之最盛者,每在无名诗人;而叙事诗之发扬蹈厉,每由甚粗而不失大体之艺术。后人做诗,虽刻画得极细,意匠曲折得多,然刻画即失自然,而情意曲折便非诡化(Sophisticated)的人不能领悟,非人情之直率者。如:

> 溱与洧,方涣涣兮。士与女,方秉蕑兮。女曰观乎?士曰既且。且往观乎?洧之外,洵且乐。维士与女,伊其相谑,赠之以芍药。

又如:

> 爰采唐矣,沬之乡矣。云谁之思?美孟姜矣。期我乎桑中,要我乎上宫,送我乎淇之上矣。

或如《葛覃》:

> 葛之覃兮,施于中谷,维叶萋萋。黄鸟于飞,集于灌木,其鸣喈喈。
> 葛之覃兮,施于中谷,维叶莫莫。是刈是濩,为絺为绤,服之无斁。
> 言告师氏,言告言归。薄污我私,薄浣我衣。害澣害否?归宁父母。

以及《卷耳》:

采采卷耳，不盈顷筐。嗟我怀人，置彼周行。
陟彼崔嵬，我马虺隤。我姑酌彼金罍，维以不永怀。
陟彼高冈，我马玄黄。我姑酌彼兕觥，维以不永伤。
陟彼砠矣，我马瘏矣，我仆痡矣，云何吁矣！

《诗经》中此类例举不胜举，都是直叙的话，都没有刻意为辞的痕迹，然而都成美文。《诗三百》中一切美辞之美，及其超越楚辞和其他侈文处，在乎直陈其事，而风采情趣声光自见，不流曲折以成诡词，不加刻饰以成蔓骈，俗言即是实言，白话乃是真话，直说乃是信说。《诗经》之最大艺术，在其不用艺术处。

子贡问曰："《诗》云：'巧笑倩兮，美目盼兮，素以为绚兮。'何谓也？"子曰："绘事后素。"
曰："礼后乎？"子曰："起予者商也。始可与言《诗》已矣！"

纯净无过于洁白，艺术无过于自然。戕贼语言以为艺术，犹戕贼人性以为仁义，戕贼杞柳为杯棬。

现在叙《诗经》中的几类情色。

严沧浪论盛唐诗曰："羚羊挂角，无迹可求。透彻玲珑，不可凑泊。如空中之音，相中之色，水中之月，镜中之象。言有尽而意无穷。"这也是诗中境界能自然后之象。《诗三百》中指到这一格者正不少。例如《燕燕于飞》：

燕燕于飞，差池其羽。之子于归，远送于野。瞻望弗及，泣涕如雨。
燕燕于飞，颉之颃之。之子于归，远于将之。瞻望弗及，伫立以泣。

> 燕燕于飞，下上其音。之子于归，远送于南。瞻望弗及，实劳我心。
>
> 仲氏任只，其心塞渊。终温且惠，淑慎其身。先君之思，以勖寡人。

又如《蒹葭》：

> 蒹葭苍苍，白露为霜。所谓伊人，在水一方。溯洄从之，道阻且长。溯游从之，宛在水中央。
>
> 蒹葭凄凄，白露未晞。所谓伊人，在水之湄。溯洄从之，道阻且跻。溯游从之，宛在水中坻。
>
> 蒹葭采采，白露未已。所谓伊人，在水之涘。溯洄从之，道阻且右。溯游从之，宛在水中沚。

又如《小戎》：

> 小戎俴收，五楘梁辀。游环胁驱，阴靷鋈续。文茵畅毂，驾我骐馵。言念君子，温其如玉，在其板屋，乱我心曲。

《邶》、《鄘》、《卫》之《谷风》及《氓》，总算最能诉说柔情的弃妇词了。而《小雅》中之《习习谷风》，几句话说完，意思更觉无限。……

> 习习谷风，维风及雨。将恐将惧，维予与女。将安将乐，女转弃予。
>
> 习习谷风，维风及颓。将恐将惧，寘予于怀。将安将乐，弃予如遗。
>
> 习习谷风，维山崔嵬。无草不死，无木不萎。忘我大德，

思我小怨。

这些都是言短意长，境界具于词语之外，愈反复看去，愈觉其含义无穷。

另有绝妙一格，把声色景物，密意柔情，一齐图出来的，例如《出车》：

我出我车，于彼牧矣。自天子所，谓我来矣。召彼仆夫，谓之载矣。王事多难，维其棘矣。

我出我车，于彼郊矣。设此旐矣，建彼旄矣。彼旟旐斯，胡不旆旆？忧心悄悄，仆夫况瘁。

王命南仲，往城于方，出车彭彭，旂旐央央。天子命我，城彼朔方。赫赫南仲，玁狁于襄。

昔我往矣，黍稷方华。今我来思，雨雪载涂。王事多难，不遑启居。岂不怀归？畏此简书。

喓喓草虫，趯趯阜螽。未见君子，忧心忡忡。既见君子，我心则降。赫赫南仲，薄伐西戎。

春日迟迟，卉木萋萋。仓庚喈喈，采蘩祁祁。执讯获丑，薄言还归。赫赫南仲，玁狁于夷。

或如《采薇》（仅抄末章）：

昔我往矣，杨柳依依。今我来思，雨雪霏霏。行道迟迟，载渴载饥。我心伤悲，莫知我哀。

尤其佳妙的是《东山》，这是《诗经》中第一首好的抒情诗。

我徂东山，慆慆不归。我来自东，零雨其濛。我东曰归，我心西悲。制彼裳衣，勿士行枚。蜎蜎者蠋，烝在桑野。敦彼独宿，亦在车下。

我徂东山，慆慆不归。我来自东，零雨其濛。果臝之实，亦施于宇。伊威在室，蠨蛸在户。町畽鹿场，熠耀宵行。不可畏也，伊可怀也。

我徂东山，慆慆不归。我来自东，零雨其濛。鹳鸣于垤，妇叹于室。洒埽穹窒，我征聿至。有敦瓜苦，烝在栗薪。自我不见，于今三年。

我徂东山，慆慆不归。我来自东，零雨其濛。仓庚于飞，熠熠其羽。之子于归，皇驳其马。亲结其缡，九十其仪。其新孔嘉，其旧如之何？

更有一格，声光朗然，美而不柔，畅而不放，顺而不流，寄神韵于嘹亮之中者，如《君子偕老》：

君子偕老，副笄六珈。委委佗佗，如山如河。象服是宜，子之不淑，云如之何？

玼兮玼兮，其之翟也。鬒发如云，不屑髢也。玉之瑱也，象之揥也，扬且之皙也。胡然而天也？胡然而帝也？

瑳兮瑳兮，其之展也。蒙彼绉絺，是绁袢也。子之清扬，扬且之颜也。展如之人兮，邦之媛也。

又如《硕人其颀》：

硕人其颀，衣锦褧衣。齐侯之子，卫侯之妻，东宫之妹。邢侯之姨，谭公维私。

手如柔荑，肤如凝脂。领如蝤蛴，齿如瓠犀，螓首蛾眉，巧笑倩兮，美目盼兮。

硕人敖敖，说于农郊，四牡有骄，朱幩镳镳，翟茀以朝。

大夫夙退，无使君劳。

　　河水洋洋，北流活活。施罛濊濊，鱣鲔发发。葭菼揭揭，庶姜孽孽，庶士有朅。

又如《女曰鸡鸣》：

　　女曰鸡鸣，士曰昧旦。子兴视夜，明星有烂。将翱将翔，弋凫与雁。
　　弋言加之，与子宜之。宜言饮酒，与子偕老。琴瑟在御，莫不静好。
　　知子之来之，杂佩以赠之。知子之顺之，杂佩以问之。知子之好之，杂佩以报之。

其曲折旋转以诉柔情者，能极思意之回旋。
《柏舟》：

　　泛彼柏舟，亦泛其流。耿耿不寐，如有隐忧，微我无酒，以敖以游。
　　我心匪鉴，不可以茹。亦有兄弟，不可以据。薄言往愬，逢彼之怒。
　　我心匪石，不可转也，我心匪席，不可卷也。威仪棣棣，不可选也。
　　忧心悄悄，愠于群小。觏闵既多，受侮不少。静言思之，寤辟有摽。
　　日居月诸，胡迭而微？心之忧矣，如匪澣衣。静言思之，不能奋飞。

《谷风》：

习习谷风，以阴以雨。黾勉同心，不宜有怒。采葑采菲，无以下体。德音莫违，及尔同死。

行道迟迟，中心有违。不远伊迩，薄送我畿。谁谓荼苦？其甘如荠。宴尔新婚，如兄如弟。

泾以渭浊，湜湜其沚。宴尔新昏，不我屑以。毋逝我梁，毋发我笱。我躬不阅，遑恤我后！

就其深矣，方之舟之。就其浅矣，泳之游之。何有何亡？黾勉求之。凡民有丧，匍匐救之。

不我能慉，反以我为雠。既阻我德，贾用不售。昔育恐育鞠，及尔颠覆。既生既育，比予于毒。

我有旨蓄，亦以御冬。宴而新婚，以我御穷。有洸有溃，既诒我肄。不念昔者，伊余来塈。

《氓》：

氓之蚩蚩，抱布贸丝。匪来贸丝，来即我谋。送子涉淇，至于顿丘。匪我愆期，子无良媒。将子无怒，秋以为期。

乘彼垝垣，以望复关。不见复关，泣涕涟涟。既见复关，载笑载言。尔卜尔筮，体无咎言。以尔车来，以我贿迁。

桑之未落，其叶沃若。于嗟鸠兮，无食桑葚。于嗟女兮，无与士耽。士之耽兮，犹可说也。女之耽兮，不可说也。

桑之落矣，其黄而陨。自我徂尔，三岁食贫。淇水汤汤，渐车帷裳。女也不爽，士贰其行。士也罔极，二三其德。

三岁为妇，靡室劳矣。夙兴夜寐，靡有朝矣。言既遂矣，至于暴矣。兄弟不知，咥其笑矣。静言思之，躬自悼矣。

及尔偕老，老使我怨。淇则有岸，隰则有泮。总角之宴，言笑晏晏，信誓旦旦。不思其反。反是不思，亦已焉哉。

《载驰》：

　　载驰载驱，归唁卫侯。驱马悠悠，言至于漕。大夫跋涉，我心则忧。

　　既不我嘉，不能旋反，视尔不臧，我思不远。既不我嘉，不能旋济，视尔不臧，我思不閟。

　　陟彼阿丘，言采其蝱。女子善怀，亦各有行。许人尤之，众稚且狂。

　　我行其野，芃芃其麦。控于大邦，谁因谁极？大夫君子，无我有尤。百尔所思，不如我所之。

而直陈其事，但作短言，亦能蕴蓄感觉于语外。
《君子于役》：

　　君子于役，不知其期，曷至哉？鸡栖于埘，日之夕矣，羊牛下来。君子于役，如之何勿思？

　　君子于役，不日不月，曷其有佸？鸡栖于桀，日之夕矣，羊牛下括。君子于役，苟无饥渴？

《蟋蟀》（仅录首章）：

　　蟋蟀在堂，岁聿其莫。今我不乐，日月其除。无已大康，职思其居。好乐无荒，良士瞿瞿。

《山有枢》（仅录末章）：

　　山有漆，隰有栗。子有酒食，何日不鼓瑟？且以喜乐，且以永日。宛其死矣,他人入室。

又如《无羊》一篇,全是一篇绝好的画图,所说不多而画景无限。

> 谁谓尔无羊?三百维群。谁谓尔无牛?九十其犉。尔羊来思,其角濈濈。尔牛来思,其耳湿湿。
> 或降于阿,或饮于池,或寝或讹。尔牧来思,何蓑何笠,或负其餱。三十维物,尔牲则具。
> 尔牧来思,以薪以蒸,以雌以雄。尔羊来思,矜矜兢兢,不骞不崩。麾之以肱,毕来既升。
> 牧人乃梦,众维鱼矣,旐维旟矣。大人占之,众维鱼矣,实维丰年;旐维旟矣,室家溱溱。

更有以俗见趣者,是《诗三百》中一个盛格。因为《诗三百》本是些民间歌词,巷语田讴,自是最真挚的。《简兮》:

> 简兮简兮,方将万舞。日之方中,在前上处。
> 硕人俣俣,公庭万舞。有力如虎,执辔如组。
> 左手执籥,右手秉翟。赫如渥赭,公言锡爵。
> 山有榛,隰有苓。云谁之思,西方美人。彼美人兮,西方之人兮。

《大叔于田》:

> 叔于田,乘乘马。执辔如组,两骖如舞。叔在薮,火烈具举。襢裼暴虎,献于公所。将叔无狃,戒其伤女。
> 叔于田,乘乘黄。两服上襄,两骖雁行。叔在薮,火烈具扬。叔善射忌,又良御忌。抑磬控忌,抑纵送忌。

叔于田，乘乘鸨。两服齐首，两骖如手。叔在薮，火烈具阜。叔马慢忌，叔发罕忌。抑释掤忌，抑鬯弓忌。

乃至把亲切的话说得已甚俚俗，而我们还感觉到他有趣味。例如《扬之水》：

扬之水，不流束楚。终鲜兄弟，维予与女。无信人之言，人实迋女。
扬之水，不流束薪。终鲜兄弟，维予二人。无信人之言，人实不信。

《绸缪》：

绸缪束薪，三星在天。今夕何夕，见此良人。予兮子兮，如此良人何？

至于别成一调，后人全无继续者，则有《鸱鸮》一首之作鸟语。

鸱鸮鸱鸮，既取我子，无毁我室。恩斯勤斯，鬻子之闵斯！
迨天之未阴雨，彻彼桑土，绸缪牖户。今女下民，或敢侮予。
予手拮据，予所捋荼。予所蓄租，予口卒瘏。曰予未有室家。
予羽谯谯，予尾翛翛，予室翘翘。风雨所漂摇。予维音哓哓。

《伐檀》、《硕鼠》两篇，叙人民不平之感，甚有气力（各录首章）：

坎坎伐檀兮，寘之河之干兮。河水清且涟猗。不稼不穑，胡取禾三百廛兮？不狩不猎，胡瞻尔庭，有县貆兮？彼君子兮，不素餐兮！

> 硕鼠硕鼠，无食我黍。三岁贯女，莫我肯顾。逝将去女，适彼乐土。乐土乐土，爰得我所。

然而《诗·风》中最盛之一格，是《七月》那篇农民和乐的岁歌。这首总叙人民在封建制度中之生活，一个人民生活之本，亦即他的文学之本。

> 七月流火，九月授衣。一之日觱发，二之日栗烈，无衣无褐，何以卒岁！三之日于耜，四之日举趾，同我妇子，馌彼南亩，田畯至喜。
> 七月流火，九月授衣。春日载阳，有鸣仓庚。女执懿筐，遵彼微行，爰求柔桑。春日迟迟，采蘩祁祁。女心伤悲，殆及公子同归。
> 七月流火，八月萑苇。蚕月条桑，取彼斧斨。以伐远扬，猗彼女桑。七月鸣鵙，八月载绩。载玄载黄，我朱孔阳，为公子裳。
> 四月秀葽，五月鸣蜩。八月其获，十月陨萚。一之日于貉，取彼狐狸，为公子裘。二之日其同，载缵武功。言私其豵，献豜于公。
> 五月斯螽动股，六月莎鸡振羽。七月在野，八月在宇，九月在户，十月蟋蟀，入我床下。穹窒熏鼠，塞向墐户。嗟我妇子，曰为改岁，入此室处。
> 六月食郁及薁，七月亨葵及菽，八月剥枣，十月获稻。为此春酒，以介眉寿。七月食瓜，八月断壶，九月叔苴。采荼薪樗，食我农夫。
> 九月筑场圃，十月纳禾稼。黍稷重穋，禾麻菽麦。嗟我农夫，我稼既同，上入执宫功。昼尔于茅，宵尔索绹，亟其乘屋，其始播百谷。

二之日凿冰冲冲，三之日纳于凌阴，四之日其蚤，献羔祭
韭。九月肃霜，十月涤场。朋酒斯飨，曰杀羔羊。跻彼公堂，
称彼兕觥，万寿无疆。

接举此一篇，可该《小雅·楚茨》、《信南山》、《甫田》、《大田》四篇。

　　《诗》的文辞大致可分为风、雅二类（以雅括颂），《风》是抒情诗，而《雅》是有容止的诗，但中间并无严整的界限，我们上文论《风》已引进了《小雅》，现在论《雅》也免不了引进《风》。

　　《雅》诗第一类是仪容和平者，例如：

　　定之方中，作于楚宫，揆之以日，作于楚室。树之榛栗，
椅桐梓漆，爰伐琴瑟。
　　升彼虚矣，以望楚矣。望楚与堂，景山与京。降观于桑。
卜云其吉，终焉允臧。
　　云雨既零，命彼倌人。星言夙驾，说于桑田。匪直也人，
秉心塞渊，骓牝三千。

又一类是穆穆雍雍者：

　　天保定尔，亦孔之固。俾尔单厚，何福不除？俾尔多益，
以莫不庶。
　　天保定尔，俾尔戬穀。罄无不宜，受天百禄。降尔遐福，
维日不足。
　　天保定尔，以莫不兴。如山如阜，如冈如陵。如川之方
至，以莫不增。
　　吉蠲为饎，是用孝享。禴祠烝尝，于公先生。君曰卜尔，

万寿无疆。

　　神之吊矣,诒尔多福。民之质矣,日用饮食。群黎百姓,遍为尔德。

　　如月之恒,如日上升。如南山之寿,不骞不崩。如松柏之茂,无不尔或承。

《彤弓》:

　　彤弓弨兮,受言藏之。我有嘉宾,中心贶之。钟鼓既设,一朝飨之。

　　彤弓弨兮,受言载之。我有嘉宾,中心喜之。钟鼓既设,一朝右之。

　　彤弓弨兮,受言櫜之。我有嘉宾,中心好之。钟鼓毁设,一朝酬之。

《菁菁者莪》:

　　菁菁者莪,在彼中阿。既见君子,乐且有仪。
　　菁菁者莪,在彼中沚。既见君子,我心则喜。
　　菁菁者莪,在彼中陵。既见君子,锡我百朋。
　　泛泛杨舟,载沈载浮。既见君子,我心则休。

　　按,《雅》中有这样的诗,犹之乎《风》中有《芣苢》,此处但为相见之乐,以短辞作容止之庄;彼处是山谣野讴,以短词成众唱之和;彼处有情景,此处有容仪,这都不是可拿后来诗人做诗之格局去评论的。

　　诗文之盛,是宽博渊懿者,其中含蓄若干思想,以成振而不荡,庄而不敛之词。

《文王》：

　　文王在上，於昭于天。周虽旧邦，其命维新。有周不显，帝命不时。文王陟降，在帝左右。
　　亹亹文王，令闻不已。陈锡哉周，侯文王孙子。文王孙子，本支百世，凡周之士，不显亦世。
　　世之不显，厥犹翼翼。思皇多士，生此王国。王国克生，维周之桢。济济多士，文王以宁。
　　穆穆文王，於缉熙敬止。假哉天命，有商孙子。商之孙子，其丽不亿。上帝既命，侯于周服。
　　侯服于周，天命靡常。殷士肤敏，祼将于京。厥作祼将，常服黼冔。王之荩臣，无念尔祖。
　　无念尔祖，聿修厥德。永言配命，自求多福。殷之未丧师，克配上帝。宜鉴于殷，骏命不易。
　　命之不易，无遏尔躬。宣昭义问，有虞殷自天。上天之载，无声无臭。仪刑文王，万邦作孚。

《皇矣上帝》：

　　皇矣上帝，临下有赫。监视四方，求民之莫。维此二国，其政不获。维彼四国，爰究爰度。上帝耆之，憎其式廓。乃眷西顾，此维与宅。
　　作之屏之，其菑其翳。修之平之，其灌其栵。启之辟之，其柽其椐。攘之剔之，其檿其柘。帝迁明德，串夷载路。天立厥配，受命既固。
　　帝省其山，柞棫斯拔。松柏斯兑，帝作邦作对，自大伯王季。维此王季，因心则友。则友其兄，则笃其庆。载锡之光，受禄无丧，奄有四方。

维此王季，帝度其心，貊其德音。其德克明，克明克类，克长克君。王此大邦，克顺克比；比于文王，其德靡悔。既受帝祉，施于孙子。

　　帝谓文王，无然畔援。无然歆羡，诞先登于岸。密人不恭，敢距大邦，侵阮徂共。王赫斯怒，爰整其旅，以按徂旅，以笃周祜，以对于天下。

　　依其在京，侵自阮疆，陟我高冈。无矢我陵，我陵我阿；无饮我泉，我泉我池。度其鲜原，居岐之阳，在渭之将，万邦之方，下民之王。

　　帝谓文王，予怀明德。不大声以色，不长夏以革。不识不知，顺帝之则。帝谓文王，询尔仇方。同尔兄弟，以尔钩援。与尔临冲，以伐崇墉。

　　临冲闲闲，崇墉言言。执讯连连，攸馘安安。是类是祃，是致是附，四方以无悔。临冲茀茀，崇墉仡仡，是伐是肆，是绝是忽，四方以无拂。

《时迈》：

　　时迈其邦，昊天其子之，实右序有周。薄言震之，莫不震叠。怀柔百神，及河乔岳。允王维后，明昭有周，式序在位。载戢干戈，载櫜弓矢。我求懿德，肆于时夏，允王保之。

尤盛是发扬蹈厉者，此是《雅》中文词之最高点。

《文王有声》：

　　文王有声，遹骏有声。遹求厥宁，遹观厥成。文王烝哉！
　　文王受命，有此武功。既伐于崇，作邑于丰。文王烝哉！
　　筑城伊淢，作丰伊匹。匪棘其欲，遹追来孝。王后烝哉！

王宫伊濯,维丰之垣。四方攸同,王后维翰。王后烝哉!
　　丰水东注,维禹之绩。四方攸同,皇王维辟。皇王烝哉!
　　镐京辟廱,自西自东。自南自北,无思不服。皇王烝哉!
　　考卜维王,宅是镐京。维龟正之,武王成之。武王烝哉!
　　丰水有芑,武王岂不仕?诒厥孙谋,以燕翼子。武王烝哉!

《六月》:

　　六月栖栖,戎车既饬。四牡骙骙,载是常服。狁孔炽,我是用急。王于出征,以匡王国。
　　比物四骊,闲之维则。维此六月,既成我服。我服既成,于三十里。王于出征,以佐天子。
　　四牡修广,其大有颙。薄伐狁,以奏肤公。有严有翼,共武之服。共武之服,以定王国。
　　狁匪茹,整居焦获。侵镐及方,至于泾阳。织文鸟章,白旆央央。元戎十乘,以先启行。
　　戎车既安,如轾如轩。四牡既佶,既佶且闲。薄伐狁,至于大原。文武吉甫,万邦为宪。
　　吉甫燕喜,既多受祉。来归自镐,我行永久。饮御诸友,炰鳖脍鲤。侯谁在矣?张仲孝友。

《常武》:

　　赫赫明明,王命卿士。南仲大祖,大师皇父。整我六师,以修我戎。既敬既戒,惠此南国。
　　王谓尹氏,命程伯休父。左右陈行,戒我师旅。率彼淮浦,省此徐土。不留不处,三事就绪。
　　赫赫业业,有严天子,王舒保作。匪绍匪游,徐方绎骚,震惊徐方。如雷如霆，徐方震惊。

王奋厥武，如震如怒。进厥虎臣，阚如虓虎。铺敦淮濆，仍执丑虏。截彼淮浦，王师之所。

王旅啴啴，如飞如翰，如江如汉。如山之苞，如川之流，绵绵翼翼，不测不克，濯征徐国。

王犹允塞，徐方既来。徐方既同，天子之功。四方既平，徐方来庭。徐方不回，王曰还归。

《长发》：

濬哲维商，长发其祥。洪水芒芒，禹敷下土方。外大国是疆，幅陨既长。有娀方将，帝立子生商。

玄王桓拨，受小国是达，受大国是达。率履不越，遂视既发。相土烈烈，海外有截。

帝命不违，至于汤齐，汤降不迟，圣敬日跻，昭假迟迟，上帝是祗，帝命式于九围。

受小球大球，为下国缀旒，何天之休。不竞不絿，不刚不柔，敷政优优，百禄是遒。

受小共大共，为下国骏厖，何天之龙。敷奏其勇，不震不动，不戁不竦，百禄是总。

武王载旆，有虔秉钺。如火烈烈，则莫我敢曷。苞有三蘖，莫遂莫达，九有有截。韦顾既伐，昆吾夏桀。

昔在中叶，有震且业。允也天子，降于卿士。实维阿衡，实左右商王。

若《雅》中哀怨之诗，则迥异于《风》中哀怨之诗。《风》中之怨，以柔情之宛转述怨，以不平之愤愤为怨；《雅》中之怨则瞻前顾后，论臧刺比，述情于政，以政寄情。后人只有阮嗣宗、杜子美（及学杜子美者）方为此类诗也。此类诗都很长，仅举一篇以例其余。

  正月繁霜，我心忧伤。民之讹言，亦孔之将。念我独兮，忧心京京。哀我小心，癙忧以痒。
  父母生我，胡俾我愈。不自我先，不自我后。好言自口，莠言自口。忧心愈愈，是以有侮。
  忧心惸惸，念我无禄。民之无辜，并其臣仆。哀我人斯，于何从禄？瞻乌爰止，于谁之屋？
  瞻彼中林，侯薪侯蒸。民今方殆，视天梦梦。既克有定，靡人弗胜。有皇上帝，伊谁云憎？
  谓山盖卑，为冈为陵。民之讹言，宁莫之惩。召彼故老，讯之占梦。具曰予圣，谁知乌之雌雄？
  谓天盖高，不敢不局。谓地盖厚，不敢不蹐。维号斯言，有伦有脊。哀今之人，胡为虺蜴！
  瞻彼阪田，有菀其特。天之扤我，如不我克。彼求我则，如不我得。执我仇仇，亦不我力。
  心之忧矣，如或结之。今兹之正，胡然厉矣！燎之方扬，宁或灭之。赫赫宗周，褒姒灭之。
  终其永怀，又窘阴雨。其车既载，乃弃尔辅。载输尔载，将伯助予。
  无弃尔辅，员于尔辐。屡顾尔仆，不输尔载。终逾绝险，曾是不意。
  鱼在于沼，亦匪克乐。潜虽伏矣，亦孔之炤。忧心惨惨，念国之为虐。
  彼有旨酒，又有嘉殽。洽比其邻，昏姻孔云。念我独兮，忧心殷殷。
  佌佌彼有屋，蔌蔌方有谷。民今之无禄，天夭是椓。哿矣富人，哀此惸独。

此宗周乱后,流亡者之诗。

又如《小旻》末章:

>不敢暴虎,不敢冯河。人知其一,莫知其他。战战兢兢,如临深渊,如履薄冰。

至于规谏之诗,多是"文采不艳而过于叮咛周至",然叮咛而成和谐,亦是美文。

《民劳》:

>民亦劳止,汔可小康。惠此中国,以绥四方。无纵诡随,以谨无良。式遏寇虐,憯不畏明。柔远能迩,以定我王。
>
>民亦劳止,汔可小休。惠此中国,以为民逑。无纵诡随,以谨惛怓。式遏寇虐,无俾民忧。无弃尔劳,以为王休。
>
>民亦劳止,汔可小息。惠此京师,以绥四国。无纵诡随,以谨罔极。式遏寇虐,无俾作慝。敬慎威仪,以近有德。
>
>民亦劳止,汔可小愒。惠此中国,俾民忧泄。无纵诡随,以谨丑厉。式遏寇虐,无俾正败。戎虽小子,而式弘大。
>
>民亦劳止,汔可小安。惠此中国,国无有残。无纵诡随,以谨缱绻。式遏寇虐,无俾正反。王欲玉女,是用大谏。

《板》:

>上帝板板,下民卒瘅。出话不然,为犹不远。靡圣管管,不实于亶。犹之未远,是用大谏。
>
>天之方难,无然宪宪。天之方蹶,无然泄泄。辞之辑矣,民之洽矣。辞之怿矣,民之莫矣。

我虽异事，及尔同僚。我即尔谋，听我嚣嚣。我言维服，勿以为笑。先民有言，询于刍荛。

天之方虐，无然谑谑。老夫灌灌，小子蹻蹻。匪我言耄，尔用忧谑。多将熇熇，不可救药。

天之方懠，无为夸毗。威仪卒迷，善人载尸。民之方殿屎，则莫我敢葵。丧乱蔑资，曾莫惠我师。

天之牖民，如埙如篪，如璋如圭，如取如携。携无曰益，牖民孔易。民之多辟，无自立辟。

价人维藩，大师维垣。大邦维屏，大宗维翰。怀德维宁，宗子维城。无俾城坏，无独斯畏。

敬天之怒，无敢戏豫。敬天之渝，无敢驰驱。昊天曰明，及尔出王；昊天曰旦，及尔游衍。

胡朴安　诗经学

绪 论

诗经学一名词，在学术上不能成立。盖学术上只有诗学，属于文章学类之范围，而无所谓诗经学。《诗经》一书，溯其原始，只是文章。但经历代学者之研究，《诗经》之范围，日愈扩大。如陆玑之《毛诗草木鸟兽虫鱼疏》等，则为《诗经》博物学；王应麟之《诗地理考》等，则为《诗经》史地学；顾炎武之《诗本音》，段玉裁之《诗经小学》等，则为《诗经》文字学；包世荣之《毛诗礼征》等，则为《诗经》礼教学。《诗经》既包有各类之学术，已非诗之一字所能该。况吾人研究《诗经》之目的，不仅在于文章一方面，而历代研究《诗经》者，亦皆不由文章一方面发展。所以诗经学一名词，实嫌笼统，而无成立之价值。然则兹编仍名《诗经学》何也？不得已而名之也。中国学术分类，为编者所创。当兹学术改革之际，新者尚未成立，则旧者自不能遽废，故仍以《诗经学》名之：一方面为旧者之结束，一方面为新者之引导也。

何谓诗经学？诗经学者，关于《诗经》之本身，及历代治《诗经》者之派别，并据各家之著作，研究其分类，而成一有统系之学也。本此意义，分为三段说明之：

（一）诗经学者，学也。学也者，以广博之征引，详慎之思审,明确之辨别,然后下的当之判断也。所以诗经学者,非《诗经》也。《诗经》者,古书之一种。诗经学者,所以研究此古书者也。凡关于《诗经》之种种问题,以征引、思审、辨别、判断之法行之。判断之的当与否,视其辨别;辨别之明确与否,视其思审;思审之详慎与否,视其征引。故学也者:以广博之征引始,经过详慎之思审,明确之辨别,以求得的当之判断为事也。

(二)诗经学者,关于《诗经》一切之学也。《诗经》之本身,仅三百篇而止。《诗经》一切之学,即历代治《诗经》者之著作是也。《诗经》之本身,除文章学外,无他学术上之价值。《诗经》一切之学,授受异而派别立,派别立而思想歧。思想之影响于时代,社会道德之变迁,国家政治之因革,皆有关系焉。所以诗经学,一为研究《诗经》时代之思想,一为研究治《诗经》者各时代之思想,而并求其思想变迁之迹。

(三)诗经学者,关于《诗经》一切之学,按学术之分类,而求其有统系之学也。学术之分类,当于学术上有独立之价值。《诗经》一切之学,包括文字、文章、史地、礼教、博物而浑同之,必使各各独立;然后一类之学术,自成一类之统系。诗经学者,依《诗经》一切之学,分归各类,使有统系之可循。所以诗经学,一为整理《诗经》之方法,一为整理一切国学之方法。

诗经学之意义,既已说明如上;则吾人研究诗经学者,当本此意义,以为实行研究之地。而其研究之方法,可分四项,次第行之。

(一)搜集材料:搜集关于《诗经》一切学之著作。
(二)分别精粗:将所搜集之材料,分别精粗而弃取之。
(三)辨析门类:将所取之材料,辨析属于国学之何类。

（四）依类编纂：将辨析已明者，归依各类，并贯穿之。

四种方法，不仅为研究诗经学者所当用；而研究诗经学，本此方法，自能达到诗经学所述意义之目的也。

命 名

何谓诗？诗者、人心之志，以言发之，而有字句与声音之节奏也。此定义可以文字学证之：

《说文》："诗、志也。从言、寺声，古文作䛶，从言，㞢声。"

《释名》："诗、之也，志之所之也。"

《说文》："寺、廷也，有法度也。"

《说文》训诗为志，指藏于心者而言。《释名》训诗为之，指发于外者而言。篆文诗从寺声，此诗之所以必有节奏也。古文䛶从㞢声，此诗之所以表示意志也。古者，诗与歌不分：《虞书》，"诗言志，歌永言"，是藏于心者为志，发于言者为诗，咏其声者为歌。志藏于内，而不可见；诗歌发于外，所以表示藏内之志。析言之，诗者、发表意志者也，歌者、歌咏声音者也；诗属意志方面，歌属声音方面。合言之，诗之实质即意志，诗之形式即声音。古人之诗，未有无意志者，亦未有不协声音者，所以古人之诗，无不可歌。歌即歌其发表意志之诗，非诗之外别有所谓歌也。诗歌既为一事，所以诗有必要之条件三：

（一）意志：喜、怒、哀、乐之情。

（二）文字：草、木、鸟、兽、鱼、虫，以及一切之事。

（三）节奏：字句之组合，声音之调和。

合此三事，始谓之诗。诗之所以可歌者，全在节奏。有意志、有文字、而无节奏者，可称为文章；有意志、有文字、有节奏者，始可称为文章中之诗。诗从寺得声，而声亦兼义。寺训法度，法度即节奏之谓。节奏者：篇有定章，章有定句，句有定字，意志之外，又有声音之组合也。诗之字句，《孔疏》言之甚详，兹记于下：

《孔疏》云："句者、联字以为言，则一字不制；故诗之见句，少不减二。其三字若：'绥万邦，屡丰年'之类是也。四字者则：'关关雎鸠，窈窕淑女'之类是也。五字者：'谁谓雀无角，何以穿我屋'之类是也。六字者：'昔者先王受命，有如召公之臣'之类是也。（按今本《毛诗》，无者字及之臣二字，或孔氏所见本与今异。今本《毛诗》六字一句者：'嘉宾式燕又思，嘉宾式燕以敖'，皆六字句也。）七字者：'如彼筑室于道谋，尚之以琼华乎而'之类是也。八字者：'十月蟋蟀入我床下，我不敢效我友自逸'之类是也。其外更不见九字十字者，由声度阐缓，不协金石故也。"

孔氏所举，有三字至八字之无定；然协之金石，皆可以歌；长短虽异，节奏必谐也。《文心雕龙》云："诗颂大体，以四言为正。四言者，诗之正体；三言至八言者，诗之变体。"无论正变，以有节奏为必要之条件。诗之于言，亦犹音之于声。《说文》："音、声也，生于心有节于外谓之音，从言含一。"一者，节奏也。诗之从寺，与音之含一同。声之无节奏者，谓之声，不谓之音。言之无节奏者，谓之言，不谓之诗。诗之命名，不能离节奏而言；不过未有节奏之先，当有意志耳。

梁简文帝曰："诗者，思也，辞也。发虑在心谓之思，言见其怀抱者也。在辞为诗，在乐为歌，其本一也。"此语亦颇明晰。由此观之，诗由意志而发，无意志则不能成诗；所以后人摹仿之诗，虽有诗之形式，而无诗之实质，非诗也。诗以节奏而成，无节奏则不足为诗；所以直言之言，论难之语，虽有诗之实质，而无诗之形式，亦非诗也。必由意志而见诸文字，由文字而比成节奏，始合诗之实，而亦符诗之名矣。

原 始

诗之原始,起于何时?欲断论此问题,不能以《诗经》为根据。因《诗经》中最古之诗,为《商颂》五篇。商代以前,已经有诗,诗之原始,必不起于商代也。当于《诗经》以前之书中求之;《虞书》中之《赓歌》,《夏书》中《五子之歌》,其词句与《诗经》中之诗,大致相同,当是诗之权舆。但是《赓歌》与《五子之歌》,是否即诗之原始,亦不可定;盖唐虞以前,或有诗,或无诗,不能断言也。关于此问题,极难解决,虽郑玄亦不能有的确之断论。兹记郑氏《诗谱序》一段于下:

  《诗谱序》云:"诗之兴也,谅不于上皇之世。大庭轩辕,逮于高辛,其时有无载籍,亦蔑云焉。《虞书》曰:'诗言志,歌永言,声依永,律和声,然则诗之道放于此乎。'"

郑氏此论,亦疑唐虞以前,已经有诗;但是无有载籍,可以考证。惟《虞书》中有"诗言志"一语,遂以诗放于虞。此种断论,固出于谨慎之心,然究不能征事之实在。有人主张诗与乐同起,《礼记·明堂位》云:"土鼓蒉桴苇籥,伊耆氏之乐也。"又云:"女娲之笙簧",《古史考》云:"伏羲作瑟",是唐虞以前,已有乐矣。歌与乐相比,乐者、丝竹之声；歌者、人声，有乐即当有歌；谱于乐者谓之歌，诵于口者谓之诗，有歌即当有诗。以乐之发生，推论诗之原始，虽无载籍上之确证，而理则颇有可信。即郑氏亦疑有乐之时，即已有诗，或不名为诗，或诗之作用，与后世不同。兹记郑氏《六艺论》二段于下：

《六艺论》云："诗者、弦歌讽谕之声也。自书契之兴，朴略尚质，面称不为谄，目谏不为谪，君臣之谏，如朋友然，在于恳诚而已。斯道稍衰，奸伪以生，上下相犯；及其制礼，尊君卑臣，君道刚严，臣道柔顺，于是箴谏者稀。情志不通，故作诗者，以通其美而讥其过。"

又云："唐虞始造其初，至周分为六诗。"

郑氏此论，以诗为讽谕之声，亦疑诗与乐同起。惟后世之诗，意主美刺；上古之歌，径情直遂。径情直遂者，朴质无文；意主美刺者，周旋于礼，所以《六艺论》又言礼与诗同生；盖以径情直遂者，不谓之诗也。中国文化，肇于唐虞；孔子删书，亦断自唐虞；故郑氏论诗，谓唐虞始造其初。是《六艺论》之断论，不仅以载籍之有亡为标准，而以文化之进步为权衡。据此立论，以断定诗之原始，可得结论于下：

（一）歌与乐同时并起，诗即由歌而来。
（二）歌者、草昧时代之诗；诗者、文化时代之歌。
（三）中国文化启自唐虞，故诗始于唐虞。

以上断论诗之原始，虽无精确之证据，大致当不甚非；然皆以历史学为根据。若由心理学一方面推论，则诗直与人类并起；其发生之时代，稍后于言语。此其故，《诗大序》言之颇详，朱氏《诗经集传》所言亦析。兹记于下：

《大序》云："诗者、志之所之也：在心为志，发言为诗。情动于中，而形于言，言之不足，故嗟叹之；嗟叹之不足，故歌咏之；歌咏之不足，故不知足之蹈之，手之舞之也。"

《诗经集传》云："人生而静，天之性也；感于物而动，性之欲也。夫既有欲矣，则不能无思；既有思矣，则不能无言；既有言矣，则言之所不能尽，而发于咨嗟咏叹之余云，必有自然之音响节奏而不能已焉。"

有人、即有意志与情欲，有意志情欲，即有言语，有言语即有诗。以心理论，确有此种之现象。惟是古时之人，意志与情欲，极为简单，此种简单之意志情欲，仅能为简单之言语，必不能为咨嗟咏叹之诗。其能由单简之言语，变为咨嗟咏叹之诗，必须经过若干时期，已由草昧而渐进于文明之世。所以诗之原始，仍以起自唐虞为是也。

作诗采诗删诗

　　诗义最难明,其所以难明者,有作诗之义,有采诗之义,有删诗之义。作诗之义若何?心感于物,而吟咏其事也。采诗之义若何?播之管弦,以为乐章也。删诗之义若何?善者以为法,恶者以为戒也。此外尚有赋诗之义,见仁见知,断章以说也。作诗、采诗、删诗各有义,学者不明三义之分,遂至聚讼纷纭,莫衷一是。譬如《关雎》一诗,《毛诗》以为后妃之德,为美诗;鲁齐韩三家诗,以为刺康王,为刺诗。一诗而美刺相反,何取何弃,无所适从。有人主张参考汉人之说,以为取弃之标准;以汉人去古最近,其说皆有师承,极为可信,断非凭空凿论者可比:此言亦颇有理。兹略采汉人之说,记之于下:

　　《史记·十二诸侯年表序》:"周道缺,诗本之衽席,《关雎》作。"

　　《儒林传序》:"周室衰而《关雎》作。"

　　《淮南·氾论训》:"王道缺而《诗》作,周室废,礼义坏而《春秋》作;《诗》、《春秋》、学之美者也,皆衰世之造也。"

　　又《诠言训》:"《诗》失之僻。高诱注:《诗》者,衰世之风也。《汉书·杜钦传》:是以佩玉晏鸣,《关雎》叹之。"

刘向《列女传》："周之康王，夫人晏出朝，关雎豫见，思得淑女，以配君子。"

扬雄《法言》："周康之时，颂声作乎下，关雎作乎上，习治也，故习治则伤始乱也。"

王充《论衡》："周衰而《诗》作，盖康王时也。康王德缺于房，大臣刺晏，故《诗》作。"

袁宏《后汉纪》："杨赐上书曰：'昔周康王承文王之盛，一朝晏起，夫人不鸣璜，宫门不击柝，关雎之人，见幾而作。'"

《后汉书·皇后纪论》："康王晚朝，关雎作讽。"

应劭《风俗通义》："昔周康王一旦晏起，诗人以为深刺。"

据以上诸说，则《关雎》之为刺诗，似可无疑。《关雎》既为刺诗，鲁齐韩三家之说，信而有征；《毛诗》之说，必不可从者也。如此以读古书，不可谓其判断无根据。然而试又参考汉人之说，其说则与此相反；或有一人之说，而前后不同。兹更略采汉人之说，记之于下：

《史记·外戚世家》："自古受命帝王及继体守文之君，非独内德茂也，盖亦有外戚之助焉。夏之兴也，以涂山，而桀之亡也，以妹喜；殷之兴也以有娀，纣之杀也，嬖妲己；周之兴也，以姜原及大任，而幽王之禽也，淫于褒姒：故《诗》首《关雎》，夫妇之际，人伦之大道也。"

匡衡上疏："匹配之际，生民之始，万福之原，婚姻之礼正，然后品物遂而天命全。孔子论《诗》，以《关雎》为始，言太上者民之父母，后夫人之行，不侔于天地，则无以奉神灵之统，而理万物之宜。自上世以来，三代兴废，未必不由此者也。"

荀爽对策："夫妇人伦之始，王化之端，阳尊阴卑，盖乃天性；且《诗》初篇，实首《关雎》，《礼》始《冠》、《昏》，先正夫妇。"

《韩诗外传》："子夏问曰：'《关雎》何以为《国风》始也。'孔子曰：'《关雎》至矣乎！夫关雎之人，仰则天，俯则地，幽幽冥冥，德之所藏，纷纷沸沸，道之所行，如神龙变化，斐斐文章，大哉！关雎之道也。万物之所系，群生之所悬命也。河洛出图书，麟凤翔乎郊，不由《关雎》之道，则关雎之事，将奚由至矣哉？（中略）冯冯翊翊，自东自西，自南自北，无思不服，子其勉强之思服之。天地之间，生民之属，王道之原，不外此矣。'子夏喟然叹曰：'大哉！《关雎》乃天地之基也。'"

据以上诸说，则《关雎》为人伦之始，天地之基，其为美诗，当可以无疑。《关雎》既为美诗，《毛诗》之说，信而有征；鲁齐韩三家之说，必不可从者也。然合二说而观，同为汉人之说，而彼此互异；甚且同为一人之说，而前后乖违。如《史记·十二诸侯年表序》：既以《关雎》周道缺而作，而《外戚世家》，又以为人伦之大道；《韩诗》本以《关雎》为刺诗，而《外传》又以《关雎》为天地之基，读《诗》者欲判断《关雎》为美为刺，将何所从而取标准乎？

汉人之说，既不足为判断《关雎》美刺之标准；进而求诸孔子之说，孔子论《诗》，以《关雎》乐而不淫，哀而不伤，为得性情之正。据孔子之说为标准，则《关雎》当然为美诗，而《毛诗》之说为是。本《毛诗》之说，以《关雎》为后妃之德，于是解释《关雎》之本文，又有疑义焉。

（一）以君子为文王，以淑女为大姒，文王思得大姒以为之配；其未得之也，寤寐思服，辗转反侧，哀而不伤也；其既得之也，琴瑟友之，钟鼓乐之，乐而不淫也。按《大戴礼》："文王年十五而生武王"，则是求大姒之时，文王之年，至多不过十四岁；以十四岁之男子，欲得淑女以为配，事或有之；然何至求之有寤寐思服辗转反侧之事，此说之不可通者也。

（二）谓后妃求贤女以辅佐君子，即本《诗序》忧在进贤，《郑笺》后妃寤寐求贤之说。按古者诸侯一娶九女，文王既娶大姒，妃嫔已备，何至更有求贤女以为辅佐之事，此亦说之不可通者也。

（三）谓宫中之人，见大姒始至，而赋其事以美之。按此宫中之人，如以为文王之宫人，不应后妃未娶，先有宫妾；如以为王季之宫人，亦不应知世子有寤寐反侧以求之隐，此亦说之不可通者也。

《关雎》一诗，疑义纷起，终无有说可直捷了当以解释之，由于不知有作诗、采诗、删诗之分也。诗者、闾巷之歌谣，作者非一人，亦不能确定为何事而作。采诗之官，采而录之，择其可施其于教化者，播之管弦，以为乐章。《关雎》一诗，非为文王而作，亦非为康王而作；或亦民俗歌谣之余，采诗者录之，定为房中之乐，用之乡人，用之邦国。毛以为后妃之德者，用之邦国者也。三家诗以为刺康王者，陈古刺今之义也。孔子删《诗》，以《关雎》为房中之乐，而夫妇实人伦之始，故定为风始。由是言之，君子求淑女，未得而寤寐反侧，已得而琴瑟钟鼓者，此作诗人之义也；不必确指为何人而作，用为房中之乐者，此采诗人之义也；为当时婚礼用乐之制度，定为《国风》之始者，此删诗人之义也，所以明夫妇为人伦之本。如是以说，则疑义悉解，作诗、采诗、删诗若不明，诗义即难了然矣。

大序小序

《诗序》问题有三：（甲）大小序之说不同，（乙）作序者之说不同，（丙）《诗序》存废之说不同。兹次第述之：

（甲）大小序之说

何谓《大序》？何谓《小序》？其说有二：（一）汉人相承之说；（二）宋人相承之说。

（一）以《关雎》，后妃之德也，至用之邦国焉；名《关雎序》，谓之《大序》，以下则《小序》；《文选·诗序》，《十三经注疏·诗序》如是：此汉人相承之说也。

（二）分诗者、志之所之也，至是谓四始，诗之至也，谓之《大序》；其各序一诗之由者，谓之《小序》；《诗经传说》分《诗序》如是：此宋人相承之说也。

二说不同，学者对于此问题，殊无何等之辨析；余之私意，则以宋人之所分为是。《大序》者、论全诗之义也。《小序》者、论一诗之义也。汉人之说，按之《诗序》，似不如宋人分析之清。

（乙）作序人之说

《诗序》为何人所作，纷如聚讼，为研究诗学者之一大问题。欲解决此问题，当先汇萃各家之说而比较之。古今对于《诗序》之说不同者，约十余家。兹记于下：

（一）郑康成《诗谱》："《大序》子夏作，《小序》子夏毛公合作。"

（二）王肃《家语》注："子夏叙诗义，今之《毛诗》是。"

（三）《后汉书·儒林传》："卫宏字敬仲，从谢曼卿受学，因作《毛诗序》，善得风雅之旨。"

（四）《隋书·经籍志》："先儒相承，谓《毛诗序》子夏所创，毛公及卫敬仲又加润益。"

（五）陆德明云："孔子删《诗》，以授子夏，子夏遂作序焉。《大序》是子夏作，《小序》是子夏毛公合作。卜商意有未尽，毛更足成之。"

（六）孔颖达云："《诗》三百一十一篇，子夏作序。"

（七）成伯瑜云："子夏惟裁初句，至也字而止；《葛覃》后妃之本也，《鸿雁》美宣王也，如此之类是也。以下皆是大毛公自以诗中之意而系其辞也。"

（八）王安石云："《诗序》诗人所自制。"

（九）程明道云："《诗大序》其文似《系辞》，其义非子夏所能言也；分明是圣人作此，以教学者。"

又云："国史明乎得失之迹，如非国史，则何以知其所美所刺之人；使当时无《小序》，虽圣人亦辨不得。"

（十）王得臣云："《诗序》盖出于孔子，非门弟子所能与也。若《关雎》后妃之德也，《葛覃》后妃之本也；此一句孔子所题，其下乃毛公发明之。"

（十一）蔡卞云："作序者不知自于何人，然非深通于法言，莫之能为也。或以为子夏卫宏之所为，则疑其不能为也。"

（十二）叶梦得云："世人疑《诗序》非卫宏所为，此殊不然。使宏凿空为之乎，虽孔子亦不能；使宏诵师说为之，则虽宏有余矣。且宏《诗序》，有专取诸书之文而为之者，有杂取诸书所说而重复互见者，有委曲宛转附经而成其书者。"

（十三）曹粹中云："《毛传》初行之时，犹未有序也。意毛公既托之子夏，其后门人互相传授，各记其师说，至宏而遂著之；后人又复增加，殆非成于一人之手。"

以上各家之说，可总括之为八：（一）子夏所作，（二）卫宏所作，（三）子夏毛公合作，（四）子夏毛公卫宏合作，（五）诗人自作，（六）孔子所作，（七）国史所作，（八）毛公之门人所作。八说之中，诗人自作、孔子所作、国史所作三说，为最新颖，然亦最无根据。晁公武驳王安石诗人自作序之说云："《诗序》萧统以为卜子夏所作，王介甫独谓诗人自制；按《韩诗序》、《芣苢》曰，伤夫也，《汉广》曰，悦人也；序若诗人自制，《毛诗》犹《韩诗》，不应不同若是。"晁氏以毛韩二家之序不同，以驳王介甫诗人自制之说，可谓立言有根据矣。予谓晁氏此论，不仅足以驳介甫；孔子作序、国史作序之说，皆可以此言驳之；况此三说，悉是后出，不足信也。然则《诗序》果为何人所作？《四库书目》辨之颇详。兹记于下：

考郑玄之释《南陔》曰："子夏序诗，篇义各编，遭战国至秦，而《南陔》六诗亡；毛公作传，各引其序冠之篇首，故诗虽亡，而义犹在也。"程大昌《考古篇》亦曰："今六序两语之下，明言有义无辞，知其为秦火之后，见序而不见诗者所为。"朱鹤龄《毛诗通义序》，又举《宛丘篇序》，首句与《毛传》异辞；其说皆足为《小序》首句，原在毛前之明证。曹粹中《放斋诗说》，举《召南·羔羊》、《曹风·鸤鸠》、《鄘风·君子偕老》三篇，谓传意与序意不相应；序若出于毛，安得自相违戾；其说尤足为续申之语，出于毛后之明证。蔡邕本治《鲁诗》，而所作《独断》，载《周颂》三十一篇之序，皆只有首二句，与毛序文有详略，而大旨略同。盖子夏五传至孙卿，孙卿授毛亨，毛亨授毛苌，是《毛诗》距孙卿再传，申培师浮邱伯，浮邱伯师孙卿，是《鲁诗》距孙卿亦再传：故二家之序，大同小异。且《唐书·艺文志》称："《韩诗》卜商序，韩婴注"，是《韩诗》亦有序，亦称出于子夏矣。而《韩诗》遗说之传于今者，往往与毛异，传其学者递有增改之故。今参考诸说定序首二语，为毛苌以前经师所传，以下续申之词，为毛苌以下弟子所附。

按此说最为核实。孔门弟子，传六经之学者，厥惟子夏。《诗序》虽非子夏自作，必出自子夏，可断言也。经师所传，容有出入，故《毛》、《鲁》有详略，《韩》、《毛》有异同。毛既祖述子夏之遗说，其后如卫宏等又复增续之，故序义与传义又有不相应者。以是知《毛诗》之序，渊源于子夏，叙录于毛公，增益于卫宏等。郑康成《诗谱》、王肃《家语》注、《后汉书·儒林传》之说，皆有可信；不过各举其一，未能合而言之耳。

（丙）《诗序》废存之说

《毛诗》之序，具有渊源，既证明如上，则《诗序》确有不可废之实。古来首唱废《诗序》者，为郑樵王质，朱子和之；其所作《诗集传》，即废序不用。郑王之学，不甚行于世，朱子之学，影响颇大；然当时如吕祖谦陈傅良叶适等，皆与朱异议；而马端临著《经籍考》，驳诘尤力，《诗序》断不可废，无用多辨。兹录朱子废序之说，与马氏存序之说于下：

（一）朱子曰："《诗序》之作，说者不同：或以为孔子，或以为子夏，或以为国史，皆无明文可考。惟《后汉·儒林传》，以为卫宏作《毛诗序》，今传于世，则序乃宏作明矣。然郑氏又以为诸序本自合为一编，毛公始分以置诸篇之首，则是毛公之前，其传已久，宏特增广而润色之耳。故近世诸儒，多以序之首句为毛公所分，而其下推说云云者，为后人所益，理或有之。但今考其首句，则已有不得诗人之本意，而肆为妄说者矣；况沿袭云云之误哉。然计其初犹必自谓出于臆度之私，非经本文，故且自为一篇，别附经后。又以尚有齐鲁韩之说，并传于世，故读者亦有以知其出于后人之手，不尽信也。及至毛公引以入经，乃不缀篇后，而超冠篇端，不为注而直作经字，不为疑辞而遂为决辞。其后三家之传又绝，而毛说孤行，则其抵牾之迹，无复可见，故此序者遂为诗人先所命题，而诗文反为因序以作；于是读者转相尊信，无敢拟议；至于有所不通，则必为之委曲迁就，穿凿而附合之，宁使经之本文缭戾破碎，不成文理，而终不忍明以《小序》为出于汉儒也。愚之病此久矣，然犹以其所从来也远，其间容或真有传授，证验而不可废者；故既颇采以附传中，而复并为一篇，以还其旧，因以论其得失云。"

又论《邶·柏舟》序曰："诗之文意事类，可以思而得，其时世氏则不可以强而推。故凡《小序》唯诗文明白，直指其事，如《甘棠》、《定之方中》、《南山》、《株林》之属。若证验的切，见于书史，如《载驰》、《硕人》、《清人》、《黄鸟》之类，决为可无疑者。其次则词旨大概可知必为某事，而不可知其的为某时某人者，尚多有之。若为《小序》

者，姑以意推寻探索依约而言，则虽有所不知，亦不害其为不自欺，虽有未当，人亦当恕其所不及。今乃不然，不知其时者，必强以为某王某公之时，不知其人者，必强以为某甲某乙之事；于是傅会书史，依托名谥，凿空妄语，以诳后人；其所以然者，特以耻其所不知，而惟恐人之不见信而已。且如《柏舟》不知其出于妇人，而以为男子，不知其不得于夫，而以为不遇于君，此则失矣。然有所不及而不自欺，则亦未至于大害理也。今乃断然以为卫顷公之时，则其故为欺罔以误后人之罪，不可揜矣。盖其偶见此诗冠于三卫变风之首，是以求之春秋之前；而《史记》所书庄桓以上卫之诸君事，皆无可考者，谥亦无甚恶者；独顷公有赂王请命之事，其谥又为甄心动惧之名，意其必有弃贤用佞之失，而遂以此诗予之。凡《小序》之失，以此推之，什得八九矣。又其为说，必使《诗》无一篇不为美刺时君国政而作，固已不切于情性之自然，而又拘于时世之先后。其或书传所载，当此一时，偶无贤君美谥，则虽有辞之美者，亦例以为陈古而刺今。是使读者疑于当时之人，绝无善则称君过则称己之意，而一不得志，则扼腕切齿，嘻笑冷语，以怼其上者，所在成群，是其轻躁险薄，尤有害于温柔敦厚之教，故予不可以不辨。"

又论《桑中诗序》曰："此诗乃淫奔者所自作。"序之首句，以为刺奔误矣。而或者以为刺诗之体，固有铺陈其事，不加一辞，而闵惜惩创之意，自见于言外者，此类是也。此说不然。夫诗之为刺，固有不加一辞而意自见者，《清人》、《猗嗟》之属是也。然尝试玩之，则其赋之之人，犹在所赋之外，而词意之间，犹有宾主之分也；岂有将欲刺人之恶，乃反自为彼人之言，以陷其身于所刺之中；又况此等之人，安于为恶，其于此等之诗，计其平日固已自其口出而无惭矣；又何待吾之铺陈，而后始知其所为之如此？亦岂畏吾之悯惜，而遂幡然遽有惩创之心邪？以是为刺，不唯无益，殆又不免于鼓之舞之，而反以劝其恶也。或又曰："《诗》三百皆雅乐也；祭祀朝聘之所用也。"岂其删诗乃录淫奔者之辞，而使之合奏于雅乐之中乎？亦不然也。雅者、二《雅》是也。《郑》者、《缁衣》以下二十一篇是也。《卫》者、《邶》、《鄘》、《卫》三十九篇是也。桑间《卫》之一篇，《桑中》之诗是也。二《南》、《雅》、《颂》，祭祀朝聘之所用也。《郑》、《卫》桑濮，里巷狎邪之所歌也。夫子之于《郑》、《卫》，盖深绝其声于乐以为法，而严立其词于诗以为戒。如圣人固不语乱，而《春秋》所记，无非乱臣贼子之事；盖不如是，无以见当时风俗事变之实。今不察此，乃欲为之讳其《郑》、《卫》桑濮之实，而文之以雅乐之名；又欲从而奏之宗庙之中，朝廷之上，则未知其将以荐之何等之鬼神，用之何等之宾客，而于圣人为邦之法，岂不为阳守而阴叛之耶？曰：然则《大序》所谓止乎礼义，夫子所谓思无邪者，又何谓邪？曰：《大序》指《柏舟》、《绿衣》、《泉水》、《竹竿》之属而言，非谓篇篇皆然。而《桑中》之类，亦止乎礼义也。夫子之言，正为人有邪正美恶之杂，故特言此以明皆可惩恶劝善，而使人得性情之正耳，非以《桑中》之类，亦以无邪之思作之也。曰：荀卿所谓"诗者中声之所止"，太史公亦谓"《诗》三百篇者，夫子皆弦歌之"，以求合于韶武之音何邪？曰：荀卿之言，固为正经而发，若史迁之说，则恐亦未足为据也；岂有哇淫之曲，可以强合于韶武之音邪？

（二）马端临曰："《诗》、《书》之序，自史传不能明其为何人所作，而先儒多疑之；至朱文公之解经，则依古经文析而二之，而备论其得失，而于《国风》诸篇之序，诋斥尤多。以愚观之，《书序》可废，而《诗序》不可废。就《诗》而论之，《雅》、《颂》之序可废，而十五《国风》之序不可废。何也？《书》直陈其事而已，序者后人之作；借令深得经意，亦不过能发明其所已言之事而已，不作可也。《诗》则异于《书》矣。然《雅》、《颂》之作，其辞易知，其意易明。至于读《国风》诸篇，而后知《诗》之不可无序。盖风之为体，比兴之辞，多于叙述，风谕之意，浮于指斥，盖有反覆咏叹，而无一言叙作之之意者；而序者乃一言以蔽之曰，为某事也，苟非其传授之有源，探索之无舛，则孰能臆料当时指意之所归，以示千载乎？而文公深诋之，且于《桑中》之篇，辨析尤至。然愚以为必若此，则诗之难读者多矣，岂直《郑》、《卫》诸篇哉？夫《芣苢》之序，以妇人乐有子为后妃之美也，而其诗语，不过形容采掇芣苢之情状而已；《黍离》之序，以为闵周室宗庙之颠覆也，而其诗语，不过慨叹禾黍之苗穗而已；若舍序以求之，则其所以采掇者为何事，而慨叹者为何说乎？《叔于田》之二诗，序以为刺郑庄公也，而其诗语，则郑人爱叔段之辞耳；《扬之水》、《椒聊》二诗，序以为刺晋昭公也，而其诗语，则晋人爱桓叔之辞耳；若舍序以求之，则知四诗也，非子云美新之赋，则袁宏《九锡》之文耳。《鸨羽》、《陟岵》之诗，见于变风，序以为征役者不堪命而作也；《四牡》、《采薇》之诗，见于正雅，序以为使臣遣戍役而作也；深味此四诗之旨，则叹行役之劳苦，叙饥渴之情状，忧孝养之不遂，悼归休之无期，其辞语一耳。若舍序以求之，则文王之臣民亦怨其上，而《四牡》、《采薇》不得为正雅矣。即是数端观之，则知序不可废，《桑中》、《溱洧》，何嫌其为刺奔乎？盖尝论之，均一劳苦之辞，出于叙情闵劳者之口则为正雅，出于困役伤财者之口，则为变风；均一淫佚之词，出于奔者之口则可删，出于刺奔者之口则可录；均一爱戴之辞，出于爱叔段桓叔者之口则可删，出于刺郑庄晋昭者之口则可录。夫《芣苢》、《黍离》之不言所谓,《叔于田》、《扬之水》之反辞以讽,《四牡》、《采薇》之同变风,文公胡不玩索诗辞,别自为说,而卒如序者之旧说,求作诗之意于诗辞之外矣。何独于《郑》、《卫》诸篇,而必以为奔者所自作,而使正经为录淫辞之具乎?且夫子尝删诗矣,其所取于《关雎》者,谓之乐而不淫耳;则夫诗之可删,孰有甚于淫者?今以文公《诗传》考之,其指以为男女淫佚奔诱,而自作诗以叙其事者,凡二十有四。夫以淫昏不检之人,发而为放荡无耻之辞,而其诗篇之繁多如此,夫子犹存之;则不知所删者何等一篇也?或曰:'文公之说,谓《春秋》无非乱臣贼子之事,盖不如是无以见当时事变之实,而垂鉴于后世。'愚以为未然。夫《春秋》、史也,《诗》、文词也;史所以记事,世之有治不能无乱,则固不容存禹汤而废桀纣,录文武而弃幽厉也;至于文词,则淫哇不经者,直为削之而已;夫子犹存之,则必其意不出于此,而序者之说是也。或又曰:'文公尝云:此等之人,安于为恶,又何待吾之铺陈而后始知其如此,亦复畏吾之闵惜,而遂幡然遽有惩创之心邪?'愚又以为不然。夫羞恶之心,人皆有之;而况淫佚之行,所谓不可对人言者,市井小人,至不才也,今有与之语者,能道其宣淫之状,指其行淫之地,则未有不面颈发赤且惭且愧者。且夫人之为恶也,禁之使不得为,不若愧之而使之自知其不可为,此铺张揄扬之中,所以为闵惜惩创之至也。或曰:'序者之序诗,与文公之释诗,俱非得于作诗之人亲传面命也,《序》求诗意于辞之外,文公求诗意于辞之中,而子何以定其是非乎。'曰:'盖尝以孔子孟子之所以说诗者读诗,而后知《序》说之不谬,而文公之说多可疑也。孔子之说曰:诵《诗》三百,一言以蔽之:曰、思无邪。孟子之说曰:说《诗》者不以文害辞,不以辞害志;以意逆志,是为得之。夫经非所以诲邪也,而戒其无邪;辞所以达意也,而戒其害意。

夫诗发乎情者也,而情之所发,其辞不能无过,故其于男女夫妇之间,多忧思感伤之意,而君臣上下之际,不能无怨怼激发之辞。十五国风,为诗百五十有七篇,而其为妇人作者,男女相悦之辞,几及其半;虽以二《南》之诗,如《关雎》、《桃夭》诸篇,为正风之首;然其所反覆咏叹者,不过情欲燕私之事耳。汉儒尝以《关雎》为刺诗,此皆昧于无邪之训,而以辞害意之过;而况《邶》、《鄘》、《卫》之末流乎。故其怨旷之悲,遇合之喜,为有人心者所不能免,而其志切,其辞哀,习其读而不知其旨,易以动荡人之邪情决志;而况以铺张揄扬之辞,而序淫佚流荡之行乎。然诗人之意,则非以为是而劝之也。盖知诗人之意者,莫如孔孟;虑学者读《诗》而不得其意者,亦莫如孔孟。是以有无邪之训焉,则以其辞之不能不邻乎邪也。使篇篇如《大明》、《文王》,则奚邪之可闲乎?是以有害意之戒焉,则以其辞之不能不戾其意也。使章章如《清庙》、《臣工》,则奚意之难明乎?以是观之:则知刺奔果出于作诗者之本意,而夫子所不删者,其诗决非淫佚之人所自赋也。'或又曰:'文公尝言《郑》、《卫》桑濮,里巷狭邪之所作也;今乃欲为之讳其《卫》、《郑》桑濮之实,而文以雅乐之名,则未知其将以荐之于何等之鬼神,用之于何等之宾客乎?'愚又以为未然。夫《左传》言季札来聘,请观周乐,而所歌者,《邶》、《鄘》、《卫》、《郑》皆在焉,则诸诗固雅乐矣。使其为里巷狭邪所用,则周乐安得有之;而鲁之乐工,亦安能歌异国淫邪之诗乎?《左传》载列国聘享赋诗,固多断章取义;然其太不伦者,亦以来讥诮。然郑伯如晋,子展赋《将仲子》;郑伯享赵孟,子太叔赋《野有蔓草》;郑六卿饯韩宣子,子齹赋《野有蔓草》,子太叔赋《褰裳》,子游赋《风雨》,子旗赋《有女同车》,子柳赋《萚兮》:此六诗皆文公所斥以为淫奔之人所作也。然所赋皆见善于叔向,赵武韩起不闻被讥，乃知郑卫之诗，未尝不施之于燕享；而此六诗之旨意训诂，当如序者之说，不当如文公之说也。或曰：'序者之辞，固有鄙浅附会，先儒疵议之非一日也，而子信之何邪？'曰：愚之所谓不可废者，谓诗之所不言，而赖序以明耳。作序之人，或以为孔子，或以为子夏，或以为国史，皆无明文；然郑氏谓毛公始以置诸诗之首，则自汉以前经师传授，其去作诗之时，盖未甚远也。千载而下，学者所当遵守体认，以求诗人之意，而得其庶几，不宜一切废之，凿空探索而为之训释也。有引文公之于《诗序》，于其见于经传信而有证者则从之，如《硕人》、《载驰》、《清人》、《鸱鸮》之类是也。其可疑者，则未尝尽断以臆说，而固有引他书以证其谬者矣。曰：是则然矣。然愚之所以不能不疑者，则以其恶序之意太过，而所引援指摘，似亦未能尽出于公平而足以当人心也。夫《关雎》、《韩诗》以为衰周之刺诗；《宾之初筵》，《韩诗》以为卫武公饮酒悔过之诗：皆与《毛序》反者也。而《韩诗》说《关雎》，则违夫子不淫不伤之训，是决不可从者也；《初筵》之诗，夫子未有论说，则诋毛而从韩；夫一《韩诗》也，《初筵》之序则信，《关雎》之序独不可信乎？《邶·柏舟》，《毛序》以为仁人不遇而作，文公以为妇人之作，而引《列女传》为证，非臆说矣。然《列女传》出于刘向，向上封事，论恭显倾陷正人，引是诗忧心悄悄，愠于群小之语，继之曰，小人成群，亦足愠也，则正毛之序矣。夫一刘向也，《列女传》之说可信，而封事之说独不可信乎？此愚所以疑文公恶序之意太过，而引援指摘，似为未当。夫本之以孔孟说《诗》之旨，参之以《诗》中诸序之例，而后极究夫古今诗人所讽咏之意，则《诗序》之不可废也审矣。"

马氏之论，专为对于朱子而发。朱子之疑《诗序》，于《郑》、

《卫》之诗尤甚；马氏驳诘朱子，于此点亦极为注意。余之私意，以《诗序》既有渊源，自当可信；即朱子亦承认《诗序》为汉人之作，余以为汉人去古较近，当比后世凭空臆想者，较为有据。至于朱子与马氏之论，孰得孰失，学者比较观之而自求焉。

六 义

六义即六诗，见于《周礼》春官，大师教六诗：曰风，曰赋，曰比，曰兴，曰雅，曰颂；而《诗大序》则言风、赋、比、兴、雅、颂，为诗之六义。记之于下：

《诗大序》云："《关雎》后妃之德也，风之始也，所以风天下而正夫妇也，故用之乡人焉，用之邦国焉。风、风也，教也，风以动之，教以化之。（中略）故正得失，动天地，感鬼神，莫近于诗。先王于是正夫妇，成孝敬，厚人伦，美教化，移风俗。故诗有六义焉：一曰风，二曰赋，三曰比，四曰兴，五曰雅，六曰颂。上以风化下，下以风刺上，主文而谲谏，言之者无罪，闻之者足以戒：故曰风。至于王道衰，礼义废，政教失，国异政，家殊俗，有变风变雅作矣。国史明乎得失之迹，伤人伦之废，哀刑政之苛，吟咏情性，以风其上，达于事变，而怀其旧俗者也；故变风发乎情，止乎礼义；发乎情，民之性也，止乎礼义，先王之泽也：是以一国之事，系一人之本，谓之风。言天下之事，形四方之风，谓之雅。雅者、正也，言王政之所由废兴也。政有小大，故有小雅焉，有大雅焉。颂者、美盛德之形容，以其成功，告于神明者也。"

《大序》所言六义，风、雅、颂，则有解说，赋、比、兴，则无解说，而风言之尤详。盖六义可分为二：风、雅、颂者，诗之体；赋、比、兴者，诗之用；赋、比、兴，即在风雅颂之中，非离风、雅、颂，别有所谓赋、比、兴也。兹详风、雅、颂、赋、比、兴之名义于下：

风 《说文》："风、八风也，风动虫生，故虫八日而化，从虫凡声，引申为风化之风。"郑注《周礼》云："凡言圣贤治道之遗化也。又引申为风教、风俗、风刺之风；盖风教、风刺，皆圣贤治道遗化之所存，而风俗之成，实风教风刺之所养：故诗之为风，有三义焉。"陈启源《毛诗稽古篇》云："《诗》有六义，其首曰风，大叙论诗之语最详，约之止三意：云风天下而正夫妇。"又云："风以动之，教以化之。"又云："上以风化下，此风教之风也，云下以风刺上，主文而谲谏。"又云："吟咏性情，以风其上，此风刺之风也，云美教化，移风俗。"又云："以一国之事，系一人之本，言天下之事，形四方之风，此风俗之风也。余所言风，则专目国风。要之：风俗之风，正当国风之义矣；然必有风教，而后风俗成，有风俗而后风刺兴：合此三者，国风之义始备。"按陈氏此言颇晰，惟当其朔也，风俗之成，由于风教，风刺之兴，由于风俗；及其后也，必上下相与有成，而后风俗美焉：吾故谓风俗之风，实风教风刺之所养也。

雅 《说文》："雅、楚乌也，从隹、牙声。"朱骏声云："假借为疋，《说文》：疋、知也，又《说文》：疋下，古文以为大雅字，疋字隶体似正，故傅会训正；其实古文借疋为疋，后又借雅为疋也。"段玉裁云："《说文》，疋下云疋也，是为转注，疋疋古今字。"按二说，以段说为是。言天下之事，形四方之风，谓之雅。雅者、正也，言王政所由废兴也；政有小大，故有小大雅。是则雅者，记四方之风俗，与王政废兴之所由，而其所以名雅者，则以音乐言之。惠氏周惕《诗说》云："风、雅、颂，以音别也；雅有小大，义不存乎小大也。"自序之言曰："政有小大，故诗有小雅，有大雅，小大雅之名以立，而辨难之端起矣。"难之者曰："《常武》、《六月》，同一征伐也；《卷阿》、《鹿鸣》，同一求贤也；大小何以分耶？"解之者曰："《常武》王自亲征，《六月》不过命将，军容不同故也；《卷阿》为成王，《鹿鸣》为文王，天子诸侯，尊卑有等故也。"难之者曰："然《江汉》宜在小雅，《成宣》宜在大雅，今何以或反之，或错陈之也？"其后朱晦翁则谓"小雅燕飨之乐，大雅会朝之乐，受釐陈戒之辞"。严华谷则谓"明白正大，直言其事者，雅之体。纯乎雅之体者，为雅之大；杂乎风之体者，为雅之小"。章俊卿则谓"风体语皆重复浅近，妇人女子能道之，雅则士君子为之也。小雅非复风之体，然亦间有重复，未至浑厚大醇，大雅则浑厚大醇矣"。三家之说，朱氏于理为长，然犹未离乎序之所谓政也。序既以政为言，则大小必有所指，此辨难之所以纷纷也。按《乐记》乙师曰："广大而静，疏达而信者，宜歌大雅。恭俭而好礼者，宜歌小雅。"季札观乐，为之歌小雅曰："美哉！思而不贰，怨而不言！"为之歌大雅曰："旷哉熙熙乎！曲而有直体！"据此：大小《雅》，当以音乐别之，不以政之大小论也。如律有大小吕，诗有大小《明》，义不存大小也。按惠氏论大小《雅》甚是，此可从者也。

颂 《说文》："颂、皃也，从页、公声。"朱骏声曰："假借为诵，颂者、诵也。"按颂之假借有二说：一、假借为诵，一、假借为容。假借为诵者，《礼记·文王世子》："春诵夏弦"，注、谓乐歌也。假借为容者，《说文》："容盛也。"《荀子·儒效篇》云："颂之所以为至者，取是而通之也。"杨注："至为盛德之极。"余谓诗之名颂，兼有诵容二义，而容之义为多。《周礼》郑注云："颂之言诵也，容也，诵今之德广以美之。"《诗谱》曰："颂之言容，天子之德，光被四表，格于上下，无不覆帱，无不持载：此之谓容。于是和乐兴焉，颂声乃作。美其德容，诵其声曰诵。"《序》谓"颂者、美盛德之形容"，是皆以容释颂也。又按籀文：颂、从容声作额，声必兼意，当是颂为皃之盛，引申为德之盛；不必假为诵，亦不必假为容也。惠氏周惕《诗说》曰："《公羊传》：'什一而税，颂声作。'《诗序》：'美盛德之形容，以其成功，告于神明者也。'然雅诗家父作颂，以鞫王汹；《左传》舆人之颂，原田每每，舍其旧而新是谋，刺亦可以言颂矣。《国语》：'瞽献典，史献诗，师箴，瞍赋，蒙诵'，谏亦可言颂矣。按《礼记》：'学乐，诵诗，舞勺'，《文王世子》：'春诵夏弦'，《孟子》：'诵其诗，读其书'，《左传》：'使太师歌巧言之卒章，太师辞，师曹请为之，遂诵之'，汉武帝定郊祀之礼，乃立乐府，采诗夜诵，师古注：'夜诵者，其言或秘，不可宣露。'以是观之：比韵、曰歌，举其辞、曰颂也。岂宗庙之诗，既歌之而复诵之欤？抑歌者工，而诵者又有工欤？既比其音，复诵其辞，俾在位者，皆知其义，所以彰先王之盛德：故曰颂。至于所刺所谏，欲闻其人之耳：故亦曰颂也。《乐记》曰：'清庙之瑟，朱弦而疏越，一唱而三叹'，又曰：'君子于是语，于是道古，岂即颂之义也欤？'"按惠氏之说，亦以诵释颂；然不如合容释之，而义更备也。

赋 《说文》："赋、敛也，从贝、武声，假借为敷。"《尚书·舜典》："敷奏以言"，传、陈也。《小尔雅》："敷、布也。"郑康成曰："赋之言铺，铺陈政教善恶，铺亦敷之借字。"《小尔雅》："铺、布也。"《广雅》："铺、陈也。"朱考亭云："赋者、敷陈其事，而直言之者也。"此言得之。赋之为用，直言其事。吴鹤林曰："赋直而比微，比显而兴隐，故毛公不称比赋也。"

比 《说文》："比、密也，二人为从，反从为比，比为比密之比，引申为比次之比，因之事类相似，亦谓之比。"郑司农曰："比者、比方于物，比见今之失，不敢斥言，取比类以言之。"朱考亭云："比者、以彼物比此物，即皆事类相似之训；惟其所以为比者，则颇有不同。"陈启源《毛诗稽古篇》云："比、兴虽皆托喻，但兴隐而比显，兴婉而比直，兴广而比狭；比者、以彼况此，犹文之譬喻，与兴绝不相似也。"朱子释《诗》："凡兴义之明白者，即判为比；如《螽斯》、《绿衣》、《匏有苦叶》诸篇，本兴也，而以比目之。由是比兴二体，疑溷而难分。"又云："兴比皆喻，而体不同：兴者、兴会所至，非即非离，言在此，意在彼，其词微，其旨远；比者、一正一喻，两相比况，其词决，其旨显，且与赋交错而成文，不若兴语之用以发端，多在前章也。"江循《毛诗补疏》云："比、当如春秋决事比之比；比、犹例也；歌诗必类，相维辟公，天子穆穆，奚取于三家之堂，列国赋诗，举以相觊，比之谓也。赋诗者有此义，作诗者亦有此义；夫妇可例于君臣，田野可通之都邑，陈古即以例今，写好反以见恶，庶几其用神而其义广也。"此又比之别说也。

兴 《说文》："兴、起也，从舁、从同，同力也。"兴、为兴起之称，引申为一切兴起之称。《周礼·大司乐》："兴道讽诵，注兴者以善物喻善事。"《论语》："诗可以兴"，注："引譬连类也。"兴之为用，义亦犹是。郑司农曰："兴者、托事于物"，郑康成云："兴见今之美，嫌于媚谀，取善事以喻劝之"，朱考亭云："兴者、先言他物，以引起所咏之辞也"，即皆引譬连类之训。惟其所以谓兴者则亦有不同，陈启源《毛诗稽古篇》云："诗人兴体，假象于物，寓意良深，凡托兴在是，则或美或刺，皆见于兴中"，又云："毛公独标兴体，朱子兼明比赋；然朱子所判为比者，多是兴耳。"惠氏周惕《诗说》曰："兴、赋、比合，而后成诗。毛公传诗，独言兴不言比赋，以兴兼比赋也。人之心思，必触于物而后兴，即所兴以为比而赋之，故言兴而赋比在其中。（中略）诗或先兴而后赋，或先赋而后兴，见其篇法错综变化之妙，《毛诗》独以首章发端者为兴，则又拘于法矣。文公传诗，又以兴赋比分而为三，无乃失之愈远乎？"

以上所举六者之名义，略无出入；而其为用，则各有不同。风、雅、颂，犹有定论也；赋、比、兴，则几无定论焉。昔宋程氏《论六义》云："风、有风动之意，兴、有兴喻之意，比、则直比而已，《蛾眉》、《瓠犀》是也。赋、则敷陈其事，如《齐侯之子》、《魏侯之妻》是也。雅、则正言其事，颂、则称美之言也，如《吁嗟》、《驺虞》之类是也。"程氏此言，不以风雅颂为诗之体，赋比兴为诗之用；

其论已误，固不足辨。孔氏颖达已分为二，郑氏樵朱氏考亭因之。惠氏周惕《诗说》云："风、雅、颂者，诗之名也，赋、比、兴者，诗之体也。"所分亦犹郑朱。惟诗之名，当云诗之体，诗之体，当云诗之用，方为确当。赋、比、兴，所以多异说者，以毛公独标兴不标比赋耳。朱氏考亭，每诗皆标赋、比、兴，论者讥之。余谓朱氏所标，容有未当；然如陈氏所云，则赋比兴几不分矣。六义之所难断定者，一因《周礼》与《大序》所列之次第，二因《毛传》不标比赋，故说者纷纷，迄无定论。孔氏颖达，关于六义，言之极详；然亦非定论也。附录于后，以备参考。

孔颖达《毛诗正义》云："《周礼》注：'风、言贤圣治道之遗化。赋之言铺，直铺陈今之政教善恶。比、见今之得失，不敢斥言，取比类以言之。兴、见今之美，嫌于媚谀，取善事以喻劝之。雅、正也，言今之正者，为后世法。颂之言诵也、容也，诵今之德广以美之。'是解六义之名也。彼虽各解其名，以诗有正变，故互见其意。风云贤圣之遗化，谓变风也。雅云今言之正，以为后世法，谓正雅也。其实正风，亦言当时之风化变雅亦是贤圣之遗法也。颂训为容止，云诵今之德广以美之，不解容之义，谓天子美有形容，是其事也。赋云铺陈今之政教善恶，其言通正变，兼美刺也。比云见今之失，取比类以言之，谓刺诗之比也。兴云见今之美，取善事以喻劝之，谓美诗之兴也。其实美刺俱有兴比者也。郑必以风言贤圣之遗化，举变风者，以唐有尧之遗风，故于风言贤圣之遗化。赋者、直陈其事，无所避讳，故得失俱言。比者、比托于物，不敢正言，似有所畏惧；故云见今之失，取比类以言之。兴者、兴起志意，赞扬之辞，故云见今之美，以喻劝之。雅既以齐正为名，故云以为后世法。郑之所注，其意如此。诗皆陈之于乐，言之者无罪。赋则直陈其事，于比兴云，不敢斥言，嫌于媚谀者，据其辞不指斥，若有嫌疑之意。其实作文之体，理自当然，非有所嫌惧也。六义次第如此者，以诗之四始，以风为先，故曰风。风之所用，以赋比兴为之辞，故于风之下，即次赋比兴，然后次以雅颂。雅颂亦以赋比兴为之。既见赋比兴于风之下，明雅颂亦同之。郑以赋之言铺也，铺陈善恶，则诗文直陈其事，不譬喻者，皆赋辞也。郑司农曰：'比者、比方于物。诗言如者，皆比辞也。'司农又云：'兴者、托事于物，则兴者起也。取譬引类，起发己心。诗文诸举草木鸟兽以见意者，皆兴辞也。'赋比兴如此次第者，言事之道，直陈为正，故《诗经》多赋在比兴之先。比之与兴，虽同是附托外物，比显而兴隐，当先显后隐，故比居兴先也。《毛传》特言兴也，为其理隐故也。风雅颂者，皆是施政之名也。上云：风、风也，教也；风以动之，教以化之，是风为政名也。下云：雅者、正也，政有小大，故有小雅焉，有大雅焉；是雅为政名也。《周颂谱》云：'颂之言容，天子之德，光被四表，格于上下，此之谓容，是颂为政名也。'人君以政化下，臣下感政作诗，故还取政教之名。以为作诗之目，风雅颂同为政称，而事有积渐，必先讽动之。物情既悟，然后教化，使之齐正。言其风动之初，则名之曰风；指其齐正之后，则名之曰雅；风俗既齐，然后德能容物，故功成乃谓之颂：先风后雅颂，为此次故也。一国之事为风，天下之事为雅者，以诸侯列土封疆，风俗各异。故唐有尧之遗风，魏有俭约之化，由随风设教，故名之为风。天子则威加海内，齐正万方，政教所施，皆能齐政，故名之为雅。风雅之诗，缘政而作，政既不同，诗体亦异。故《七月》之篇，备有风雅颂。《駉颂序》云：'史克作是颂，明作颂者，本自定为风体，非采得之，然后定体也。诗体既异，其声自殊。'《公羊传》曰：'什一而税颂声作。'《史记》称'微子过殷墟而作雅声'。《谱》云：'师挚之始,《关雎》之乱,早失风声矣。'《乐记》云:'人不能无乱,先王耻其乱,故制雅颂之声以道之',是其各自别声也。诗各有体,体各有声。大师听得情,知其本意。《周南》为王者之风,《召南》为诸侯之风,是听声而知之也。然则风雅颂者,诗篇之异体;赋比兴者,诗文之异辞耳。大小不同,而得并为六义者;赋、比、兴,是诗之所用;风、雅、颂,是诗之成形;用彼三事,成此三事,是故同称为义,非别有篇卷也。"

四 始

　　四始之名，起于删诗之后，其说有四：（一）《毛诗》之说，（二）《齐诗》之说，（三）《韩诗》之说，（四）《鲁诗》之说。

　　（一）《毛诗》之说：

　　《毛诗序》云："《关雎》后妃之德也，风之始也。风、风也，教也；风以动之，教以化之。雅者、正也，言王政之所由废兴也；政有小大，故有小雅焉，有大雅焉。颂者、美盛德之形容，以其成功，告于神者也。是谓四始，诗之至也。"《笺》云："始者、王道兴衰之所由。"

　　《正义》云："四始者，郑答张逸云：'风也，小雅也，大雅也，颂也；此四者，人君行之则为兴，废之则为衰。'"陈启源《毛诗稽古编》云："《大序》历言风雅颂之义，而总断之曰，是谓四始，则风雅颂正是始，非更有为风雅颂之始者。"

　　按《毛诗》之四始，言之未晰。郑《笺》：谓王道兴衰之所由，以王道之兴衰，始于风雅颂。《正义》更据郑答张逸，所谓兴衰之所由者，行之则兴，废之则衰，是以始为王道兴衰之始，而非诗之始。所以陈启源云：风雅颂正是始，此《毛诗》四始相承之说也。

　　（二）《齐诗》之说：

　　《诗纬泛历枢》云："《大明》在亥，水始也；《四牡》在寅，木始也；《嘉鱼》在巳，火始也；《鸿雁》在申，金始也。"

《六艺论》引《春秋纬》演孔图云："《诗》合五际六情者：午亥之际为革命，卯酉之际为改正，辰在天门，出入候听；卯天保也，酉祈父也，午采芑也，亥大明也；然则亥为革命，一际也；亥又为天门出入候听，二际也；卯为阴阳交际，三际也；午为阳谢阴兴，四际也；酉为阴盛阳微，五际也。其六情者，则《春秋》云喜怒哀乐好恶是也。"

孔广森云："始际之义，盖生于律。《大明》在亥者，应钟为均也。《四牡》大簇为均，《天保》夹钟为均，《嘉鱼》仲吕为均，《采芑》蕤宾为均，《鸿雁》夷则为均，《祈父》南吕为均，汉初古乐未湮者如此。故翼奉曰：'《诗》之为学，性情而已。五性不相害，六情更兴废。观性以历，观情以律，律历迭相治，三期之变，亦于是可验。'古之作乐，每三诗为一终。经传可考者：升歌《文王》之三，升歌《鹿鸣》之三，间歌《鱼丽》之三；然《采薇》、《出车》、《杕杜》，皆所以劳将士；《常棣》、《伐木》、《天保》，皆所以燕朋友兄弟；《蓼萧》、《湛露》、《彤弓》，皆所以燕诸侯，亦三篇同奏，确然可信者也。说始际者，则以与三期相配，如《文王》为亥孟，《大明》为亥仲，《绵》为亥季。其水始独言《大明》，犹三期之先，仲次季而后孟也。故《鹿鸣》、《四牡》、《皇华》，同为寅宫，举《四牡》以表之。《鱼丽》、《嘉鱼》、《南山有台》，同为巳宫，举《嘉鱼》以表之。卯不言《伐木》而言《天保》，容三家诗次，不尽与毛同耳。以次推之，《采薇》之三，正合辰位，唯采芑为午，似《蓼萧》之三，彼倒在《六月》、《采芑》、《车攻》之后而为未也。《吉日》、《鸿雁》、《庭燎》乃申也，《祈父》非酉之中，又篇次之异；且其戌子丑为何等篇，不可推矣。"按《齐诗》之四始，与毛韩鲁三家悉异；系出于《纬书》，故其说多不可解。孔氏所推论颇精；然犹未能明白尽晓。论者谓其仍承《毛诗》次序，未免稍稍有误，而迮氏鹤寿《齐诗翼奉学》，有四始五际分部例。以雅诗之篇第，配阴阳五行之终始。际会有大数，有小数，有进数，有本数，有退数，有奇数，顾其说亦仍不易明。《诗纬》至汉后已为绝学，《齐诗》散佚亦早。欲研究其说，须熟读迮氏之书，及陈氏乔枞《诗纬集证》等。若欲仅知四始之义，魏氏《诗古微》言之尚能明了。魏氏云："汉时古乐未演，故习诗者多通乐。此盖以诗配律，三篇一始，亦乐章之古法，特又以律配历，分属十二支而四之，以为四始，与三期之说相次。如《大明》在亥为水始，则知《文王》为亥孟，《绵》为亥季；《四牡》在寅为木始，则知《鹿鸣》为寅孟，《皇皇者华》为寅季；《嘉鱼》在巳为火始，则知《鱼丽》为巳孟，《南山有台》为巳季；《鸿雁》在申为金始，则知《吉日》为申孟，《庭燎》为申季。其举中以统孟季者，犹《关雎》之以首篇统次三也。"此《齐诗》四始相承之说也。

（三）《韩诗》之说：

《韩诗外传》："子夏问曰：'《关雎》何以为国风始也？'孔子曰：'《关雎》至矣乎！（中略）天地之间，生民之属，王道之原，不外此矣。'"（全文前见作诗采诗删诗篇）

魏源《诗古微》云："服虔解《左氏》，用《韩诗》者也。季札观乐，为之歌《小雅》、《大雅》，《诗谱疏》引其解曰：'自《鹿鸣》至《菁菁者莪》，道文武修小政，定大乱，致太平，乐且有仪：是为正《小雅》。自《文王》以下《凫鹥》，陈文王之德，武王之功，其为正《大雅》。'夫正《大雅》自《凫鹥》以下，尚有《笃公刘》、《行苇》、《泂酌》、《卷阿》，皆召康公戒成王之诗，而韩论正《大雅》，尚不数之，岂非以周公述文武者为正《雅》乎？且《郑谱》惟以大小《雅》首什为文武诗，以《南有嘉鱼》十六篇，《生民》下八篇，为周公成王诗；则前此非周公所作，后此则又于文武无与，《韩诗》皆不然。岂非二《雅》正始，皆周公述文武之德，而无成王诗，并无前人后人所作之诗乎？因是以推二《南》之例，则仪礼合乐，《周南·关雎》之三，《召南·鹊巢》之三，为六终，而止曰合乐三终者。《孔疏》谓堂上工歌《关雎》，则堂下笙歈《鹊巢》和之；工歌《葛覃》，则笙歙《采蘩》和之；工歌《卷耳》，则笙歙《采蘋》和之：故云合乐三终。岂非二《南》虽同乡乐，而奏有堂上堂下之分，正以《召南》不言文王后妃身事，故亦仅周为南之应，而不为风始，与《大雅》召公一例乎？是知《韩诗》以《周南》十一篇为风之始，《小雅·鹿鸣》十六篇《大雅·文王》十四篇，为二雅之正始，《周颂》当亦以周公述文武诸乐章为颂之始。"

按《韩诗》之四始，据魏源所考，以四诗之涉以文武者为始：不仅《关雎》为《风》始，自《关雎》以下十一篇皆《风》始；不仅《鹿鸣》为《小雅》始，自《鹿鸣》以下十六篇皆《小雅》始；不仅《文王》为《大雅》始，自《文王》以下十四篇皆《大雅》始；不仅《清庙》为颂始，自《清庙》以下颂文武之功德者，皆《颂》始：此《韩诗》四始相承之说也。

（四）《鲁诗》之说：

魏氏《诗古微》云："《周礼》太师以六诗教国子：一曰风，二曰赋，三曰比，四曰兴，五曰雅，六曰颂，而六义兴焉。故季札观乐，已分风雅颂之名，其体用博矣；而汉儒以四始之说媲之后人无一能析之者。请先以《鲁诗》之义明之。司马迁曰：'《关雎》之乱，以为《风》始；《鹿鸣》为《小雅》始；《文王》为《大雅》始；《清庙》为《颂》始。'盖尝深求其故，而知皆三篇连奏，皆上下通用之诗，皆周公述文王之德，皆夫子所特定。曷言三篇连奏也？古乐章皆一诗为一终，而奏必三终。故《仪礼》歌《关雎》，则必连《葛覃》、《卷耳》而歌之；《左传》、《国语》歌《鹿鸣》之三，则固兼《四牡》、《皇皇者华》而举之；歌《文王》之三，则固兼《大明》、《绵》而举之；《礼记》言升歌清庙，必言下管象舞，则亦连《维天之命》、《维清》而举之；使若金奏《肆夏》之三，工歌《蓼萧》之三，《鹊巢》之三，笙奏《南陔》之三，《由庚》之三：此乐章之通例。而四始则又夫子反鲁正乐正雅颂，特取周公述文德者各三篇，冠于四部之首，固全诗之裘领，礼乐之纲纪焉。故迁不但言《关雎》为《风》始，而必曰《关雎》

之乱者，正以乡乐之乱，必合乐《关雎》之三，故特取夫子师挚之言，以明三终之义。"

又云："《学记》'大学始教，皮弁释菜，宵雅肆三'。郑康成曰：'宵之言小也；肆《小雅》之三，谓《鹿鸣》、《四牡》、《皇皇者华》，皆君臣燕乐相劳苦之诗。'又《燕礼》注曰：'《鹿鸣》者、君与群臣及四方之宾燕，讲道修德之乐歌也。歌《四牡》，采其勤劳王事，忠孝之至，以劳宾也。歌《皇皇者华》，采其自以不及，欲咨谋贤知自光明也。'郑注《礼》皆用鲁韩《诗》，而其说如此。"

按《鲁诗》之四始，见于《史记》。据魏氏所考，每始者合三篇言之。《史记》但举首篇者，举一以概三也。证以《关雎》之乱一语，魏氏所考，极为可信。而其所以以此十二篇为四始者，大概皆系述文王之德之诗。证之《郑注》、《周礼》，《鹿鸣》之三，皆君臣燕乐相劳苦，所谓述祖德以相劝也。推之《风》之始，《大雅》之始，《颂》之始，义当相同。此《鲁诗》四始相承之说也。

以上四家相承之说，《毛诗》之说，偏于政治；《齐诗》之说，囿于律历；而韩鲁相近，惟范围大小之不同耳。范家相《诗沈》云："四始之说，孔颖达以废兴为义；成伯瑜以正变为言。"按孔颖达之废兴，即《毛诗》相承之说；成伯瑜之正变，近于韩鲁《诗》相承之说。范氏谓成长于孔，是亦不赞同《毛诗》相承之说也。成伯瑜《诗指》云："《诗》有四始；始者、正诗也，谓之正始。周召二《南》，《国风》之正始；《鹿鸣》至《菁莪》，《小雅》之正始；《文王》至《卷阿》，《大雅》之正始；《清庙》至《般》，《颂》之正始。"其说虽略同于韩鲁《诗》；其范围视《韩诗》又广，遑言《鲁诗》。盖《韩诗》以文武诗为始之界，成氏以正变诗为始之界。成氏之说，远于始字之义，即《韩诗》相承之说，亦于始字之义稍远。所谓始者，以严格言之，只可每始仅举一篇；而《韩诗》相承之说，《风》之始十一篇，《小雅》之始十六篇，《大雅》之始十四篇，岂非太广乎？《鲁诗》相承之说，见于《史记》，比较为可信；且《毛序》亦明言《关雎》为

《风》之始，颇合于《鲁诗》。《毛诗》相承之说，未必果毛意也。皮锡瑞谓四始之说，当从《史记》所引《鲁诗》。按合四家相承之说而观之，亦以《鲁诗》为有根据，《汉书·艺文志》所谓"鲁最为近之"是也。

诗 乐

《诗》、《书》、《易》、《礼》、《乐》、《春秋》，古者谓之六经。自《乐》亡而《诗》存，于是有三百篇入乐不入乐之说。郑樵谓夫子删诗，其得诗而得声者，三百余篇；其得诗不得声者，则置之逸诗。凡存者皆可以祭祀燕享。而程大昌则谓春秋列国燕享所用，未尝出二《南》、《雅》、《颂》之外，而自《邶》至《豳》，则无一篇；因谓二《南》、《雅》、《颂》为乐诗，而诸国为徒诗。二说各有不同，陈旸焦竑皆从程说，而马端临则不认徒诗之说。按诗乐之说，清儒亦有数家不同，兹录其说于下：

马瑞辰《毛诗传笺通释》云："《诗》三百篇，未有不入乐者。《虞书》曰：'诗言志，歌永言，声依永，律和声，歌声律'，皆承诗递言之。《毛诗序》曰：'在心为志，发言为诗。'又曰：'言之不足，故嗟叹之；嗟叹之不足，故永歌之'，此言诗所由作。即《虞书》所谓诗言志，歌永言也。又曰：'情发于声，声成文谓之音'，此言诗播为乐，即《虞书》所谓声依永律和声也。若非诗皆入乐；何以被之声歌，且协诸音律乎？周官大师教六诗，而云以六德为之本，以六律为之音，是六诗皆可调以六律也。《墨子·公孟篇》曰：'诵诗三百，弦诗三百，歌诗三百，舞诗三百'，《郑风·青衿诗》，《毛传》云：'古者教诗以乐，诵之、歌之、弦之、舞之，其说正本《墨子》。'是三百篇皆可诵歌弦舞已。若非诗皆入乐，则何以六诗皆以六律为音？又何以同是三百篇，而可诵者，即可弦可歌可舞乎？《左传》：'吴季札请观周乐，使工为之歌《周南》、《召南》，并及于十二国。'若非入乐，则十四国之诗，不得统之以周乐也。《史记》言'诗三百五篇，孔子皆弦歌之，以求合于韶武雅颂'。若非入乐，则三百五篇，不得皆求合于韶武稚颂也。《六艺论》云：'诗、弦歌讽谕之声也。'郑志答张逸云：'国史采众诗，时明其好恶，令瞽矇歌之，其无所主，皆国史主之令可歌。'据此则郑君亦谓诗皆可入乐矣。程大昌谓'《南》、《雅》、《颂》为乐诗，自《邶》至《豳》，皆不入乐为徒诗'，其说非也。或疑诗皆入乐，则诗即为乐；何以孔子有删诗订乐之殊？不知诗者，载其贞淫正变之词；乐者，订其清浊高下之节。古诗入乐，类皆有散声叠字，以协于音律；即后世汉魏诗入乐，其字数亦与本诗不同；则古诗之入乐，未必即今人诵读之文，一无增损，盖可知也。古乐失传，故诗有可歌有不可歌。《大戴礼·投壶篇》曰：'凡《雅》二十六篇，其八篇可歌。所谓可歌者，谓其声律犹存；不可歌者，仅存其词，而声律已不传也。'若但以诗言之，则三百五篇俱在，岂独《鹿鸣》、《鹊巢》诸篇为可歌哉。"

按马氏此论，谓三百篇之诗皆可入乐；不过因声律已亡，而遂有可歌不可歌之分。诗者、譬诸曲词也。声律者、譬诸曲谱也；其云诗者，载其贞淫正变之词；乐者、订其清浊高下之节，即曲词与曲谱之谓。散声叠字，以协音律，以今日之曲谱证之，尤为了然。而陈兰谱《声律通考》所载"朱子《仪礼经传通解》风雅十二诗谱，以一字比一音，毫无散声叠字"，似马氏散声叠字之论，未必能得诗乐之真。然兰甫云："以《仪礼经传通解》之谱，转为今俗字，按而歌之，颇有近于拗涩者；虽古调与后世不同，亦恐《仪礼经传通解》有传写之误，俟知音者审定之。"则是以一字比一音，其不能歌，已为不可掩之事实。故马氏散声叠字之论，不必无见也。

陈启源《毛诗稽古编》云："诗与乐分为二教。《经解》云：'诗之教，温柔敦厚；乐之教，广博易良'，是诗教乐教，其旨不同也。《王制》云：'乐正立四教以造士：春秋教以礼乐，冬夏教以诗书'，是教诗教乐，其时不同也。故叙诗止言作诗之意，其用为何乐，则弗及焉。即《鹿鸣》燕群臣，《清庙》祀文王之类，亦指作诗之意而言；其奏之为乐，偶与作诗之意同耳。叙自言诗，不言乐也。意歌诗之法，自载于《乐经》，元无烦叙诗者之赘。及《乐经》不存，则亦无可考矣。《集传》于正雅诸诗，皆欲以乐章释之，或以为燕享通用，或以为祭毕而燕，或以为受釐陈戒，俱以辞之相似，亿度为之说。殊不知古人用诗于乐，不必与作诗之意相谋；如乡射之奏二《南》，两君相见之奏《文王》、《清庙》，何尝以其词哉？况舍诗而征乐，亦异乎古人之诗教矣。"

按陈氏此论，分诗教与乐教为二，根据《礼记》、《经解》及《王制》，颇为的确。而魏氏源驳之云："陈氏不知祖述，横生异端，欲回护《大雅》诸序空衍之失，遂谓古人诗乐分为二教。故序《诗》者，不必言其所用。用于乐者，不必与诗本意相谋。反斥后人舍诗征乐，为异乎古人之诗教。噫！悖甚矣！"魏氏以为诗有为乐章而作者，不能与乐分为二；且举"大司乐以乐语教国子，兴讽诵言语；大师教六师，以六德为之本，以六律为之音；瞽矇讽诵诗，奠世系掌。九德六师之歌，以役大师；季札请观周乐，而为之歌二《南》歌《风》歌《雅》、

《颂》",以为诗与乐不分二教之证。不知以志意见之文词者,谓之诗;以诗词协之声律者,谓之乐。太师所教,瞽矇所讽诵,季札所请,皆指以诗词协之声律而言,所歌诵者虽诗,而其用则乐也。古诗乐既分为二经,则诗与乐自应分为二教。魏氏所驳陈氏之论,未必然也。

  魏氏源《诗古微》云:"诗有为乐作不为乐作之分。且同一入乐,而有正歌散歌之别。古圣人因礼作乐,因乐作诗之始也。欲为房中之乐,则必为房中之诗,而《关雎》、《鹊巢》等篇作焉。欲吹豳乐,则必为农事之诗,而《豳诗》、《豳雅》、《豳颂》作焉。欲为燕享祭祀之乐,则必为燕享祭祀之诗,而正雅及诸颂作焉。三篇连奏,一诗一终,条理井然,不可增易。此外则诸诗各以类推,不特变风变雅,采于下陈于上者,与乐章迥殊;即二南之《殷其靁》、《汝坟》、《行露》、《甘棠》;《豳》之《破斧》、《伐柯》;《颂》之《访落》、《闵予小子》、《小毖》、《敬之》;凡因事抒情,不为乐作者,皆不得谓之乐章矣。"

  又曰:"乐主之声而律和之,合歌者之诗,与击者拊者吹者之器,而始谓之乐。故《仪礼》升歌三终,间歌三终,皆谓之正乐。若夫徒吹谓之和,徒歌谓之谣,不歌而诵谓之赋,则与乐绝不相入;故鲁享季武子,武子赋《鱼丽之卒》章,公赋《南山有台》,郑燕穆叔赋《采蘩》。夫燕享时既散歌合乐此三篇矣,而宾主又举之为赋,岂非各为一事,绝不相蒙?而诸儒尚据列国赋诗,以证入乐,谬矣!然则以入乐言之,则变风变雅,不但无不可歌,亦无不可用。以《仪礼》正歌言之,则不但变诗不得与,即正者亦有时不得与。何者?周公时未有变风变雅,而已有无算乐;则知凡乡乐自《樛木》、《甘棠》以下诸诗,《大雅》、《召康公》诸诗,《周颂》、《成王》诸诗,亦止为房中宾祭之散乐。凡诗不为乐作而可入乐者皆是也。自唐以来，惟孔氏《正义》谓'诗在乐章。礼乐既备，后有作者，无缘增入。其二雅正经而外，虽用于乐，或为无算之节，或随事类而歌，又在制乐之后，乐不常用'云云。可谓深悉源流矣。"

按魏氏之论：分诗有为乐作者，有不为乐作者；分乐有所谓正歌者，有所谓散歌者。三百篇虽皆入乐章，然有分别；其诗为乐而作者，入之于乐，谓之正歌；其诗不为乐而作者，人之于乐，谓之散歌。魏氏此论，略本于孔颖达，故称孔氏之言，深悉源流。推孔氏之意，以为周公制乐之后，本声律以作诗，所谓二雅正经，皆是为乐而作者也。自是以后，作者日多，所谓不为乐而作者也。虽不为乐而作，而亦用之于乐。《仪礼》燕乡宾射，皆于升歌笙间合乐之后，工告正歌备，乃继之以无算爵，乱之以无算乐。无算云者，或间或合，尽欢而止，所歌之诗，即不为乐而作者。故于工告正歌备后行之，谓之散歌也。歌有正散，魏氏之论，不可以非。至于诗有为乐作不为乐作之分，则当分别言之。三百篇中，为乐而作者，不可谓尽无；而必谓为房中之乐而作《关雎》、《鹊巢》，为豳乐而作《豳雅》、《豳颂》，为燕享祭祀之乐，而作正《雅》及诸《颂》，则未免拘泥矣。

范氏家相《诗沈》云："生于心而节于音，谓之诗。一言诗而乐自寓焉。委巷小儿，联歌拍臂，皆可配以管弦。优伶俗乐，吹竹弹丝，亦能别翻声调。一言乐而章曲亦自生焉。是故人之有诗，非必缘乐以作。圣人作乐，必因诗以兴。而诗为人声，金石丝竹为物声，各有相需之妙；圣人见其然，因之以诗入乐，以乐合诗，而乐与诗乃并之为一。古之乐不可得闻矣。然观四诗之中，短长参差，体制不一，明是因诗而合乐，非必因乐以作诗也。要之三百五篇，有节有调，可歌可弦，无非乐章乐谱而已。"

按范氏之论，言"作诗非缘乐，作乐必因诗"。证以《虞书》所言，颇为可信。《虞书》云："诗言志，歌咏言，声依永，律和声，八音克谐。"孔氏颖达《正义》云："诗言人之志意，歌咏其义以长其言，乐声以此长歌为节，律吕和此长歌为声。"据此乐由诗作，诗不因乐而作也。宋王普云："古者既作诗，从而歌之，然后以声叶律，和而成曲是也。"惟范氏又言："三百五篇，无非乐章乐谱。"则其言未晰。诗为乐词而非乐谱；乐谱者声律之谓。诗之所以不能歌者，正以声律已亡，而谱不存也。

以上四家之说，皆谓三百五篇之诗，悉可入之乐章。惟其为说，则各有不同。马氏谓"诗者贞淫正变之词，乐者清浊高下之节"，是诗者文词之谓，乐者声律之谓。陈氏谓"乐与诗分为二教"，诗虽入于乐章，而诗自为诗，乐自为乐也。魏氏谓"诗有为乐不为乐之分，乐有正歌散歌之别；为乐之诗入乐为正歌，不为乐之诗入乐为散歌"。范氏谓"诗非缘乐而作，而乐必因诗而作"。是四说之不同者如此。然除魏氏之说，稍有凝滞外，其余要皆可以相通。以马氏之说而论之：诗与乐判为二事，诗者文词，文词而不可谓乐也；乐者声律，声律而不可谓诗也。文词所以达意志，声律所以和节奏。温柔敦厚，此文词之所以能感物也。广博易良，此声律之所以能动人也。陈氏二教之说，与马氏之说，原可相通。诗乐虽各自为教，而乐之所歌者，皆因诗之文词，加以节奏：是范氏之论，与马氏陈氏之说，亦不相背也。魏氏之说，虽稍有凝滞，而正歌散歌之说，足以补诸家之所不及。此四家之说，不可偏废者也。

据以上诸说而研究之，可以得诗乐之说之所归。其说如下：诗者、人之志意，由文词以发表之。因此发表之文词，协之以声律，而后谓之乐也。三百五篇之诗，古人皆协以声律，入之于乐。惟其用乐也，有正歌散歌之不同；然无论正歌或散歌，而所歌者，即此三百五篇之诗。故三百五篇之诗，悉可谓之乐诗。惟是三百五篇，虽悉是乐诗，而不可谓之乐。乐者、专属于声律一方面，《乐经》已亡，声律莫考；则是三百五篇之诗，至于今日已失乐诗之用。乐诗之名，虽不可废，若欲据乐以论诗，则不可也。

朱子考乐诗颇致力，其论乐诗，有可为此结论之参考者，录之于下：

朱子云："诗之作，本为言志而已。方其诗也，未有歌也；及其歌也，未有乐也。以声依永，以律和声；则乐乃为诗而作，非诗为乐而作也。三代之诗，礼乐用于朝廷，而下达于闾巷。学者讽诵其言，以求其志；咏其声，执其器，舞蹈其节，以涵养其心；则声乐之所助于诗者为多。然犹曰兴于诗，成于乐，其求之固有序矣。是以圣贤之言诗，主于声者少，而发其义者多。仲尼所谓'诗无邪'。孟子所谓'以意逆志者'，诚以诗之作，本乎其志之所存，得其志而不得其声者有矣；未有不得其志，而能通其声者也。就使得之，止于钟鼓之铿锵而已；岂圣人乐云乐云之意哉？况今去孔孟千有余年，古乐无复可考；而欲以声求诗，则未知古乐之遗声，今皆可推而得之乎？三百五篇，皆可协之音律，被之管弦乎？故愚以为诗出乎志者也，乐出乎诗者也，诗者志之本，而乐者其末也。"

诗 谱

孟子言诵诗读书，曰："论其世，《书》分四代，世系易明；《诗》则咏歌所寄，兴比深微，非如《书》之实事可据也。"汉儒言《诗》之世者，《韩诗》有谱，见于《隋志》，其书久佚。他书间引齐鲁韩之说。以《关雎》为康王时诗，以《鼓钟》为昭王时诗，以《商颂》为宋襄公时诗，以《燕燕》为卫献公时诗。按之经典，多所不合。《毛诗》后出，其学最古，郑君据之作笺；又据《太史年表》及《春秋》，纂为《诗谱》；自是言世诗之世者，略知所归也。兹录郑君《诗谱序》如下：

《诗谱序》云："诗之兴也，谅不于上皇之世。大庭轩辕，逮于高辛，其时有亡载籍。亦蔑云焉。《虞书》曰：'诗言志，歌永言，声依永，律和声'，然则诗之道，放于此乎。有夏承之，篇章泯弃，靡有孑遗。迄及商王，不风不雅；何者论功颂德，所以将顺其美，刺过讥失，所以匡救其恶，各于其党；则为法者彰显，为戒者著明。周自后稷，播种百谷，黎民阻饥，兹时乃粒，自传于此名也。陶唐之末，中叶公刘亦世修其业，以明民其财。至于太王王季，克堪顾天。文武之德，先熙前绪，以集大命于厥身，遂为天下父母，使民有政有居。

其时《诗·风》有《周南》、《召南》,《雅》有《鹿鸣》、《文王》之属。及成王周公,致太平,制礼作乐,而有颂声兴焉,盛之至也!本由《风》、《雅》而来,故皆录之,谓之诗之正经。后王稍更陵迟,懿王始受谮,亨齐哀公,夷身失礼之后,邶不尊贤。自是而后,厉也、幽也,政教尤衰,周室大坏。十月之交,民劳板荡,勃尔俱作,众国纷然,刺怨相寻。五霸之末,上无天子,下无方伯,善者谁赏,恶者谁罚,纪纲绝矣。故孔子录懿王夷王时诗,讫于陈灵淫乱之事,谓之变风变雅。以为勤民恤功,昭事上帝,则受颂声,弘福如彼。若违而弗用,则被劫杀,大祸如此。吉凶之所由,忧娱之萌,渐昭昭在斯,足作后王之鉴,于是止矣。夷厉以上,岁数不明,太史《年表》,自共和始。历宣幽平王而得春秋,次第以立斯谱。欲知源流清浊之所处,则循其上下而省之;欲知风化芳臭气泽之所及,则旁行而观之。此诗之大纲也。举一纲而万目张,解一卷而万目明。于力则鲜,于思则寡,其诸君子,亦有乐于是与?"

据郑氏此序而观,则诗谱与诗,实有密切之关系。三百篇之诗,皆一时之风俗,见之于吟咏之余。魏有俭啬之俗,唐有杀礼之风,齐有太公之化,卫有康叔之泽,见之于诗者,必须征之于谱。按世以求,而得失自见。自《唐正义》,以《郑谱》冠于各篇之首,而其旁行之谱,浸以失传;即《正义》所载谱文,亦未免佚脱也。宋欧阳永叔,得残缺《郑谱》,因加考订,补谱十有五,补文字二百七,增损涂乙改正者,八百八十三,为诗谱补亡。然其所得之谱,自周公以上皆阙,反不如《正义》所载之完。其后序称国谱旁行,尤易讹舛,悉皆颠倒错乱,不可为序。则知永叔所得之谱,残缺实甚。其增损涂乙,或出于永叔之改削,而不尽为康成之旧观;且其舛驳殊多,不足为据。清休宁戴氏东原,曾订诗谱,亦沿其误。其所正者,仅桧郑同谱,王居《雅》上二事而已。山阳丁氏俭卿，重加补缀，永叔之误，颇为致疑。惟其排比钩稽，虽取《正义》；而第次前后，略依欧本；囿于所习，未能显然别为总谱，略近郑意，犹未善也。湘潭胡氏子威，怅前贤之未周，重加订正，视丁氏之书，更为精密。其书首列总谱，世次可按谱而求，次钩录孔氏《正义》十六条，以明列诗先后之序。其总谱庶几可复郑君旁行之旧；其《正义》十六条，足为后世读谱者之助也。

附录孔氏《正义》关于诗谱者十六条：

二《风》大意，皆自近及远。《周南·关雎》至《螽斯》，皆后妃身事。《桃夭》、《兔罝》、《芣苢》，后妃之所及。《汉广》、《汝坟》，变言文王之化，见其化之又远也。《召南·鹊巢》、《采蘩》，夫人身事。《草虫》、《采蘋》，朝廷之妻；《甘棠》、《行露》，朝廷之臣，大夫之妻；同为阴类，故先于召伯，皆是夫人化之所及也。《羔羊》以下，言召南之国，江沱之间，亦言文王之政，是又化之差远也。篇之大率，自以远近为差。二《南》诗文王时作；唯《甘棠》与《何彼襛矣》二篇，乃是武王时作。武王伐纣，乃封太公为齐侯，令周召为伯。而《何彼襛矣》，经云齐侯之子，太公已封于齐；《甘棠》、经云召伯，召公为伯之后，故知二篇皆武王时作。非徒作在武王时，其所美之事，亦武王时也。《行露》虽述召伯事，与《甘棠》异时。郑志答赵商云："《行露篇序义》云：衰乱之俗微，贞信之教兴。若当武王时，被召南之化久矣，衰乱之俗已销，安得云微？此文王时也。"《序义》云："召伯听讼者，从后录其意，是以云然。"上《周南》、《召南》

序者、或以事明主，或以其谥，或终始备言，或与初见末义相发明：要在理著而已。若一君止一篇者，明言谥号，多则文有详略。《邶·柏舟》云："顷公之时"，则顷公诗也。

《绿衣》云:"庄姜伤己,妾上僭当庄公时",则庄公诗也。诗述庄姜而作,故叙不言庄公也。《燕燕》云:"庄姜送归妾也",妾非夫人所当出,出不当夫人送;今云送归妾,是州吁诗也。《日月》、《终风》、《击鼓》、《序》皆云:"州吁",《凯风》从上明之,皆州吁诗也。《雄雉》、《匏有苦叶》,《序》言"宣公举其始";《新台》、《二子乘舟》,复言"宣公详其终",则《谷风》、《式微》、《旄丘》、《简兮》、《泉水》、《北门》、《静女》在其间,皆宣公诗也。《鄘·柏舟》云:"共伯蚤死,其妻守义,明武公时作",则武公诗也。《墙有茨》"公子顽通于君母",君母则惠公母,则惠公诗也。《鹑之奔奔》云:"宣姜",亦惠公之母,则《君子偕老》、《桑中》在其间,亦皆惠公诗也。《定之方中》、《蝃蝀》、《相鼠》、《干旄》,《序》皆云:"文公",文公诗可知。《载驰序》云:"懿公为狄所灭,露于漕邑。"则戴公诗也。在文公下者,后人不尽得其次第耳。《卫·淇奥》云:"美武公",则武公诗也。《考槃》、《硕人》、《序》皆云:"庄公",则庄公诗也。《氓》云:"宣公之时",则宣公诗也。《竹竿》从上言之,亦宣公诗也。《芄兰》"刺惠公",则惠公诗也。《河广》云:"宋襄母归于卫",母虽父所出;而文系于襄公,明襄公即位乃作。襄公以鲁僖公十年即位,二十一年卒,始终当卫文公,则文公诗也。《伯兮》为王前驱,《有狐》云:"卫之男女失时",皆不言谥,在《河广》、《木瓜》之间,则似文公诗矣。但文公惠公时,无从王征伐之事。桓五年秋,蔡人卫人陈人从王伐郑,当宣公时,则《伯兮》亦宣公诗也。《伯兮》既为宣公诗,则《有狐》亦非文公诗也。文公灭而后兴,诗无刺者,不得有男女失时之歌;则《有狐》亦宣公诗也。俱烂于此,本在《芄兰》之上。《木瓜》云:"齐桓公救而封之",则文公诗

也。上《邶》、《鄘》、《卫》

桧无世家，诗止四篇，事颇相类，或在一君时作，故《郑》不复分之。上《桧》

《缁衣序》云："美武公"，则武公诗也。《将仲子》、《叔于田》、《大叔于田》，《序》皆云："刺庄公"，而《清人》之下，有《羔裘》、《遵大路》、《女曰鸡鸣》；《遵大路序》云："庄公失道"，则此三篇，通上《将仲子》等六篇，皆庄公诗也。《有女同车》、《山有扶苏》、《萚兮》、《狡童》、及《扬之水》，《序》皆云："刺忽"，则《褰裳》、《丰》、《东门之墠》、《风雨》、《子衿》在其间，皆为昭公诗也。忽于桓十一年，以大子而承正统；虽未逾年，要君于其国。《有女同车序》云："至于见逐"，则为被逐而作，是为忽前立时事也。《山有扶苏》、《萚兮》、《狡童》，"刺忽所美非贤，权臣擅命"，忽之前立，时月既浅，则此三篇皆后之时事也。《褰裳》思见正，言突篡国之事，是突前篡之初，国人欲以邻国正之。《丰》、《东门之墠》、《风雨》、《子衿》，直云刺乱世耳，不指君事；或当突篡之时，或当忽入之后，要是忽为其主，虽当突前篡之时，亦宜系于忽，故序于《扬之水》，又言忽以明之。《扬之水》言无忠臣良士，终以死亡，经云："终鲜兄弟"，则兄弟已争，是后立之事也。《出其东门序》云："公子五争"，《野有蔓草序》云："民穷于兵革"，《溱洧序》云："兵革不息"，三篇相类，皆三公子既争之后事也。公子五争，突在最后得之，则此三篇厉公诗也。《清人》"刺文公"，文公诗也。上《郑》

《鸡鸣序》云："刺哀公荒淫怠慢。"《还序》云："刺哀公好田猎"，则哀公诗也。《著》、《东方之日》、《东方未明》三篇，皆云："刺而不举号谥"，则举上明下，亦为哀公诗矣。《南山》、《甫田》、《庐令》、《载驱》四篇，皆云："刺襄公"，则襄公诗也。《敝笱》"刺文姜"，《猗嗟》"刺鲁庄公"，皆由襄公淫妹而作，亦襄公诗也。上《齐》

魏无世家，郑云："《葛屦》至《十亩之间》为一君，《伐檀》、《硕鼠》为一君；以上五篇刺俭，下二篇刺贪，其事相反，故为分异。君或祖父，或子孙，不可知。"上《魏》

《蟋蟀》"刺僖公"，则僖公诗也，《山有枢》、《扬之水》、《椒聊》、《鸨羽》，《序》言"昭公"，则昭公诗也。《绸缪》、《杕杜》、《羔裘》在其间，从可知也。《无衣》、《有杕之杜》，皆"刺武公"，则武公诗也。《葛生》、《采苓》"刺献公"，则献公诗也。上《唐》

《车邻》"美秦仲"，为秦仲诗也。《驷铁》、《小戎》、《蒹葭》、《终南》，《序》皆云："襄公"，是襄公诗也。《黄鸟》"刺穆公"，是穆公诗也。《晨风》、《渭阳》、《权舆》，《序》皆云："康公"，是康公诗也。《无衣》在中，明亦康公诗矣。上《秦》

《宛丘》、《东门之枌》，《序》云："幽公"，为幽公诗矣。《衡门》云："诱僖公"，《东门之池》、《东门之杨》，从上明之，亦僖公诗也。《墓门》"刺陈佗"，陈佗诗也。《防有鹊巢》云："宣公"，《月出》从上明之，亦为宣公诗也。《株林》、《泽陂》云："灵公"，为灵公诗也。上《陈》

《蜉蝣序》云："昭公"，昭公诗也。《候人》、《下泉》、《序》云："共公。"《鸤鸠》在其间，亦共公诗也。上《曹》

七篇之作，《七月》在先，《鸱鸮》次之。今《鸱鸮》次于《七月》，得其序矣。《伐柯》、《九罭》，与《鸱鸮》

同年。《东山》之作，在《破斧》后，当于《鸱鸮》之下，次《伐柯》、《九罭》、《破斧》、《东山》，然后终于《狼跋》；今皆颠倒不次者，张融以为简策误编。上《豳》

《黍离序》云："悯周室之颠覆"，言镐京毁灭，则平王诗也。《君子行役》，及《扬之水》、《葛藟》，《序》皆云"平王"，是平王诗也。《君子阳阳》、《中谷有蓷》居中，从可知矣。《兔爰序》云："桓王"，则本在《葛藟》之下，但简策换处，失其次耳。《兔爰》既言桓王，举上以明下。《采葛》、《大车》，从可知矣。《采葛》、《笺》云："桓王之时，政事不明，明《大车》亦桓王时诗也。"上《王》

《采薇》云："文王之时，西有昆夷之患，背有猃狁之患，以天子之命命将帅，歌《采薇》以遣之，《出车》以劳还，《杕杜》以勤归"，则《采薇》等篇，皆文王之诗。《天保》以上，自然是文王诗也。《鱼丽序》"文武并言"，则《鱼丽》武王诗也。《文王》、《大明》、《绵》、《棫朴》、《思齐》、《皇矣》、《灵台》，《序》皆云"文王"，《旱麓》居中从可知，凡八篇，文王《大雅》也。《下武》、《文王有声》，《序》皆云"武王"，则武王《大雅》也。《六月序》广陈《小雅》之废。自《华黍》以上皆言缺，《由庚》以下不言缺，明其诗异主也。《鱼丽》之序云"文武"，《华黍》言与上同，明以上武王诗，《由庚》以下，周公成王诗也。《南有嘉鱼》云："太平"，《蓼萧》云："泽及四海"，语及其时事，为周公、成王明矣。《由庚》既为周公、成王之诗，则《南有嘉鱼》、至《菁菁者莪》，从可知也。《生民序》云："文武之功，起于后稷，故推以配天焉"，明是文武后人，见文武之功所起，故推以配天也。文武后人周公、成王，故知《生民》为周公成王之诗。《生民》既然，至《卷阿》皆可知。《小雅·六月》之后，尽《何草不黄》，《大雅·民劳》尽《召更》，其中则有厉宣幽三王之诗。《小雅·十月之交》、《雨无正》、《小旻》、《小宛》四篇，《大雅·民劳》至《桑柔》，皆厉王诗也。《小雅》自《六月》至《无羊》，《大雅·云汉》至《常武》，则宣王诗也。《小雅》自《节南山》至《何草不黄》，去《十月之交》四篇，《大雅·瞻卬》、《召旻》，皆幽王诗也。上大小《雅》

《周颂》三十一篇，皆周公成王之颂也。上《周颂》

《鲁颂》四篇，皆克史所作也，皆颂僖公之美德也。上《鲁颂》

《那序》云："祀成汤"，是颂成汤也。《烈祖序》云："祀中宗"，是颂中宗也。《玄鸟》、《殷武》，《序》皆云："高宗"，《长发》居中从可知，是《玄鸟》三篇颂高宗也。此颂之者，皆在崩后颂之。上《商颂》

三家诗

《汉书·艺文志》云:"孔子纯取周诗,上采殷,下取鲁,凡三百五篇。遭秦而全者,以其讽诵,不独在竹帛故也。汉兴鲁申公为诗训故,而齐辕固燕韩生皆为之传。或取《春秋》,采杂说,咸非其本义,与不得已。鲁最为近之。三家皆列于学官。又有毛公之学,自谓子夏所传,而河间献王好之,未得立。"据班氏所言,三家之诗,咸非《诗》之本义。鲁虽为近,亦不得已之言。《艺文志》载"《诗》四百一十六卷,除《毛诗》五十九卷外,三家《诗》三百五十七卷,惟《韩诗外传》六卷存(《隋志》十卷),则是亡者三百五十一卷矣"。取《韩诗外传》读之,诚如《班志》所云,或取《春秋》,采杂说。其他三百五十一卷之《诗》,考其遗说,未必同于《韩诗外传》。虽《齐诗》有杂记十八卷。王先谦云:"此盖采杂说者",亦系推揣之辞,而于《班志》所谓或取《春秋》杂说者,终无明确之佐证。盖班氏所云,系举三家《诗》之全体言之,并非指三家《诗》中之一二种也。抑又有疑者,《班志》言三家《诗》,咸非本义;则是班氏必知《诗》之本义所在也。又云:"与不得已,鲁最为近。"则是班氏必知鲁为最近之所在也。班氏既知《诗》之本义,而不明言本义之所在;即谓《班志》出于《七略》,而刘氏亦未明言。或谓毛公之学,《班志》未置评论;且云自谓出于子夏,以明授受之有渊源;则所谓三家,咸非本义。即据

《毛诗》为标准，因《毛诗》未立学官，博士悉习三家《诗》，未能明举《毛诗》以违博之所习，而其意旨则固已可见也。此言颇有理由，果否确论，尚未能定。惟有一语，可断言者，三家《诗》之必非合于《诗》之本义是也。三家《诗》既不合于《诗》之本义；则后人本三家《诗》之遗说，以驳《毛传》者，可谓失所依据矣。

《隋书·经籍志》云："《齐诗》魏代已亡，《鲁诗》亡于西晋。齐鲁《诗》之亡，其来已久。《韩诗》之亡略后，今则惟《韩诗外传》存。所谓《韩故》、《韩内传》、《韩说》，亦并佚矣。"是三家之《诗》，《齐》最先亡，《鲁》次之，《韩》又次之；顾其书虽亡，而其遗说时见于群书之所征引。宋王氏应麟据群书所征引者，辑为《诗考》一卷，以存三家佚文。顾搜采未周，颇多漏略。至清范氏家相有《三家诗拾遗》，丁氏晏有《三家诗补注》，冯氏登府有《三家诗异文疏证》，阮氏元有《三家诗补遗》，陈氏乔枞有《三家诗遗说考》；数家之中，陈氏之书，最为丰富；乔枞本其父寿祺之学，寿祺为阮氏元之弟子，既渊源之有自，复用力之颇勤，故其书极为可观也。

惟是搜采三家《诗》，有一事须先辨之极明者：即两汉学之家法是也。三家《诗》既亡，今从群书中录而出之。使不明两汉之家法，则本《鲁诗》也，或入之于《齐》，本《齐诗》也，或入之于《韩》。惟深明两汉之家法，知某氏之学，授之于某；某氏之学，为某氏之所自出。匡衡习《齐诗》者也，师丹治诗师事匡衡；则凡匡衡等之说《诗》者，皆可认为《齐诗》之遗。孔安国习《鲁诗》者也，司马迁尝从安国问故；则凡《史记》之说《诗》者，皆可认为《鲁诗》之遗。王吉习《韩诗》者也，以《诗》、《论语》授子骏；则凡王吉父子之说《诗》者，皆可认为《韩诗》之遗。郑康成治《毛诗》，而兼治三家《诗》者也；则凡郑康成之说诗，与《毛义》相违者，皆可认为三家《诗》之遗。家法既明，搜采始无误入之处。陈氏之书，虽未免稍有误入；然其大致，则固明于两汉之家法者也。观其《三家诗叙录》可知。而其《三家诗遗说考叙》，亦颇能明三家《诗》之源流，兹节录于下：

《鲁诗遗说考叙》

《汉书·楚元王传》:"元王少时,尝与鲁穆生、白生、申公,俱受《诗》于浮邱伯。文帝时闻申公为《诗》最精,以为博士,申公始为《诗传》,号《鲁诗》。"《史记·儒林传》,言"申公以《诗》教授,弟子自远方至受业者千余人",是三家之学,鲁最先出,其传亦最广。终汉之世,三家并立学官;而鲁学为极盛焉。魏晋改代,屡经兵燹,学官失业,《齐诗》既亡,而《鲁诗》不过江东,其学遂以寝微。然而马班范三史所载,汉百家著述所称,亦未尝无绪论之存,足以资考证佚文,而采摭异义,失在学者不能实事求是耳。宋王厚甫《诗考》:"据郑君《仪礼·士昏礼注》引《鲁诗》说:'何休《公羊传注》引《鲁诗》说、及《汉书》文、《三王传》、《杜钦·谷永传注》、《续汉书·舆服志注》、《后汉书·班固传注》,所引《鲁训》、《鲁传》,采为《鲁诗》,疏漏尚多。其余石经《鲁诗》残碑,惟取与毛氏异者,余皆弃而不录。顾《鲁诗》今不传,只此残碑,所有其文,当备载之,不宜取此弃彼也。'按《鲁诗》授受源流,《汉书》章章可考。申公受诗于浮邱伯;伯者荀卿门人也。凡《荀子》书中说《诗》者,大都为《鲁训》所本。孔安国从申公受《诗》为博士,太史公尝从孔安国问业,所习当为《鲁诗》。刘向父子世习《鲁诗》,著《说苑》、《新序》、《列女传》诸书,其所称述,必出于《鲁诗》无疑矣。《白虎通》引《诗》皆为鲁说;以当时会议诸儒,如鲁恭、魏应,皆习《鲁诗》,而承制专掌问难,又出于魏应也。《尔雅》亦《鲁诗》之学。汉儒谓《尔雅》为叔孙通所传,叔孙通鲁人也,臧镛堂《拜经日记》,以《尔雅》所释《诗字训义》,皆为《鲁诗》,允而有征。熹平石经,以《鲁诗》为主,间有齐韩字,盖叙二家异同之说，此蔡邕杨赐所奉诏同定者也。"互证而参观之，夫固可以考见家法矣。

《齐诗遗说考叙》

汉置五经博士。《诗》鲁齐韩三家，并立学官。《隋书·经籍志》云："《齐诗》魏已亡"，是三家之失传，《齐》为最早。魏晋以来，学者鲜有肄业习之者矣。宋王厚甫所撰《诗考》，其于《齐诗》，仅据《汉书·地理志》及匡衡萧望之《传》，与《后汉书·伏湛传》中语，录入数事，寥寥寡证；间摭晁说之董彦远说，往往持论不根，难以征信。近世余萧客、范家相、庐文弨、王谟、冯登府诸君，皆续有采辑；然择焉不精，语焉不详，于《齐诗》专家之学，究未能寻其端绪也。窃考汉时经师之学，以齐鲁为两大宗。文景之际，言《诗》者，鲁有申培公，齐有辕固生。汉儒治经，最重家法，学官所立，经生递传，专门命氏，咸自名家。《诗》分为四，文字或异，训义固殊，要皆各守师法，持之弗失。夫辕生以治《诗》为博士，诸齐以诗贵显者，皆固之弟子。而昌邑太傅夏侯始昌最明。始昌通五经，后仓事始昌，亦通诗礼为博士。讫孝宣世，礼学后仓最明，戴德、戴圣、庆普，皆其弟子。三家立于学官，《诗》、《礼》既同出自后氏；则《仪礼》及二戴《礼》中所引佚《诗》，皆当为《齐诗》之文矣。郑君本治《小戴礼》，注《礼》在笺《诗》之前，未得《毛诗》，《礼》家师说，均用《齐诗》，知其所述，多《齐诗》之本义。《齐诗》有翼匡师伏之学；班固之从祖伯，少受诗于师丹，故叔皮父子，世传家学。《汉书·地理志》，并据《齐诗》之文，荀悦叔父爽师事陈实，实子纪传《齐诗》，《后汉书》言荀爽尝著《诗传》。爽之《诗》学，太邱所授，其为齐学明矣。公羊氏本齐学，治《公羊春秋》者，其于《诗》皆称齐，犹之穀梁氏为鲁学，治《穀梁春秋》者，其于《诗》亦称鲁也。董仲舒通五经，治《公羊春秋》，与齐人胡毋生同业，则习《齐诗》可知。《易》有京孟卦气之候，《诗》有翼奉五际之要，《尚书》有夏侯《洪范》之说，《春秋》有公羊灾异之条；皆明于象数，善推祸福，以著天人之应。渊源所自，同一师承，确然无疑。孟喜从田王孙受《易》，得易家候阴阳灾变书。喜即东海孟卿子，焦延寿所以问《易》者，是亦齐学也。故焦氏《易林》，皆主《齐诗》说。若夫桓宽《盐铁论》，以《周南》之《兔置》为刺，义与鲁韩毛迥异，以《邶风》之《鸣雁》为推，文与鲁韩毛并殊，又其显然易见者耳。

《韩诗遗说考叙》

《诗》之有《鲁》、《齐》、《韩》、《毛》，犹《春秋》之有《公》、《穀》、《邹》、《夹》也。邹氏无师，夹氏未有书，故其传不显于世。《诗》则《鲁》、《齐》、《韩》三家并立学官，家诵户习，终两汉之世，经师称盛极矣。自魏晋改代，《毛郑诗》行，而三家之学始微。《韩诗》虽最后亡，持其业者盖寡；惟杜琼著《韩诗章句》十余万言，见于《蜀志》。张纮从濮阳闿受《韩诗》，见于《吴书》。崔季珪少读《韩诗》，就郑氏学，见于《魏志》。晋太康中，何随治《韩诗》，研精文纬，见于《华阳国志》。此外恒不数觏焉。《汉书·艺文志》："《韩诗经》二十八卷，《韩故》三十六卷，《内传》四卷，《外传》六卷，《韩诗说》四十一卷"，而《隋书·经籍志》，只载《韩诗》二十二卷；薛氏章句，《唐书·艺文志》，则载《韩诗》卜商序，韩婴注：二十二卷，又《外传》十卷。然观唐人经义，及类书所引《韩诗》，要皆薛氏章句为多。据《后汉书·儒林传》言："薛汉世习《韩诗》，父子以章句著名。"又言："杜抚少受业于薛汉，定《韩诗》章句。"疑《唐书·艺文志》所载即此，故卷数与《汉志》不同。盖《韩故》，《韩说》二书，其亡佚固已久矣。他如赵长君《诗细》，世虽不传；然《韩诗谱》二卷，《诗历神渊》一卷，侯包《韩诗翼要》十卷，具列《隋志》，是其书犹未尽佚。宋元以后，《毛郑诗》亦复罕有专门，而《韩诗》之传遂绝；其仅有存者，《外传》十篇而已。今观《外传》之文，记夫子之《绪论》，与《春秋》杂说，或引诗以证事，或引事以明诗，使为法者彰显，为戒者著明；虽非专于解经之作，要其触类引伸，断章取义，皆有合于圣门商赐言诗之志也。况夫微言大义，往往而有。上推天人，性理明，皆有仁义礼智顺善之心；下究万物情状，多识于鸟兽草木之名；考风雅之正变，知王道之兴衰，夫固天命性道之蕴，而古今得失之林耶。

按陈氏三序，于三家《诗》之源流，可谓言之明白矣。惟其中有当分别观者：郑康成未笺《毛》以前，本学三家《诗》；注《礼》所用者，果为何家，无从分别。陈氏断为用《齐》，未免稍过。又《班志》明言三家，咸非本义，与不得已，鲁最为近之。陈氏尊崇《外传》，至谓天命性道之蕴，古今得失之林，亦语欠斟酌。要之三家已亡，陈氏搜采之丰富，足供吾人之参考；而读此三序，亦足略明三家源流之大概也。

读诗法

《礼记经解》云:"其为人也,温柔敦厚,《诗》教也。"又云:"《诗》失之愚。"又云:"其为人也,温柔敦厚而不愚,则深于《诗》者也。"据此《诗》之为教,有温柔敦厚之旨;而人之受《诗》教也,有温柔敦厚而愚焉,有温柔敦厚而不愚者焉。教一也,而受之不同;盖一则能得读《诗》之法,一则不能得读《诗》之法也。

夫读《诗》之法,自古有之,惟是时移势异。古人读《诗》之法,尚可适用于今日乎?此诚一疑问也。编者先将古人读《诗》之法,陈之于前,然后判断其适用与不适用。古人读《诗》之法,可约之为四,兹记于下:

(一)以《诗》为劝善惩恶之用:

《毛诗序》:"上以风化下,下以风刺上,主文而谲谏,言之者无罪,闻之者足以戒。"《诗集传序》:"孔子生于其时,既不得位,无以行帝王劝惩黜陟之政;于是特举其籍而讨论之,去其重复,正其纷乱,而其善之不足以为法,恶之不足以为戒者,则亦刊而去之,以从简约,示久远;使夫学者即是,而有以考其得失。善者师之而恶者改焉。是以其政虽不足以行于一世,而其教实被于万世,是则《诗》之所以为教者然也。"

（二）以《诗》为修养身心之用：

《论语》："《诗》三百，一言以蔽之，曰：思无邪。"
又："《诗》可以兴，可以观，可以群，可以怨。"

郑樵云："善观《诗》者，当推诗外之意，如孔子子思。善论《诗》者，当达诗中之理，如子贡子夏。善学《诗》者，当取一二言为立身之本，如南容子路。善引《诗》者，不必分别所作之人，所采之诗，如诸经所举之诗可也。绵蛮黄鸟，止于丘隅，不过喻小臣之择卿大夫有仁者依之。夫子推而至于为人君止于仁，与国人交止于信。鸢飞戾天，鱼跃于渊，不过喻恶人远去，而民之喜得所。子思推之上察乎天，下察乎地。如切如磋，如琢如磨，而子贡能通于贫富之间。巧笑倩兮，美目盼兮，而子夏能悟礼后之说。南容三复，不过《白圭》。子路终身所诵，不过不忮不求。维岳降神，生甫及申，宣王诗也，夫子以为文武之德。夙夜匪懈，以事一人，仲山甫诗也，《左传》以为孟明之功。"

朱子曰："古人一篇诗，必有一篇意思；且要理会得这个。如《柏舟》之诗，只说到静言思之，不能奋飞；《绿衣》之诗，说我思古人，实获我心，此可谓止礼义。所谓可以怨，便是喜怒哀乐发而皆中节处。"

（三）以《诗》为通达词理之用：

《论语》："不学《诗》，无以言。"
又："诵《诗》三百，授之以政不达；虽多，亦奚以为？"

（四）以《诗》为多识博闻之用：

  《论语》："多识于鸟兽草木之名。"
  又："人而不为《周南》、《召南》，其犹正墙面而立也与。"

以《诗》为劝善惩恶之用，读《诗》者必能得劝善惩恶之旨，始可谓之善读《诗》。以《诗》为修养身心之用，读《诗》者必能得修养身心之旨，始可谓之善读《诗》。以《诗》为通达词理之用，读《诗》者必能得通达词理之旨，始可谓之善读《诗》。以《诗》为多识博闻之用，读《诗》者必能得多识博闻之旨，始可谓之善读《诗》。此四者约言之：前二者属之礼教，后二者属之文章博物，诚古今读《诗》之善法也。惟是吾人今日读《诗》之宗旨，是否以《诗》为不刊之经典，受《诗》之命令，以为礼教文章博物之法则；抑以《诗》为已往之历史，求《诗》之类别，以得礼教文章博物之陈迹。以学问之进步而言，今日：为学问，断不能为古人所范围；不过古人之书，皆可为吾人参考之资料；所以今日对于《诗经》一书，不当以不刊之经典视之，当以已往之历史观之。据此而论，古人读《诗》之法，已不适用于今日。今日读《诗》之法，当以分析综合，以为有条理有系统之研究，不可笼统散漫，仅抽一二事而演绎以说之也。兹将编者之意思，定为五类，以为读《诗经》之助。

（一）文字学类：

  文字声音者，一切学问之基础也。《诗经》一书，以文字言，有四家之不同，汇而记之，可以明假借之恉；以声音言，为三代之古音，汇而记之，可以明古音之异读：此以文字学为根基，而读《诗经》者一也。

（二）文章学类：

文章者，为中国学问中最优美之艺术也。三百五篇之诗，为中国优美文章之祖。《楚词》汉赋，皆由是出焉。明比兴之义，以求词近意远之微；析章句之条，而得声音节奏之妙：此以文章学为根基，而读《诗经》者二也。

（三）礼教学类：

礼教者，为中国国家成立之要件。上古之世，由家族而团体，由团体而国家。故中国国家之基础，即建筑于家族之上；所以礼教之维持群众，皆由家庭而推之。三百五篇之诗，即表示此种礼教之现象也。二《南》之化，由近而远；天子诸侯之德，归美于后妃夫人；所以《关雎》为人伦之始，天地之基：此以礼教学为根基，而读《诗经》者三也。

（四）史地学类：

史地者，为有国者之所同有；而中国上古之历史舆地，则书缺有间，为考古者所难言。至于历史，民间之风俗，更无有纪载之可言。十五国之《风》，皆十五国之风俗，见之于歌谣者也。读《蟋蟀》之诗，而知人民之俭朴；读《苌楚》之诗，而知人民之痛苦；其他如各国之地名，不见于他经典者，亦可得其一二焉：此以史地学为根基，而读《诗经》者四也。

（五）博物学类：

博物者，今日为独立之学科。中国素无是学；然《诗经》中鱼虫鸟兽草木之名，所在皆是。古人赋诗，必事事得之于实验，然后见之于吟咏；非如今人之知识，皆从书本中来也。所以《诗经》中之鱼虫鸟兽草木，其称名甚确。《尔雅》一书，即本《诗》而成，实为博物学之初祖焉。以后踵此例为之者，其书颇多，合而研究之，可得万物名称变迁之迹。此以博物学为根基，而研究《诗经》者五也。

以上五种读《诗》法，虽不合于古；学者苟本此以读《诗》，则获益必较多也。

春秋时之赋诗及群籍之引诗

《诗》有本义,有旁义。本义者,作诗之义。旁义者,赋诗之义,与引诗之义。作诗者,外触于物,内动于心,发泄于声音,而歌咏其性情,三百五篇之本文是也。赋诗者,诸侯卿大夫交接,以微言相感,当揖让之时,必称诗以喻其志,春秋时之赋诗是也。引诗者,辨事理之是非,论古今之然否,群言淆乱,折衷于诗,引诗以证明所辨论者,群籍之引诗是也。

诗之本义,颇不易明。鲁、齐、毛、韩,皆系说《诗》之本义者。三家鲁最为近,《毛诗》自谓出于子夏。今三家悉亡,惟《毛诗》独存;则是今日所存之《诗》,说诗之本义者,惟一《毛诗》而已。学者以三家遗说,时时见于他书,而于毛义或多相违,遂欲据诗说之古者,以为诗本义之辨证。于是春秋时之赋诗,及群籍之引诗,皆为辨证诗本义者参考之资料;不知此二者,皆旁义,非本义也。

春秋时之赋诗,及群籍之引诗,何以知其为旁义非本义,于此有二证:

(一)左氏襄二十八年《传》:卢蒲癸曰:"宗不余辟,余独焉辟之;赋诗断章,余取所求焉,恶识宗?"

杜氏注云:"言己苟有求于庆氏,不能复顾礼。譬如赋诗者，取其一章而已。"则是春秋时之赋诗，皆断章取义可知也。

（二）孟子云："故说《诗》者，不以文害辞，不以辞害志；以意逆志，是为得之。"赵氏注云："文、诗之文章；辞、诗人所歌咏之辞；志、诗人志所欲之事；意、学者之心意也。人情不甚相远，以己之意，逆诗人之意，是为得之。"则是群籍所引诗，皆以己意逆诗意可知也。

或曰、《春秋传》："庄姜美而无子，卫人为之赋《硕人》；又秦穆公卒，以子车氏之三子为殉，皆秦之民也，国人哀之，为之赋《黄鸟》；又郑文公恶高克，将清邑之兵御狄于河上，久而不召，师散而归，郑人为之赋《清人》，非赋诗皆诗之本义乎？至引诗者，如孟子所引，经始灵台，及王赫斯怒之类，非引诗亦皆诗之本义乎？"曰：以上所举《春秋传》所记者，皆系记作诗者之本义，而非聘问燕会之赋诗也。至孟子所引，亦系说明此诗之本文，而非引诗以明又一事也。记本事，明本文，当然为诗之本义。此种本义，按之《毛诗》，自相吻合。惟赋诗引诗，多半非诗之本义；使不分别观之，概以赋诗引诗之义以说诗，以旁义为本义，不亦诬乎？兹将春秋时之赋诗，与群籍之引诗，各举四条以明之：

《鹊巢》、夫人之德也；国君积行累功，以致爵位，夫人起家而居有之，德如鸤鸠，乃可以配焉。左氏昭元年《传》："赵孟为客礼，终乃宴，穆叔赋《鹊巢》。赵孟曰：'武不堪也。'"注："鹊有巢而鸠居之。喻晋君有国，赵孟治之。"

《摽有梅》、男女及时也；召南之国，被文王之化，男女得以及时也。左氏襄八年《传》："晋范宣子来聘，公享之；宣子赋《摽有梅》。季武子曰：'谁敢哉？今譬于草木，寡君在君，君之臭味也。欢以承命，何时之有？'"注："梅盛极则落，宣子欲鲁及时共讨郑，取其汲汲相赴。"

《野有死麕》、恶无礼也。天下大乱，强暴相陵，遂成淫风；被文王之化，虽当乱世，犹恶无礼也。左氏昭元年《传》："赵孟叔孙豹曹大夫入郑，郑伯享之；子皮赋《野有死麕》之卒章，赵孟赋《棠棣》，且曰：'吾兄弟比以安，尨也可使无吠。'"注："《野有死麕》卒章曰：'舒而脱脱兮，无感我帨兮，无使尨也吠。'脱脱、安徐，帨、佩巾，义取君子徐以礼来，无使我失节，而使狗惊吠；喻赵孟以义抚诸侯，无以非礼相加陵。"

《鸿雁》美宣王也。万民离散，不安其居，而能劳来还定安集之，至于矜寡，无不得其所焉。《四月》、大夫刺幽王也。在位贪残，下国构祸，怨乱并兴焉。《载驰》、许穆夫人作也。闵宗国颠覆，自伤不能救也。《采薇》、遣戍役也。文王之时，西有昆夷之患，北有狎狁之难，以天子之命命将帅，遣戍役以守卫中国，故歌《采薇》以遣之。左氏文十三年《传》："冬，公如晋朝，且寻盟。卫侯会公于沓，请平于晋。公还，郑伯会公于棐，亦请平于晋，公皆成之。郑伯与公宴于棐，子家赋《鸿雁》。季文子曰：'寡君未免于此'，文子赋《四月》，子家赋《载驰》之四章，文子赋《采薇》之四章。"注："《鸿雁》小雅，义取侯伯哀恤鳏寡。《正义·鸿雁》首章云：'之子于征，劬劳于野，爰及矜人，哀此鳏寡。'子家言郑寡弱，欲使鲁侯远行还晋存恤之也。"注："《四月》小雅，义取行役逾时，思归祭祀，不欲为还晋。《正义·四月》首章：'四月维夏，六月徂暑，先祖匪人，胡宁忍予。'文子言已思归祭祀，不欲更复还晋。"注："《载驰》、《鄘风》四章以下，义取小国有急，欲引大国以救助。《正义·载驰》五章：'我行其野，芃芃其麦，控于大邦，谁因谁极。'小国有急，控告大国。文在五章，而传言四章，故云四章以下。"注:"《采薇》小雅,取其岂敢定居,一月三捷,许为郑还,不敢定居。"

春秋时赋诗,据顾栋高《春秋大事表》所载,凡二十八见。观上所录,皆为断章之义。《鹊巢》之诗,言鹊有巢而鸠居,夫有室而女处。穆叔赋之,乃以喻国家之政治焉。《摽有梅》之诗,言婚姻之及时。宣子赋之,乃以喻用兵之及时焉。《野有死麕》之卒章,言当以礼相待,不可以强暴相陵。犬吠可惊者,犹人言可畏也。子皮赋之,乃以喻国家之交际焉。至于《鸿雁》之断取哀此鳏寡,《四月》之断取先祖匪人,《载驰》之断取控于大邦,《采薇》之断取岂敢定居,所赋之诗,皆与诗之本义相违。卢蒲癸之言赋诗断章,实当时赋诗者之通例也。

《周南》:"采采卷耳,不盈顷筐,嗟我怀人,置彼周行。"注:"思君子,官贤人,置周之列位。"《荀子·解蔽篇》引此诗云:"顷筐、易满也;卷耳、易得也;然而不可以贰周行。"言情之至者不贰。用情不至,虽采易得之物,实易满之器,以怀人置周行之心贰之,则不能满。《淮南子·俶真训》引此诗云:"今矰缴机而在上,网罟张而在下,虽欲翱翔,其势焉得?以言慕远世也。"言采卷耳之不盈筐者,思欲脱此浊世,置身于宁静之域也。

《齐风》:"东方未明,颠倒衣裳,颠之倒之,自公召之。"《毛序》:"东方未明,刺无节也。朝廷兴居无节,号令不时。"《荀子·大略篇》引此诗云:"诸侯召其臣,臣不俟驾,颠倒衣裳而走,礼也。"

《秦风》:"言念君子,温其如玉。"《笺》:"言君子之性,温然如玉。"《礼记·聘义》引此诗云:"夫昔者君子比德于玉焉。温润而泽,仁也;缜密以粟,知也;廉而不刿,义也;垂之如队,礼也;叩之、其声清越以长,其终诎然,乐也；瑕不掩瑜，瑜不掩瑕，忠也；孚尹旁达，信也；气如白虹，天也；精神见于山川，地也；圭璋特达，德也；天下莫不贵者，道也。《诗》云：'言念君子，温其如玉'，故君子贵之也。"

《郑风》："执辔如组，两骖如舞。"《毛序》："言叔多才而好勇。"《笺》："如组者、如织组之为也。"《吕氏春秋》云："《诗》曰：'执辔如组'，孔子曰：'审此言也，可以为天下。'子贡曰：'何其躁也？'孔子曰：'非谓其躁也，谓其为之于此，而成文于彼也。圣人组修其身，而成文于天下矣。'"《中论·赏罚篇》云："夫赏罚之于万民，犹辔策之于驷马也。辔策不调，非徒迟速之分也，至于覆车而摧辕；赏罚之不明也，非徒治乱之分也，至于灭国而丧身。《诗》云：'执辔如组，两骖如舞'，言善御之可以为国也。"

群籍引《诗》，其类颇多。观上所录，皆为引诗者之意，而非作诗者之意。《卷耳》之诗，本为官人而作；《荀子》引之，以明不可有二心；《淮南子》引之，以言思脱污浊之世。《东方未明》之诗，本为人君起居无节而作，故人臣之衣裳颠倒焉；《荀子》引之，以为臣子奉召之礼。温其如玉之句，言亲爱之君子，贵之如玉；《礼记》引之，以为君子以玉比德。执辔如组两骖如舞之句，言太叔有能御之才，隐以示有才无义，故虽得众而亡；《吕氏春秋》及《中论》引之，以明治天下之道。所引之诗，皆与诗之本义相违。赵氏谓以己之意，逆诗人之意；实则皆己之意，不过借诗以说之也。

据此，则赋诗与引诗之为旁义，皎然可明矣。诗之本义，今所存者，惟有《毛诗》。《毛诗》果否能得诗之本义，此事诚难断言；因说诗之本义者，除毛氏以外，无他可以参证也。春秋时之赋诗，与群籍之引诗，虽为说诗之古者；而非诗之古训。阮氏录群籍之引诗书者，为《诗书古训》一卷，搜辑颇富；然谓之古训，则失之矣。

两汉诗经学

班氏《汉书·艺文志》云:"汉兴,鲁申公为诗训故,而齐辕固、燕韩生,皆为之传。或取《春秋》杂说,咸非其本义,与不得已,鲁最为近之。三家皆列于学官。又有毛公之学,自谓子夏所传;而河间献王好之,未得立。"据此西汉之初,诗有鲁、齐、韩、毛四家;四家之中,鲁、齐、韩为官学,毛为私学。盖三家为今文,毛为古文,博士皆习今文;古文晚出,知之者稀,虽有一二好之者,士安于习,终不得立于官也。《艺文志》批评三家《诗》,"咸非本义",则是三家《诗》皆自为一家之学可知。"与不得已,鲁最为近",不过谓《鲁诗》比较为善,而《鲁诗》仍非《诗》之本义,亦可知也。但其所谓"咸非本义,鲁最为近"者,于何者为标准?《艺文志》删录《七略》而成,此言必出于刘氏;刘氏亲校古文,必以《毛诗》为标准,始能判断三家之得失也。其于毛公之学,云:"自谓子夏所传",其曰自谓者,以未立学官,不能不委曲以说之也。其言子夏所传者,明渊源有自,异于三家《诗》之取《春秋》杂说也。大概官学虽盛行一时,用为干禄之具,其学必不能精;私学虽传之甚稀,悉为好学深思者之讲授。四家之《诗》,刘氏辑《七略》,班氏述艺文,固已有定论也。"

《汉书·艺文志》:"《诗》凡六家,四百一十六卷。"四家《诗》而云六家者,以齐有后氏孙氏杂记故也。然考《汉书·儒林传》:"韦贤治诗,事博士大江公及许生,由是《鲁诗》有韦氏学。"而洪适《隶释》汉武荣碑云:"荣、字含和,治《鲁诗经》韦君章句",是《鲁诗》有《韦氏章句》可知,而《艺文志》不著录。又《儒林传》:"张生、唐生、褚生,皆为博士。张生论石渠至淮阳中尉,唐生楚太傅,由是《鲁诗》有张唐褚氏之学。"又云:"陈留许晏为博士,由是有许氏学。"是《鲁诗》又有张唐褚许之书可知,而《艺文志》亦不著录。三家之《诗》,鲁最为近,而又立于学官;《艺文志》不录其书者,必其说之无足取也。至于齐韩《诗》,除《艺文志》所著录外;《齐诗》据《儒林传》有翼匡师伏之学,《韩诗》据《儒林传》,亦有王食长孙之学。盖三家《诗》既立博士,学者以之取功名富贵,竞相传说,为猎禄之具耳,非真能著书也。三家之中,齐韩更甚。观《儒林传》云:"满昌授九江张邯,琅邪皮容,皆至大官,徒众尤盛,此为《齐诗》之学者也。"又云:"食为博士,授泰山栗丰,吉授淄川长孙顺,顺为博士,丰部刺史,丰授山阳张就,顺授东海发福,皆至大官,徒众尤盛,此为《韩诗》之学者也。"为齐韩之学者,皆以至大官而得徒众,则当时以学术号召之故可知。号召愈力者,徒众愈盛。故《儒林传》于齐韩悉云"皆至大官,徒众尤盛";而《鲁诗》不言者,盖治《鲁诗》者,近于朴质。观申公对武帝"为治者不在多言,顾力行何如"之语,不以学术为号召可知。王式治《鲁诗》者也。东平唐长宾,沛褚少孙,来事式,问经数篇。式谢曰:"闻之于师尽是矣。"唐生、褚生,式之弟子也。应博士弟子选,诣博士抠衣登堂,颂礼甚严,诵说有法,疑者盖不言,则是治《鲁诗》者,比较谨慎。《艺文志》谓鲁最为近之,以其不异说也。然用为干禄之具,终不免有倾轧之风。《儒林传》云:"博士共持酒肉劳式,江公世为《鲁诗》宗,心嫉式,谓歌吹诸生曰:'歌《骊驹》'(服虔云:'《逸诗》篇名,见《大戴礼》。'客欲去歌之,文颖曰:其辞云:'骊驹在门,仆夫具存,骊驹在路,仆夫整驾'),式曰:'闻之于师,客歌骊驹,主人歌,客毋庸归。今日诸君为主人,日早尚未可也。'江翁曰:'经何以言之。'式曰：'在曲礼。'江翁曰：'何狗曲也。'"江翁世为《鲁诗》之宗，而治《鲁诗》者，又比较谨慎；其出言如是，其说诗可知也。《鲁诗》最近犹如是，其《齐诗》、《韩诗》又可知也。所以西汉时之三家诗，证之《儒林传》，愈以见咸非本义之说为有据也。

至于《毛诗》之学如何？《儒林传》曰："毛公赵人也。治《诗》为河间献王博士，授同国贯长卿。长卿授解延年。延年为阿武令，授徐敖；敖授九江陈侠，为王莽讲学大夫；由是言《毛诗》者，本之徐敖。"仅此数语，更无他词；可见《毛诗》之学，在西汉时，传之不盛。贯长卿、解延年、徐敖、陈侠之学说何似，今皆不可考见，要之必不至如三家《诗》之好为异说也。

迨至东汉，治《鲁诗》学者，有高诩、包咸、魏应；治《齐诗》学者，有伏恭、任末、景鸾；治《韩诗》学者，有薛汉、杜抚、召驯、杨仁、赵晔。据《后汉书·儒林传》所载，类皆能自持其身，而无西汉哗众取宠之行为。此由于东汉士气之良，非其学说之善也。

《毛诗》之学，据《后汉书·儒林传》云："卫宏、字敬仲，东海人也。少与河南郑兴，俱好古学。初九江谢曼卿善《毛诗》，乃为其训。宏从曼卿受学，因作《毛诗序》，善得风雅之旨，于今传于世。后从大司空杜林，更受《古文尚书》作《训旨》；时济南徐巡师事宏，后从林受学，亦以儒显。由是古学大兴。中兴后，郑众、贾逵、传《毛诗》，后马融作《毛诗传》，郑玄作《毛诗笺》。"观此则《毛诗》之学，在东汉时而日显。肇于卫宏，盛于郑玄。《诗》之《小序》，当为卫氏所增，而郑氏之《笺》，尤足阐明《毛公》之旨；虽郑氏颇采三家之《诗》，要必以《毛》为宗。古学显而《毛诗》行，三家《诗》虽未亡，而其传已微矣。

要而论之：西汉为今学时代，《毛诗》虽出，终不能与三家《诗》并行，所谓利禄之途然也。东汉为古学时代，三家虽未亡，《毛诗》卒至大显，所谓近于《诗》之本义故也。贾逵、马融，悉为东汉大儒；当三家未亡之日，而独表章《毛诗》，必以三家之说，乖违为多，《毛诗》之说，本义独得也。郑玄遍注五经，兼习三家，原无门户之见，必无阿好之私。其笺《毛诗》，亦采及三家之说；则其未采者，必在可废之列。今之左《毛》者，或本三家佚说以攻《毛》，是未能善读《汉书》，而深明两汉之《诗经》学也。

三国南北朝隋唐诗经学

《毛诗》之学,自郑康成作《笺》后,其学大行。惟是郑氏之《笺》,与毛亦有出入。郑氏《六艺论》云:"注《诗》宗毛为主,毛义若隐略,则更表明;如有不同,即下己意。"以郑氏自言而观之,《毛诗》之学,虽昌明于郑;而郑氏作《笺》,则不必尽同于毛也。唐陆德明云:"郑氏申明毛义,以难三家,于是三家遂废。"今以《郑笺》考之,三家之说,亦颇有所采。是郑虽申毛,而亦不废三家之长。所以《毛传》、《郑笺》行,而三家微。东汉之末,说《诗》者咸宗毛郑矣。

郑学盛行,魏太常王肃独反对之。《郑笺》与《毛传》稍有异同,王乃述毛而攻郑。其攻郑之著作,有《毛诗注》(《隋志》二卷),《毛诗义驳》(《隋志》三卷),《毛诗奏事》(《隋志》一卷),《毛诗问难》(《七录》二卷),其书今皆佚失,是非得失,无由判断。宋欧阳修引其释《卫风·击鼓》,谓郑不如王。(欧阳修云:《击鼓》五章,自《爰居》而下三章,王肃以为卫人从军者与室家决别之辞;而郑氏以为军中士伍相约誓之言。夫卫人暂出从军,其卒伍岂宜相约偕老于军中,此非人情也。当以王肃说为是。)而当时魏荆州刺史王基,反对王肃,著《毛诗驳》(《隋志》一卷,《七录》五卷),以驳王而申郑,其书今亦佚失。是非得失,亦无由判断。宋王应麟引其《芣苢》，谓王不及郑。（王应麟云：王肃引《周书》，《苤苢》如李，出于西戎，王基驳云：远国异物，非周妇人所采。）仅此二条，未能据为定论。要之王肃难郑，王基难王，大概门户之见，未必能得学术之真。三国之时，二家之外，有魏秘书郎刘璠著《毛诗义》（《七录》四卷）、《毛诗笺传是非》（《七录》二卷），吴太常卿徐整著《毛诗谱》（《隋志》三卷），吴侍中韦昭朱育著《毛诗答杂问》，吴太子中庶子乌程令陆玑著《毛诗草木鸟兽虫鱼疏》；今诸书皆亡，惟《陆疏》尚存。韦昭朱育等之答问，今见于群书所引者，以甫田之莠为今之狗尾草，谓旱魃眼在顶上，奇闻异说，无关宏旨。又谓《野有蔓草》之诗，国多行役，男女怨旷，于是女感伤而思男，故出游于洧之外，托采芬香之草，而为淫佚之行。时草始生，而云蔓者，女情亟欲促时也。虽是敷衍毛旨，然与不期而会之意相违，亦无深义也。《陆疏》去古未远，所言不甚失真，详于名物，有考古之功焉。此三国之《诗经》学也。

晋永嘉之乱，《齐诗》沦亡，韩鲁之说尚在。地分南北，《鲁诗》不过江东。晋之《诗经》学，其初尚沿郑王是非之习。豫州刺史孙毓著《毛诗异同评》，以申王说。徐州从事陈统著《难孙氏毛诗评》，以明郑义。袒分左右，悉无是处。互相掊击，垂数百年。要其大概，咸宗毛传。此南学也。河北通《毛诗》者，始于刘献之。献之以传刘叔和。其后说《诗》者，多出二君之门。此北学也。《隋书·儒林传》云："南北所治章句，好尚互有不同。江左周易则王辅嗣，《尚书》则孔安国，《左传》则杜元凯；河洛《左传》则服子慎，《尚书》、《周易》则郑康成，《诗》则并主于毛公，《礼》则同遵乎郑氏。"南人简约，得其精华；北学支芜，穷其枝叶。此虽总论五经，《诗经》亦可推测而得。此晋及南北朝之《诗经》学也。

唐孔颖达奉敕作《诗义疏》，尊崇毛郑，引两家之说，守疏不破注之例，不以已意为进退；然亦颇采隋朝二刘之说。观其自序云："近代为义疏者，有全缓、何胤、舒瑗、刘轨思、刘丑、刘焯、刘炫等。然焯炫并聪颖特达，文而又儒，擢秀干于一时，骋绝辔于千里，固诸儒之所揖让,日下之无双。于其所作疏内,特为殊绝。今奉敕删定,故据以为本。削其所烦,增其所简,惟意存于曲直,非有心于爱憎。"孔氏之疏,专明毛郑之义。据其自序,多据二刘之说,则是二刘最能明毛郑之学者也。此隋唐之《诗经》学也。

此外如唐成伯玙之《毛诗指说》,分《兴述》、《解说》、《传受》、《文体》四篇,颇似《文心雕龙》之体,可谓别创一格;但其传不甚盛耳。

总而论之,三国南北朝隋唐之《诗经》学,皆为推演毛郑之义。王肃虽与郑异,所传不盛。刘焯刘炫之书,今虽不存;而见于《孔氏正义》者,必多二刘之遗说。毛郑古义,因是而存。孔氏作《疏》,遂为定论。毛郑之《诗经》学,自东汉以来,传之不绝,不似郑之《周易》,服之《春秋》而遂亡也。

宋元明诗经学

自唐以来，说《诗》者悉宗毛郑，谨守《小序》；至宋而新义日增，旧说几废。宋人说《诗》略分三派：一废《小序》派，二存《小序》派，三名物训诂派。废《小序》一派，其传最盛。推原所始，实发于欧阳修之《毛诗本义》。修之言曰："后之学者，因迹先世之所传而较得失，或有之矣。使徒抱焚余残脱之经，伥伥于去圣千百年后，不见先儒之说，而欲特立一家之学者，果有能哉？吾未之信也。"又曰："先儒于经，不能无失，而所得固已多矣。尽其说而理有不通，然后以论正之。"修著《本义》，虽不轻议毛郑；然亦不确守毛郑。观其所言，已开宋人以己意说经之始。嗣后苏辙作《诗集传》以广其义。

其说以《诗》之《小序》，反复繁重，类非一人之词，疑为毛公之学。卫宏之所集录，则是对于《小序》，已略有怀疑之意矣。迨至郑樵作《诗辨妄》，王质作《诗总闻》，毛郑之义，废弃无余矣。郑樵专攻《小序》，其言曰："《毛诗》自郑氏既笺之后，而学者笃信康成，故此《诗》专行，三家遂废。今学者只凭毛氏，更不敢拟议，盖事无两造之辞，则狱有偏听之惑。"其《诗辨妄》六卷，专攻毛郑之妄，削去《小序》，而以己意说之也。质之《诗总闻》，虽不字字攻诋《小序》，然毅然自用，别出心裁，勇锐之气，几扫前说而一空之。此皆废《小序》之最力者也。朱子作《诗集传》，颇用调和之说。故虽杂采毛郑，然卒废《小序》不用。自是读《诗》者，几不知有《小序》矣。《小序》既废，《诗》义多晦。郑卫之风，悉为淫奔之诗。《郑风》尤甚：如《褰裳》、思见正也；《子衿》、刺学校也；《扬之水》、闵无臣也；《野有蔓草》、思遇时也；《遵大路》、《风雨》，思君子也；《丰》、《东门之墠》、《出其东门》，刺乱也；《有女同车》、《山有扶苏》、《萚兮》、《狡童》，刺忽也，朱子皆以为男女相悦之词，指为淫奔之诗矣。朱子废《小序》说《诗》，其传最盛。一时说《诗》者，虽非朱子的传，大概悉受朱子之影响，破旧说而持新义。若杨简之《慈湖诗传》，袁燮之《絜斋毛诗经筵讲义》，皆排斥《序传》，说以义理。杨氏之学，出于陆九渊，高明之过，勇于疑古。其说《诗》也，谓《左传》不可据，《尔雅》亦多误。陆德明好异音，郑康成不善属文，思想之所至，遂多新说。如谓聊乐我员之"员"为姓，六驳之"六"为"赤"之讹，天子葵之之"葵"有向日之义，穿凿无根，此其蔽也。袁氏说《诗》，注重时事。如论《式微》，则亟称太王句践转弱为强，而贬黎侯无发奋之心。论《扬之水》，谓平王柔弱可怜。论《黍离》，则以汴京宗庙宫阙为说。虽经筵之体，义重献纳，然持论不衷于古矣。盖宋人说《诗》，自朱子而后，多以《集传》为宗。如辅广之《诗童子问》，朱鉴之《诗遗说》，尤其显然者。又有王柏者著《诗疑》。王为朱子三传弟子（柏师何基，基师黄幹，幹师朱子），其《诗》学亦出于朱子。但其攻斥毛郑，改删经文，至削《诗》三十余篇，并移其篇次，为变本加厉耳。此一派也。吕氏祖谦，与朱子同时。朱子说《诗》，初与吕氏相同，后朱子改从郑樵之说，不用《小序》；吕氏仍守毛郑。吕氏对于朱子之去《小序》，颇致疑惑。而朱子序吕氏《读诗记》，亦称少时浅陋之说，伯恭父误有取焉。既久，自知其说有未安，或不免有所更定；伯恭父不置疑于其间，熹窃惑之。方将相与反覆其说以求真是之归，而伯恭父已下世云云。是吕氏《读诗记》所采朱子之说，而朱子特加以否认也。然吕氏之书，亦颇传诵于一时。有戴溪者著《续吕氏读诗记》，以《毛传》为宗，折衷众说。于名物训诂，颇为详悉。不废古训，而亦时有新说。其说之新者：如谓《摽有梅》为父母之择婿，《有狐》为国人之悯鳏，《甘棠》非受民讼，《行露》非为侵陵是也。又有严粲者著《诗缉》，以吕氏《读诗记》为主。其说之新者：如《邶风》之《柏舟》，旧谓贤人自比，粲谓以柏舟喻国；泛泛、喻无维持之人；干旄良马四之良马五之，旧谓良马之数，粲谓乘良马者四五辈，见好善者之多是也。又有段昌武者著《毛诗集解》，大致亦仿吕氏《读诗记》。其体例之新者，有《学诗总说》三则：一《作诗之理》，二《寓诗之乐》，三《读诗之法》；《论诗总说》五则：一《诗之世》，二《诗之次》，三《诗之序》，四《诗之体》，五《诗之派》是也。吕氏本《小序》以说诗，戴氏严氏段氏，皆本吕氏而不废《小序》，然新说亦时时有之，此又一派也。蔡氏卞王氏应麟，在宋儒之中，其学颇为征实。蔡氏著《毛诗名物解》，踵陆氏之例为之，而征引加博。王氏著《诗考》，搜集三家《诗》遗说，勒为一书；又旁搜《诗》异字异义，及逸诗以附其后。虽未注原文之所从出，且多漏略之处；然搜集三家《诗》，其业创于王氏，有足多者。王氏又著《诗地理考》，凡涉于诗中地名，博采古籍，荟萃成编，案而不断，得失并列，足资参考也，此又一派也。此宋儒之《诗经》学也。

元儒说《诗》，除马端临外（马氏力主存序，然无著作），其余大都本于《集传》。即略有异说，亦不出废《小序》之一派。如许谦之《诗集传名物钞》，虽颇考订名物音训；然笃信其师王柏之说。移《甘棠》、《何彼襛矣》于《王风》，去《野有死麕》，使《召南》亦为十一篇，其谱作诗时世，例虽本之康成，说则改从《集传》。刘瑾之《诗传通释》，大旨皆发明《集传》，与辅广《诗童子问》相同。梁益之《诗传旁通》，凡《集传》所引故实，一一引据出处，辨析原委。朱公迁之《诗经疏义》，则据《朱子集传》而作《疏》，墨守《集传》，不逾尺寸。至刘玉汝之《诗缵绪》，梁演之《诗演义》，皆不过缵朱子之绪，演朱子之义耳。此元代之《诗经》学也。

明儒说《诗》，略分两派：一派演《集传》之余，如胡广奉敕撰

《诗经大全》，悉以刘瑾之书为主，颁为功令，学者翕然从之。一派杂采汉宋之说，如季本之《诗解颐》，李先芳之《读诗私记》，何楷之《诗经世本古义》，朱谋㙔之《诗故》是。大概明人之学，在义理一方面言，不如宋人之精；在考证一方面言，不及汉唐之密。名物训诂之考证，惟朱谋㙔之《诗故》略善。当《诗经大全》盛行之日，朱氏独能研究遗文，发挥古义，亦不可多得也。此明代之《诗经》学也。

清代诗经学

清代《诗经》学,在乾嘉以前,大概家法未立,或杂采汉唐之说,或兼及宋明之言,亦有涉于文字声音训诂名物之处。如钱澄之《田间诗学》,其所采诸儒之论说,自《注疏》、《集传》而外,凡二程子、张子、欧阳修、苏辙、王安石、杨时、范祖禹、吕祖谦、陆佃、罗愿、谢枋得、严粲、辅广、真德秀、邵忠允、季本、郝敬、黄道周、何楷二十家;徐元文称其书于汉唐以来之说,不主一人,无所攻故无所主,亦可以窥见钱氏著书之意矣。朱鹤龄《诗经通义》,专主《小序》,力驳废《序》之非,略有汉学之趋势。然其所采诸书,于汉用毛郑,于唐用孔颖达,于宋用欧阳修、苏辙、吕祖谦、严粲,虽引据繁富,而伤于芜杂者,亦时有之,未能成家也。其他如王夫之《诗经稗疏》,毛奇龄《毛诗写官记》与《诗札》,于文字声音训诂名物,多所涉及;然王书精而不博,毛书博而不精。至李光地《诗所》,杨名时《诗经札记》,严虞惇《读诗质疑》,皆以推求诗意为主。不重文字声音训诂名物,不以文字声音训诂名物而求诗意,即不免多穿凿之说矣。

乾嘉以后,研究《诗经》学者,多标汉学之名,而研究文字声音训诂名物之故。诚以《诗经》一书,其文字声音训诂名物,较他经所含为多。使不由文字声音训诂名物研究入手,即不能得诗意之所在。惟是乾嘉时研究《诗经》学者,仅文字声音训诂名物之是求,并不推求诗意。然此种研究方法，确可为推求诗意之助。开其先者为陈启源之《毛诗稽古篇》。陈氏之书，成于康熙丁卯，虽未标汉帜，实为汉学家之先导。训诂一准《尔雅》，篇义一准《小序》，诗旨一准毛郑，视钱朱之书，杂采唐宋之说不侔矣。及后李黼平之《毛诗紃义》，戴震之《毛郑诗考》，咸宗汉诂，确不搀杂。惟是择言短促，门户虽立，壁垒尚未坚也。迨后马瑞辰著《毛诗传笺通释》，胡承珙著《毛诗后笺》，清代汉学家治《诗》之著作，遂有专书矣。马氏之书，《通释传笺》，以纠孔颖达正义之失，时有新说而不凿。如《蒹葭》之诗，"宛在水中央"，马氏谓"央""旁"同意，诗多以"中"为语词，"水中央"，犹言"水之旁"，与下二章"水中泜""水中沚"同义。若如《正义》所释，以"中央"二字连读，则与下章"泜""沚"句不相类矣。此其说新而不穿凿者也。胡氏之书，引征极为丰富，断制亦颇谨严。惟时有申毛纠郑之处，已开后人舍郑用毛之先路。如《芄兰》之诗，"能不我知""能不我甲"，胡氏谓虽服成人之佩，而不自谓我知，所以为柔润温良而有成人之德。下章"能不我甲"，亦当云不自谓我已狎习。（中略）此皆正言之，以反刺惠公之骄慢，所谓陈美以刺恶也。《传》用此意释《诗》，于词旨最为深婉；若如《笺》说，不如我众臣之所知为，不如我众臣之所狎习，则浅直少味矣。此其申毛纠郑者也。

乾嘉时治《诗经》者，多以文字声音训诂名物，为研究《诗经》之方法。郑氏笺诗，所用文字，或所释训诂，往往与《毛传》异。如《关雎》首章，"君子好逑"，《传》：逑、匹也，《笺》：怨耦曰仇；《车攻》二章，"东有甫草"，《传》：甫、大也，《笺》：甫草、甫田之草也；《板》七章，"价人维藩"，《传》：价、善也，《笺》：价、甲也，被甲之人，谓卿士掌军事者；《长发》"何天之龙"，《传》：龙、和也，《笺》：龙、当作宠，宠、荣名之谓：因之学者多以《郑笺》改字为疑。陈奂作《毛诗传疏》，遂舍郑用毛。谓近代说《诗》，兼习毛郑，不分时代；毛在齐鲁韩之前，郑在毛后四百余载，不尚专修；毛自谓子夏所传，郑则兼用韩鲁。陈氏之意，以《郑笺》多韩鲁之说，不仅文字声音训诂名物异于毛已也。所以陈氏专为《毛传》作《疏》，以《毛诗》多记古文，倍详前典。或引申，或假借，或互训，或通释，或文生上下而无害，或辞用顺逆而不违，要明乎世次得失之迹，而吟咏情性，有以合乎诗人之本志。故读《诗》不读《序》，无本之教也。读《诗序》而不读《传》，失守之学也。文简而义赅，语正而道精，洵乎为小学之津梁，群书之钤键也。陈氏之书，确守《毛传》，笃信《小序》，不杂入韩鲁之说，此为汉学家专用《毛传》之一派也。

当时朱氏珔，以近人说《诗》，率尊毛抑郑，特作《毛传郑笺破字不破字辨》一篇，意在调和毛郑。谓古书多用假借字，倘令悉以本义解之，必捍格难通，故郑不得不破字；不知毛之借义，即郑之破字。共举二十余例，颇能举毛郑所释之字义而汇其通。惜未成为专书。此为汉学调和毛郑之一派也。又有江都梅植之，专治郑学，拟为《郑笺》作《疏》，书亦未成。此为汉学家专用《郑笺》之一派也。以上三派，为清代汉学家治《诗经》学之中坚。朱氏梅氏，皆未成书，未能知其精粗若何。朱氏虽有二十余例可见，然亦未能窥其全也。所以清代汉学家之《诗经》学，当以陈奂《毛诗传疏》，为集众说之大成。其书除《传疏》外，更为《释毛诗音》，以存汉以前之声韵。《毛诗传义类》，以存汉以前训诂，《郑氏笺考征》，以证《郑笺》之用韩鲁说。而其治《诗》条例，则备于《毛诗说》一篇。如《本字借字同训说》，《一义引申说》，《一字数义说》，《一义通训说》，《古字说》，《古义说》，《毛诗章句例》，《毛诗渊源通论》，《毛诗尔雅字异义同说》，《毛诗尔雅训异字同说》，《毛传不用尔雅说》，《毛传用尔雅说》，《三家诗不如毛诗义优说》，《宫室图说》等篇，洵足为治《诗经》者研究文字声音训诂名物之助。此派可谓纯粹《毛诗》学也。

其他若惠周惕《诗说》，庄存玙《毛诗》说，舍训诂而研究微言，已开今文学派之渐。迨后魏源著《诗古微》，斥毛郑而宗三家。龚自珍极信魏源，非毛非郑。丁晏著《诗补考》，专采三家之说。陈乔枞作

《三家诗遗说》，并作《齐诗翼氏学疏证》，皆以三家为主。此又一派也。

其他专研究文字声音者，其书颇多。在清代《诗经》学中，亦可以独树一帜。其关于文字者：如段玉裁《诗经小学》，陈乔枞《毛诗郑笺改字考》，《四家诗异文考》，李富孙《诗经异文释》，周邵连《诗考异字笺余》，陈玉树《毛诗异文笺》。关于声音者：顾炎武《诗本音》，孔广森《诗声类》，苗夔《毛诗古音订》，丁以此《毛诗正音》。以上所举诸书，虽于《诗经》之本旨无关，然可称为《诗经》文字学之专书。此又一派也。

此外关于博物者：如毛奇龄之《续诗传鸟名》，姚炳之《诗识名解》，陈大章之《诗传名物集览》。关于礼制者：如包世荣之《毛诗征礼》。其所成就，虽不如文字学之盛，然亦不可废也。此又一派也。

以上所举，派别虽各有不同，自乾嘉以后，可总称为汉学家之《诗经》学。汉学家而外，如孙承泽之《诗经朱传翼》，方苞如之《毛诗通义》，黄梦白陈曾同之《诗经广大全》，大概承宋学之遗，训诂既无本源，义理亦多敷浅，无足观矣。

诗经之文字学

《诗经》一书，关于文字学一方面，包涵甚富。以文字之形而言：如《江汉》诗，"江之永矣"，《文选注》引《韩诗》作"漾"，《说文》引诗作"羕"，"永""漾""羕"义同而字异，知各家各本用字不同也。又如《柏舟》诗，"如有隐忧"，"正月忧心慇慇"，"隐""慇"义同而字异，知《毛诗》用字不同也。又如《君子行役》诗，"牛羊下括"之"括"，即"曷其有佸"之"佸"，二"括"并为韵，改一假借之"佸"字当之，知诗人有义同形变用字之不同也。以文字之义而言：如《新台》诗，"籧篨不殄"，《笺》云：殄、当作腆，腆、善也；知"殄"为"腆"之借字也。又如《衡门》诗，"可以乐饥"，《传》云：乐饥、可以乐道忘饥，《笺》云：饥者、不足于食也；泌水之流洋洋然，饥者见之，可饮以疗饥，知"乐"为"𤻴"之借字，即疗之或字也。以文字之音而言：如《柏舟》诗："泛彼柏舟，在彼中河，髧彼两髦，实为我仪，之死矢靡他。""仪"与"河"为韵，知义之读若俄也。又如《鹑之奔奔》诗："鹑之奔奔，鹊之彊彊，人之无良，我以为兄。""兄"与"彊""良"韵，知"兄"之读若"香"也。《诗经》之中，此类甚多。清儒之著作，关于《诗经》之文字者，亦颇有之。兹本此例，分为形义音三项，述之于下：

（甲）文字之形：

自古籀而篆书，自篆书而隶书，自隶书而真书，文字之本身，已经三变。自简册而缣楮，自缣楮而刻石，自刻石而镂板，书籍之本身，亦已三变。异文异字，有由于文字之变迁而异者，有由于书籍之变迁而异者。两者之变迁，群经文字，莫不皆然。《诗》亦犹是。陈启源著《毛诗稽古篇》，欲将隶变之文字，及各本之异同文字，一返于古。余之注重，不在于是。篆隶之废兴，板本之同异，虽亦有若干之关系；然为群经通共之例，非《诗经》文字之例。余之意旨，以研究《诗经》文字学为归宿。第据《诗经》本书，遍求各家之说；及各家之所引，考其异同之处，而得其用字之例焉。

《诗》有四家之传，今三家亡而毛独存。四家授受不同，遂至文字各别。其他如群经之引《诗》，诸子之引《诗》，《说文》之引《诗》，《汉书》之引《诗》，皆与今之《毛诗》有异同。即《毛诗》所用之字，亦有异同。兹以《毛诗》为主，而求其用字之异有六：

（一）《毛诗》与三家《诗》用字之异：《毛诗·汝坟》，"惄如调饥"，《韩诗》作"愵如朝饥"，知"调"即"朝"之借字也。《毛诗》"何彼禯矣"，《韩诗》作"何彼茙矣"，知"禯"即"茙"之借字也。《毛诗·芄兰》，"能不我甲"，《韩诗》作"能不我狎"，知"甲"即"狎"之借字也。《毛诗·采蘋》，"于以湘之"，《韩诗》作"于以鬺之"，知"湘"即"鬺"之借字也。《毛诗·淇奥》，"绿竹猗猗"，《鲁诗》作"绿薵猗猗"，知"竹"即"薵"之借字也。《毛诗·柏舟》，"我心匪石"，《鲁诗》作"我心非石"，知"匪"即"非"之借字也。《毛诗·有狐》，"有狐绥绥"，《齐诗》作"有狐夊夊"，知"绥"即"夊"之借字也。《毛诗·破斧》，"四国是皇"，《齐诗》作"四国是匡"，知"皇"即"匡"之借字也。大概《毛诗》用借字，三家用本字，而亦有不尽然者：《毛诗·祈父》，"有母之尸饔"，《韩诗》作"雍"，则是《毛》用本字，《韩》用借字也。《毛诗·汝坟》，"王室如燬"，《鲁诗》作"毁"，则是《毛》用本字，《鲁》用借字也。《毛诗·皇矣》，"以伐崇墉"，《齐诗》作"庸"，则是《毛》用本字，《齐》用借字也。又《毛诗》"勿翦勿伐"，《韩诗》作"划"，"翦"为"前"之借字，"划"为"劗"之借字，或为"践"之借字，则是《毛》、《韩》悉用借字也。四家不同之文字，兹略举以为例焉。

（二）《毛诗》与群经所引《诗》用字之异：如《毛诗》，"君子好逑"，《礼记·缁衣》，"逑"引作"仇"。《毛诗》，"威仪棣棣"，《礼记·孔子闲居》，"棣"引作"逮"。《毛诗》，"孑孑干旄"，《左传》，"干"引作"竿"。《毛诗》，"彼其之子"，《左传》，"其"引作"记"。《毛诗》，"我马虺隤"《尔雅》，"隤"作"颓"。《毛诗》，"遵彼汝坟"，《尔雅》，"坟"作"濆"。《毛诗》，"周道如砥"，《孟子》作"底"。《毛诗》，"白鸟翯翯"，《孟子》作"鹤"。群经而外，如摽有梅之"摽"为"苀"，见孙奭《孟子音义》。白茅包之之"包"为"苞"，见《礼记正义》。蟋蟀在东之"蟋"为"蟀"，见蔡邕《月令》章句。大夫跋涉之"跋"为"軷"，见贾公彦《仪礼疏》。传注所引，当亦为群经之类，兹略举以为例焉。

（三）《毛诗》与诸子所引《诗》用字之异：如《毛诗》，"鸤鸠在桑"，《荀子》，"鸤"用"尸"。《毛诗》，"彼交匪纾"，《荀子》，"彼"作"匪"，"纾"作"舒"。《毛诗》，"雍雍鸣雁"，《盐铁论》，"雁"

作"□"。《毛诗》,"我是用急",《盐铁论》,"急"作"戒"。《毛诗》,"骎骎征夫"《说苑》,"骎"作"莘"。《毛诗》,"赤芾金舄",《白虎通》,"芾"作"绋"。《毛诗》,"无草不死",《中论》,"无"作"何"。《毛诗》,"辞之辑矣",《新序》,"辑"作"集"。《毛诗》,"江汉浮浮",《风俗通》,"浮"作"陶"。《毛诗》,"靡哲不愚",《淮南子》,"靡"作"无"。观此可见周秦两汉时诸子所引之诗,已不尽同于毛氏。其不同于毛者,非系三家《诗》。即以双声叠韵而假借,要之皆可为文字学之参考也。兹略举以为例焉。

（四）《毛诗》与《汉书》所引《诗》用字之异：如《毛诗》,"价人惟藩",《诸侯王表》"价"作"介"。《毛诗》,"秉国之均",《叙传》,"均"作"钧"。《毛诗》,"钟鼓喤喤",《礼乐志》,"喤"作"锽"。《毛诗》,"岂弟君子",《刑法志》,"岂"作"恺"。《毛诗》,"磬筦锵锵",《礼乐志》,"锵"作"将"。他如徐方既来之"来",《汉书》作"倈"。日为改岁之"日",《汉书》作"聿"。或耘或耔之"耘耔",《汉书》作"芸芓"。或燕燕居息之"燕燕",《汉书》作"宴宴"。"车邻驷铁之"邻""铁",《汉书》作"辚""载"。黾勉从事之"黾勉",《汉书》作"密勿"。如斯之类,《汉书》所引,与今本《毛诗》不同者颇多。兹略举以为例焉。

（五）《毛诗》与《说文》所引《诗》用字之异：如《毛诗》,"蹲蹲舞我",《说文》,"蹲"作"墫"。《毛诗》,"焉得谖草",《说文》,"谖"作"萱"。《毛诗》,"墙有茨",《说文》,"茨"作"薺"。《毛诗》,"涤涤山川",《说文》,"涤"作"薇"。《毛诗》,"无然泄泄",《说文》,"泄"作"呭"。《毛诗》,"桃之夭天"，《说文》，"天"作"枅"。如此之类颇多。《说文》与《毛》异者，《毛》用借字故也。又《说文》，"玖"石之次玉黑色者，贻我佩玖之"玖"，《毛》、《许》同也。"茁"草初生出地貌，彼茁者葭之"茁"，《毛》、《许》同也。"喤"小儿声，其泣喤喤之"喤"，《毛》、《许》同也。"迟"徐行也，行道迟迟之"迟"，《毛》、《许》同也。"咥"大笑也，咥其笑矣之"咥"，《毛》、《许》同也。"瑶"玉之美者，报之以琼瑶之"瑶"，《毛》、《许》同也。似此之伦亦颇多。《说文》与《毛》同者，《毛》用本字故也。又如"玼"玉色鲜也，新台有玼之"玼"，乃因玉色之鲜，引申为台色之鲜。《毛诗》作"泚"，泚、水名，为借字。"槮"木长貌，差槮荇菜之"槮"，与竹部之"篸"字意同。"槮"为木之槮差，"篸"为竹之篸差，荇菜之槮差；用"槮"用"篸"，皆一义之引申，"参"为星名，为借字。以上诸字，《说文》所引，虽非本字，犹之本字也。《毛诗》所用，则绝不能通。盖《说文》之引《诗》，本字为多，《毛诗》则借字为多也。兹略举以为例焉。

（六）《毛诗》本书前后用字之异：《毛诗》与群书用字之异，前已略举之矣。而《毛诗》与《毛诗》所用之字，则又有异焉。一卷之中，用字不同者：《关雎》，"君子好逑"，《兔罝》，"公侯好仇"，"仇"即"逑"也。一篇之中，用字不同者：《谷风》，"比予于毒"，又"伊余来暨"，"余"即"予"也。一章之中，用字不同者：《伐檀》首章，"置之河之干兮"，又"河水清且涟猗"，"猗"即"兮"也。一句之中，用字不同者："硕人其颀"，"其颀"即"颀颀"也。全诗之中，似此者颇多。既非古今之异，亦非授受不同。他如害浣害否之"害"，与曷云能来之"曷"；有蕢其实之"蕢"，与牂羊坟首之"坟"；召伯所憩之"憩"，与汔可小愒之"愒"；诒尔多福之"诒"，与贻我握椒之"贻"：皆义同而字异。可知古人用字，或用本字，或用借字，随在而异。即一家之学，用字亦不能一律。兹略举以为例焉。

（乙）文字之义：

文字有古今方国之殊，训诂即有古今方国之异。《诗经》一书，四家授受不同，故训诂渊源各别。今三家零落，惟《毛》独存。群书所引，虽有三家剩义；然所获不多。《尔雅》一书，专为释《诗》而作，求《诗》之文字于《尔雅》，当为确诂；然亦有违者。《说文》一书，义从其溯，据以说《诗》，当可条分缕析；惟是《毛诗》用字，假借为多。不明假借，即不知本字若何；不明本字，即不知本义若何。《郑笺》为申《毛》而作，郑氏之释，或异于《毛》；不明假借，亦无以知其破字非改毛之故。兹根据许书，兼采各家之说，得《诗经》字义之条有五：

（一）《毛诗》与《尔雅》同训：如左右助也，流求也，悠思也，公事也，此《诗传》与《尔雅》字义悉同者也。又如"吁"忧也，《释诂》作"盱"，"吁""盱"皆不训忧，说文"忓"忧也，知"吁""盱"俱为"忓"之借字。"任"大也，《释诂》作"壬"，郝氏云："《说文》'壬'象人裹任之形，故训为大。"知"任"即"壬"之借字。"殆"始也，《释诂》作"胎"，《汉书·枚乘传》："祸生有基，福生有胎。"《服虔注》："基、胎，皆始也。"胚胎，物之始，知"殆"即"胎"之借字。"里"病也，《释诂》作"瘅"，《说文》"悝"病也，"里"者"悝"之借字，"瘅"者"悝"之俗字。此《诗传》与《尔雅》，字虽不同，而义无异者也。

（二）《毛诗》与《尔雅》不同训：如《毛诗》，"寤寐思服"，服、思之也；《尔雅·释诂》，"服"事也。服思之"服"，为伏思之引申义，服事之"服"，为及治之引申义，不同也。（朱骏声云："服思之者，伏而思之也。《说文》：及、治也，服事字当用此。经传皆以服为之。"）《毛诗》，"左右芼之"，"芼"择也；《尔雅·释言》，"芼"搴也，芼择、之为选择，芼搴、之为拔取，不同也。（《说文》：覒、择也，芼、即覒之借字，孙炎云：择菜是也。）《毛诗》，"野有死麕"，郊外曰野；《尔雅·释地》，郊外谓之牧，牧外谓之野。牧外谓之野，野地之远近不同也。（《说文》，邑外谓之郊，郊外谓之野，与《毛》同。）《毛诗》，"心焉惕惕"，惕惕、犹忉忉；《尔雅》：惕惕、爱也，《毛》以"惕"为忧劳，《尔雅》以"惕"为爱悦，不同也。（《齐风·甫田传》：忉忉、忧劳也，惕之训为忧劳者。《说文》：惕、敬也，敬者必恭而惧，忧劳之义，与恭惧近。惕无有训爱悦，郭引《韩诗》，以为悦人，故言爱，盖借惕为悸也。）以上所举，皆《毛诗》之训诂，与《尔雅》不同者也。

（三）《郑笺》破字非改《毛》：《毛传》、《郑笺》，用字不同者，无虑数百。学者多以《毛传》无破字例，而以《郑笺》改《毛》为疑。其实《郑》之改字，多与《毛》义相通。如《关雎》"君子好逑"，《传》：逑、匹也，《笺》：怨耦曰仇，"仇"即"逑"也。《氓》，"隰则有泮"，《传》：泮、陂也，《笺》：泮、读为畔，畔、涯也。"畔"即"泮"也。《韩奕》，"虔共尔位"，《传》：共、执也；《笺》：共、古之恭字，共即恭也。《鸳鸯》"摧之秣之"，《传》：摧、莝也；《笺》：摧、今莝字也，莝、即摧也。朱氏珔有《毛传郑笺破字不破字辨》，陈氏启源有《郑笺破字异同辨》，陈氏乔枞有《毛诗郑笺字说》，合而观之，当能明

《毛》、《郑》异同之故也。

（四）一字数义：中国文字，有本义，有借义，有展转相借义。任举何文字，无有一义者。少则数义，多则十数义。此种一字数义之故，在《毛诗》上尤可考见。如流本流水之"流"，《毛诗》假为"求"也（左右流之）。干本干犯之"干"，《毛诗》假为"扞"也（公侯干城）、"崖"也（置之河之干兮）。龙本鳞虫之长之"龙"，《毛诗》假为"和"也，"宠"也（何天之龙，为龙为光）。攻本攻击之"攻"，《毛诗》假为"坚"也（我车既攻）。以上所举一字数义之用，大概由于假借。假借之例有二：一由义之引申而假借，如"阜"本山阜之阜，而假为大义；盖小曰自，大曰阜。阜原有大义，不必别有一阜字以当大义也；一由声之相近而假借，如"里"本居里之里，假为病者，其本字当为"悝"也。而声之假借又有二：一叠韵假借，如"里"之为"悝"是。一双声假借，"莫"本旦莫之"莫"，假为定义者，其本字当为"怕"也。明假借之理，《毛诗》一字数义之例，不烦言而已解矣。

（五）数字一义：戴东原以互训说转注，段懋堂注《说文解字》本之。所谓数字一义，如《尔雅·释诂》，初、哉、首、基、肇、祖、元、胎、俶、落、权、舆，字各不同，而同释为始是也。举是为例，则凡数字一义者，皆转注之类。《毛诗》用字，假借为多，此仅举一字言之也。若夫观其汇通，于一字分言之而为假借者，于数字合言之即转注也。如《毛诗》：述、仪、特、仇，皆训为匹也。宁、绥、静、慰、宴、燕、保、遂、密、柔、康，皆训为安也，此《毛诗》数字一义之例，即《说文》转注之例也。陈氏奂著《毛诗传义类》十九篇，其《释故》一篇，皆所以明数字一义之例。本此以求，可以观文字相通之故也。

（丙）文字之音：

宋吴氏棫作《补音》后，明陈氏第有《毛诗古韵考》之作。自是以来，本《毛诗》以考古韵者：如顾氏炎武、戴氏震、段氏玉裁、孔氏广森、苗氏夔等。讽三百篇之章句，以求古韵之分合，其业日加密矣。然此仅限于古音一部，不能统括《诗经》文字之音也。陈氏启源著《毛诗稽古编》，关于《毛诗》文字学之音，有古音，有正音，有俗音。其言曰："古音邈矣。然《易》、《诗》、古歌、谣、《楚骚》、汉诗、赋、乐府之协韵，及《说文》之读若谐声，《释名》、《白虎通》诸书之解字，犹可考验而知也。正音、则《九经·释文·玉篇》、《广韵》、《徐氏韵谱》之音反是已，至俗音不知何自而始，率皆沿讹袭陋，莫知所返。（中略）恐数百年后，今之俗音，反以为正音，而正音复为古音矣。（下略）"陈氏之意，《毛诗》古音，考之不难；《毛诗》俗音，正之宜急。是则研究《诗经》文字学之音者古音而外，又当注意于正音俗音也。

（一）古音：宋吴棫才老，作《毛诗补音》。朱子作《诗集传》，即用才老之例。顾其书不传，徐蒇之序：如霾为亡皆切，而当为邻之切者，以其由貍得声；浼为每罪切，而当为美辨切者，以其由免得声。才老发见古音，能证之《说文解字》之形声，已开后人声读之先路。自才老而后，言古音者：在明有杨慎用修，与焦竑弱侯，陈第季立。弱侯未有成书，用修书不甚精；其著书蔚然可观者，当推季立。季立力辟协韵之说，母、必读米，马、必读姥，京、必读疆，福、必读偪，音本如是，无容相协。季立有见于此，本之以考全《诗》，得四百九十字。如喈、读为基，葛覃与萋飞为韵，风雨与凄夷为韵，出车与迟萋祁为韵，卷阿与萋为韵，蒸民与归为韵。又如行读为杭，卷耳与筐为韵，雄雉与臧为韵，北风与凉雱为韵，大叔于田与黄襄为韵，丰与裳为韵，鸨羽与桑为韵，七月与筐为韵，东山与场为韵，六月与章央为韵，沔水与忘为韵，十月之交与良为韵，北山与床为韵，何草不黄与黄将方为韵，大明与王为韵，绵与将为韵，公刘与张扬为韵，荡与丧方为韵，崧高与疆为韵，此本证也。旁证者：取《老》、《易》、《太玄》、《骚》赋参同急就歌谣之同韵者以为证，兹不述。迨后顾炎武亭林，本陈氏诗无协韵之说，著《诗本音》。据《泛彼柏舟》章，仪与河韵，知古音读仪为俄。据予曰："有疏附章，后与附侮韵，知古音读'后'为'户'。据《于以奠之章》，'下'与'女'韵，知古人读'下'为'户'。据《吉甫燕喜》章，'久'与'祉'音，知古音读'久'为'几'。"顾氏既著《诗本音》，乃根据此条例，以纠唐音之失。著《唐正音》一书，皆本经子有韵之文，得古人之读法，即本以读《毛诗》，当可比较得《毛诗》之本音矣。以后若江氏永、戴氏震、段氏玉裁、孔氏广森、苗氏夔，皆本《诗经》以求古音，考其分合之迹，以求古音之目。至于《诗经》用韵，如江氏永之《诗经韵举例》，孔氏广森之《诗声例》，丁氏以此之《毛诗正韵》，关于《诗经》之韵读，极为详细。必先明此，然后可以知《诗经》之古音也。

（二）正音：正音者、上异于古音，下不同于俗韵。陈氏启源有《毛诗字音》一篇，于古音正音俗音，辨之颇析，能得《诗经》正音之读。全文在《毛诗稽古编》，兹节其俗读与土语不误之二例：（一）俗读不误者："淑"本音"孰"，《正韵》误音"叔"，俗读不误。"瑰"本姑回切，见母，《正韵》乎乖切音怀，匣"母"，俗读不误。（二）土语不误者："鸟"本都了切，端母；今泥了切，泥母，吴中土语得之。"江"本古双切音杠，今居良切音姜，土语得之。据此而观，陈氏之辨正音，而能辨正音存于俗读土语之间，可谓析矣。又有史氏荣著《俗音订误》一篇，《诗经》诸韵，世俗误读者，史氏以正音纠之。史氏所举之正音，固非俗音，亦非古音，大概根据经典释文之首。又有周氏春著《诗经音略》，专以字母辨音读。既辨俗读之非，亦间证释文之误。以上诸书，研究《诗经》正音者，当合而观之也。

（三）俗音：古音正音，已略举于上。古音者诗之本音，正音者后人之读音。其俗音本可无须涉及，惟相沿既久，亦有相当研究之价值。盖考求音之流变，无问古与今正与俗也。音之流变，不外二类：一声类，二韵类。而其变也，或韵不变而声变，或声不变而韵变。《诗经》俗音之流变，亦不过如是。（一）声变者：《桃夭》"有蕡其实"，"蕡"本扶云反，音坟、奉母；今读无分反，音闻、微母；古读重唇，今读轻唇也。（二）韵变者：《樛木》"葛藟累之"，"累"本力追反，在支韵；今读雷，在灰韵也。本声变韵变之例，以求古今正俗读音流变之迹，皆可由此推矣。

诗经之文章学

诗者、为上古发表性情之文章。在心为志，发言为诗。志于喜、则其言喜，志于怒、则其言怒，志于哀、则其言哀，志于乐、则其言乐，故曰：诗者、志之所之。言喜怒哀乐之情动于中，则喜怒哀乐之言见于外，无丝毫矫揉欺饰于其间；所以三百五篇之诗，皆为宇宙间之至文也。

特是文章与文章学不同。文章者：感于中，发于外，有不自知其然而然者；宇宙间至优美之文章，往往存于闾巷歌谣之间，出于妇人小儿之口；十五《国风》之诗，后世文人所以不能几及也。文章学者：则据古人优美之文章，分析其思想，推寻其条理，用以为后人之法则。吾人以文章学之眼光研究《诗经》，则当据三百五篇之诗，分析而推寻之，合于文章学之范围。略分之有四：一托事，二遣辞，三造句，四用韵。兹述于下：

（一）托事

自来言文章学者，大概以立意为本。虽然，此不善属文者也。作文固贵有意，然必先有意而后始可作文；若无意而曰立意，则此文可不作也。三百五篇之诗，所以为文之美者，以其外感于物，内动于情，情之所动，不得已而见之于言；言之不足而长言之，长言之不足，而咨嗟咏叹之而为诗。盖先有意而后属文，非属文时而始立意也。故属文不必言立意，当言托事。托事者、即此外感内动之情，何由托之于事，而为咨嗟咏叹之诗也。诗有赋比兴三义：赋者、铺陈其事而直言之，无所谓托事也；兴比者，言在此而意在彼，故必托事以言，而后情之忱挚者，始可见于言外，曲折婉转以达，辞愈隐微情愈忱挚也。《诗经》之文章，深于兴比者也。兴比即托事之谓，兹举例于下以明之：

  关关雎鸠，在河之州；窈窕淑女，君子好逑。
  南有樛木，葛藟累之；乐只君子，福履绥之。
  南有乔木，不可休息；汉有游女，不可求思。
  维鹊有巢，维鸠居之；之子于归，百两御之。

以上诸诗，皆意有所美，托言一物，以起所美之事。郑司农所谓托事于物是也。美诗何以必须托事，盖见美而质言之，嫌于媚谀；托事则言近而旨远。质实之意，遂有文采可观也。

  北风其凉，雨雪其雱；惠而好我，携我同行。
  有狐绥绥，在彼淇梁；心之忧矣，之子无裳。
  风雨凄凄，鸡鸣喈喈；既见君子，云胡不夷。
  无田甫田，维莠骄骄；无思远人，劳心忉忉。

以上诸诗，皆意有所刺，托言一物，以喻所刺之事。郑司农所谓比方于物是也。刺诗何以必须托事，盖见恶而直言之，嫌于攻讦；托事则言婉而意微，主文谲谏，言之者无罪，闻之者足以诫。戆直之意，亦皆有和平温柔之思矣。

此两例而外，亦有心所志，托事以自喻者：如"泛彼柏舟，亦泛其流，耿耿不寐，如有隐忧"。则贤者不得志于时，而以柏舟自喻也。亦心有所志，托事以寄所志者：如"籊籊竹竿，以钓于淇，岂不尔思？

远莫致之"。则卫女思归不得，而托于旧日游钓之事也。总之三百五篇之诗，托事为多。如苦重敛而托言硕鼠，劳征役而托言鸨羽，信谗而托言采苓，疾恣而托言苌楚。推之《离骚》，善鸟香草，以配忠贞；恶禽臭物，以比谗佞；灵信美人，以配君王；宓妃佚女，以譬贤臣；虬龙鸾凤，以托君子；飘风雷电，以喻小人；以珍宝为仁义；以水深雪雰为谗构：皆托事之谓也。

（二）遣辞

诗人之志，托事以达，事必有辞以饰之，然后志托于事，事寄于辞，藏于中者始可表于外也。故作文之要，在于遣辞。遣辞者、即事物之声音状况容貌，不必加以繁琐之说明，尝能使其声音状况容貌，由单简之形容辞以表见。三百五篇中之形容辞，可谓文章之至美者也。其用形容辞之例有三：（一）重言形容辞，（二）双声形容辞，（三）叠韵形容辞。

重言者、一言不足，而以重言形容之也。或形容其声，或形容其状，或形容其貌。其以重言形容其声者：如《关雎》以"关关"形容雎鸠之声；《草虫》以"喓喓"形容草虫之声；《风雨》以"胶胶"形容鸡鸣之声；《鹿鸣》以"呦呦"形容鹿相呼之声；《硕人》以"发发"形容鱼掉尾之声；《鸨羽》以"肃肃"形容飞羽之声；《伐木》以"许许"形容锯木之声；《绵》以"登登"形容筑土之声；《载驰》以"薄薄"形容驱车之声；《七月》以"冲冲"形容凿冰之声。以重言形容其状者：《二子乘舟》以"养养"形容忧不知所定之状；《君子阳阳》以"阳阳"形容无所用心之状；《伐木》以"蹲蹲"形容蹈舞之状；《楚茨》以"蹌蹌"形容执爨有容之状；《宾之初筵》以"逸逸"形容往来有次序之状，又以"僛僛"形容舞不能自正之状；《板》以"管管"形容无所依之状，又以"灌灌"形容忧无告之状。其以重言形容其貌者：如《氓》以"旦旦"形容恳恻款诚之貌；《素冠》以"栾栾"形容棘人瘦瘠之貌；《淇奥》以"猗猗"形容绿竹美盛之貌；《采薇》以"依依"形容杨柳茂盛之貌;《桃夭》以"夭夭"形容桃叶少壮之貌,以"灼灼"形容桃花盛美之貌;《东方未明》以"瞿瞿"形容狂夫之貌;《蟋蟀》以"瞿瞿"形容良士之貌。如此之伦,《诗经》中颇多。要之以重言形容人物之声与状与貌,皆不必以文字之形义说之。第以声之重叠,而人物之声貌,与动作之状,自然呈露。且同一重言,可以形容两种不同之态度,良士之"瞿瞿",与狂夫之"瞿瞿",态度不同,重言之形容辞则一也。

双声者、由重言而变者也。《诗经》中之双声:如参差、黾勉、鬈发、栗烈,皆以双声二字为联绵形容之辞。又如绵蛮之类,虽双声而兼叠韵,其为形容词则一。又有双声衍为重言者:如"啴啴焞焞","济济跄跄"是也。又有双声别加二字者:如"有洸有溃","挑兮达兮"是也。以上诸双声,皆合两字之声,以形容一辞之意,其用与重言同也。

叠韵者,亦因重言而变者也。《诗经》中之叠韵:如虺隤、委蛇、栖迟、鞅掌、差池、契阔、蒙戎、消摇、绸缪、伴奂、优游、漂摇,皆以叠韵二字为联绵形容之辞。又如间关之类,虽叠韵而兼双声,其为形容辞则一。又有叠韵衍为重言者:如"委委佗佗","矜矜兢兢"是也。又有叠韵别加二字者:如"其虚其邪","有壬有林","蓁兮斐兮","哆兮侈兮"是也。以上诸叠韵,亦犹之双声诸字,同于重言之用也。

(三)造句

意托于事,事寄于辞,既如上所述矣。组织事与辞而成为文章者,造句是也。善于造句者,将所托之事,加以所遣之辞,则辞可以表事,事可以达意。如"昔我往矣,杨柳依依,今我来思,雨雪霏霏"。杨柳、雨雪,所托之事也。若无"依依""霏霏"之辞以组合之,无以见诗人行役之久。造句之法,有以形容辞属于名辞之下者,如上所举是。亦有以形容辞置于名辞之上者,如"肃肃兔罝""赳赳武夫"是也。惟《诗经》之中,造句之法,不仅此二例。二例之外,有复词者,有二字相同者，有一三字相同者，有二四字相同者，有四字相同叠句者，有二字四叠句者。兹每例各举十句以证之：

复词："啴啴焞焞"、"儦儦俟俟"、"缉缉翩翩"、"捷捷幡幡"、"子子孙孙"、"苾苾芬芬"、"穆穆皇皇"、"雍雍喈喈"、"赫赫明明"、"烝烝皇皇"

二字相同："悠哉悠哉"、"委蛇委蛇"、"归哉归哉"、"式微式微"、"简兮简兮"、"其雨其雨"、"硕鼠硕鼠"、"乐土乐土"、"采苓采苓"、"伐柯伐柯"

一三字相同："是刈是濩"、"为絺为绤"、"言告言归"、"勿翦勿伐"、"以遨以游"、"莫往莫来"、"爰居爰处"、"不忮不求"、"以阴以雨"、"何有何亡"。

二四字相同："何斯违斯"、"颀之顃之"、"琐兮尾兮"、"今夕何夕"、"长我育我"、"匪言勿言"、"优哉游哉"、"匪且有且"、"匪今斯今"、"小东大东"

四字相同叠句："人涉卬否，人涉卬否"、"人而无仪，人而无仪"、"啜其泣矣，啜其泣矣"、"谓他人父，谓他人父"、"彼留子嗟，彼留子嗟"、"在我室兮，在我室兮"、"其谁知之，其谁知之"、"其带伊丝，其带伊丝"、"其仪不忒，其仪不忒"、"鼓瑟鼓琴，鼓瑟鼓琴"

二字四叠句："如切如磋，如琢如磨"、"维熊维罴，维虺维蛇"、"以薪以蒸，以雌以雄"、"或哲或谋，或肃或艾"、"既优既渥，既霑既足"、"我徒我御，我师我旅"、"自西自东，自南自北"、"有熊有罴，有猫有虎"、"不亏不崩，不震不腾"、"是类是祃，是致是附"

以上所举之六种造句法，求之全《诗经》中，其例颇多。此外尚有三字相同叠句者：如"不我以不我以"是。又有四字相同双叠句者：

如"于论鼓钟，于乐辟廱，于论鼓钟，于乐辟廱"是。又有二字六叠句者：如"如埙如篪，如璋如圭，如取如携"是。又有二字八叠句者：如"乃慰乃止，乃左乃右，乃疆乃理，乃宣乃亩"是。惟此种句法，全《诗》中殊不多见耳。

（四）用韵

《诗经》为有韵之文。用韵为《诗经》文章学重要之部。发明《诗经》用音之法，首推顾亭林。亭林言《诗经》用韵之法，只有三例；不过略发其凡，未有成书。江慎修著《古韵标准》，举《诗经》韵例二十二，视顾氏已密矣。孔广森著《诗声分例》，举《诗经》韵例二十七，视江氏又密矣。丁以此著《毛诗正韵》，举《诗经》韵例七十四，视孔氏又密矣。惟是丁氏求之过密，于句首句中，以及连章隔章，皆以韵说之，几致三百五篇无一字非韵。其例虽密，其用或不甚适。兹本孔氏之说，举例于下：

偶韵例：关关雎鸠（韵），在河之洲（韵）；窈窕淑女，君子好逑（韵）。

奇韵例：蔽芾甘棠，勿翦勿伐（韵），召伯所茇（韵）。

偶句从奇韵例：绵绵瓜瓞（韵），民之初生，自土沮漆（韵）；古公亶父，陶复陶穴（韵），未有家室（韵）。

叠韵例：君子偕老，副笄六珈（韵），委委佗佗（韵），如山如河（韵），象服是宜（韵），子之不淑，云如之何（韵）。

空韵例：乃生男子，载寝之床（韵），载衣之裳（韵），载弄之璋（韵），其泣喤喤（韵），朱芾斯皇（韵），室家君王（韵）。

二句独韵例：定之方中（韵），作于楚宫（韵）；揆之于日（转韵），作于楚室（韵）；树之榛栗（韵），椅桐梓漆

（韵），爰伐琴瑟（韵）。

末二句换韵例：手如柔荑（韵），肤如凝脂（韵），领如蝤蛴（韵），齿如瓠犀（韵），螓首蛾眉（韵），巧笑倩（转韵）兮，美目盼（韵）兮。

两韵例：被之僮僮（韵），夙夜在公（韵）；被之祁祁（转韵），薄言还归（韵）。

三韵例：桑之落矣，其黄而陨（韵）；自我徂尔，三岁食贫（韵）；淇水汤汤（转韵），渐车帷裳（韵），女也不爽（韵），士贰其行（韵），土也罔极（转韵），二三其德（韵）。

四韵例：君子屡盟（韵），乱是用长（韵）；君子信盗（转韵），乱是用暴（韵）；盗言孔甘（转韵），乱是用餤（韵），匪其止共（转韵），维王之邛（韵）。

两韵分协例：有瞽有瞽（韵），在周之庭（别韵）；设业设虡（以下与瞽协韵），崇牙树羽（韵），应田县鼓（韵），鞉磬柷圉（韵），既备乃奏，箫管备举（韵），喤喤厥声（以下与庭协韵），肃雍和鸣（韵）；先祖是听（韵），我客戾止，永观厥成（韵）。

两韵互协例：大邦有子，俔天之妹（韵），文定厥祥（与下梁光协），亲迎于渭（与上妹协）；造舟为梁（韵），不显其光（韵）。

两韵隔协例：我心匪石（隔韵），不可转（韵）也，我心匪席（与石协），不可卷（韵）也，威仪棣棣，不可选（韵）也。

三韵隔协例鴥彼飞隼（隔韵），其飞戾天（别韵），亦集爰止（韵），方叔涖（与隼协）止，其车三千（与天协），师干之试（韵），方叔率止，钲人伐鼓（换韵），陈师鞠旅（韵），显允方叔，伐鼓渊渊（换韵），振旅阗阗（韵）。

四韵隔协例：人有土田（隔韵），女反有（韵）之，人有民人（与田协），女覆夺（别韵）之，此宜无罪（隔韵），女反收（与有协）之，彼宜有罪（与上罪协），女覆说（与夺协）之。

首尾音例：其在于今，兴迷乱于政（韵），颠覆厥德，荒湛于酒（别韵），女虽湛乐从，弗愿厥沼（与酒协），罔敷求先王，克共明刑（韵）。

二句不入韵例：兄弟阋于墙，外御其务；每有良朋（韵），烝也无戎（韵）。

三句不入韵例：鸱鸮鸱鸮，既取我子，无毁我室，恩斯勤（韵）斯，鬻子之闵（韵）斯。

二句间韵例：爰采唐（韵）矣，沬之乡（韵）矣，云谁之思，美孟姜（韵）矣；期我乎桑中（间韵），要我乎上宫（与中协），送我乎淇之上（韵）矣。

三句间韵例：卬盛于豆，于豆于登（韵），其香始升（韵），上帝既歆（韵），胡臭亶时（间韵），后稷肇祀（与时协），庶无罪悔（与时祀协），以迄于今（韵）。

四句间韵例：烈文辟公（与下邦功协），锡兹祉福，惠我无疆（韵），子孙保之，无封靡于尔邦（间韵），维王其崇之，念兹成功（间韵），继诸其皇（韵）之，无竞维人（间韵），四方其训（与人协）之，不显惟德，百辟其刑（与人训协）之，于乎前王不忘（韵）。

联韵例：麟之趾，振振公子，于嗟麟兮！麟之定，振振公姓，于嗟麟兮！麟之角，振振公族，于嗟麟兮！（言于嗟麟兮三章联韵也）

续韵例：池之竭矣，不云自频。（言与上章职况斯引为韵）

助字韵例：绿兮衣兮，绿衣黄裹（韵）；心之忧矣

（韵），曷维其已（韵）。

句中韵例：日居（韵）月诸（韵）句中隔韵例：鸿飞（隔韵）遵渚（韵），公归（与飞韵）无所（韵）。

隔协句中隔韵例：谁谓鼠（隔韵）无牙（韵），何以穿我墉；谁谓女（与鼠协）无家（与牙协），何以速成讼。

以上托事、遣辞、造句，用韵，不过略举以见例。学者本此例求之全《诗》中，分别记之，以成《诗经》文章学专书，当更有可观也。

诗经之礼教学

礼教二字，以今日之眼光观之，殊不适宜。不知中国古代舍礼教外无政治；礼教学犹之乎政治学。惟政治不能尽礼教，政治仅属于国家方面。若礼教之范围甚广，则凡国家之组织，社会之维持，家庭之集合，个人之修养，无不听礼教之命令，而止于至善之域。礼者、含有典章、法律、及伦理之意；教者、含有督责、训导、及感化之意。不仅上以之施于下谓之礼教，即下以之施于上，亦谓之礼教。礼教学为中国之特有，大约包括政治、法律、伦理、教育等。而又不可分析之为政治学、法律学、伦理学、教育学。明乎此始可言《诗经》之礼教学。

《诗大序》云："正得失，动天地，感鬼神，莫近乎诗。先王以是经夫妇，成孝敬，美教化，移风俗。"又云："上以风化下，下以风刺上。"又云："国史明乎得失之迹，伤人伦之废，哀刑政之苛；吟咏情性，以风其上，达于事变，而怀其旧俗者也。"观《大序》此言，可知《诗经》本含有礼教之意。述先王之典章、法律、以及人伦日用之常，督责训导人民，所谓上以风化下，即上施之于下也。述先王之典章、法律、以及人伦日用之常，感化人君，所谓下以风刺上，即下施之于上也。兹本此意，分国家社会家庭个人四项，述之于下：

（一）国家

中国历史，虽托始于唐虞；而国家之组织，备于成周之世。盖中国国家之组织，在政治上言，则根基于家庭；在经济上言，则专恃乎农业。读二《南》之诗，知文王之化，由近及远，所谓《周南》、《召南》，正始之道，王化之基也。读《七月》及《公刘》之诗，知周朝以农立国，故原远流长，所谓《七月》陈王业，公刘成王将莅政，戒以民事，美公刘之厚于民也。本此例以求之，《鹿鸣》燕嘉宾，《四牡》劳使臣，《伐木》燕朋友，《菁菁者莪》乐育材，国家之治，由于礼教之兴也。《巧言》伤谗，《桑扈》无礼，《角弓》无亲，《大东》刺乱，国家之衰，由于礼教之亡也。故《六月诗小序》云："《鹿鸣》废，则和乐缺矣；《四牡》废，则君臣缺矣；《皇皇者华》废，则忠信缺矣；《常棣》废，则兄弟缺矣；《伐木》废，则朋友缺矣；《天保》废，则福禄缺矣；《采薇》废，则征伐缺矣；《出车》废，则功力缺矣；《杕杜》废，则师众缺矣；《鱼丽》废，则法度缺矣；《南陔》废，则孝友缺矣；《白华》废，则廉耻缺矣；《华黍》废，则蓄积缺矣；《由庚》废，则阴阳失其道理矣；《南有嘉鱼》废，则贤者不安，下不得其所矣；《崇丘》废，则万物不遂矣；《南山有台》废，则为国之基队矣；《由仪》废，则万物失其道理矣；《蓼萧》废，则恩泽乖矣；《湛露》废，则万物离矣；《彤弓》废，则诸夏衰矣；《菁菁者莪》废，则无礼仪矣；《小雅》尽废，则四夷交侵，中国微矣。"观《小序》此言，可以知礼教与国家之关系。自《鹿鸣》以下诸诗，皆《诗》之礼教。有、则国家兴，无、则国家微，此《诗》之《小雅》也。《诗》之《大雅》，亦可本此例求之。雅者、正也，言王政之所由兴废。王政兴废，由于大小《雅》；则大小《雅》之诗，为礼教可知。不仅大小《雅》，即《风》亦可本此例以求之。如《绿衣》妾上僭，《击鼓》好勇而无礼，《简兮》不用贤，《新台》刺淫乱，而知卫之所以灭也。又如《将仲子》不爱弟，《清人》不恤士卒，《东门之墠》，男女不以礼，《子衿》学校不修，而知郑之所以乱也。《鸡鸣》刺荒淫，《还》刺田猎，《著》刺不亲迎，《东方未明》刺无节，而知齐之所以衰也。又如《蟋蟀》俭不中礼，《山有枢》政荒民散，《扬之水》伤微弱，《杕杜》不亲其宗族，而知晋之所以亡也。其他断章零句，与国家治乱兴亡之关系者，亦颇有之。所谓诵服之无斁之章，知周之所以兴；咏休其蚕织之句，识周之所以亡。凡此关于国家之礼教，可于《诗经》中求之者一也。

（二）社会

中国历史之纪载，关于社会一方面，极为漏略。吾人欲明了古时社会之情形，每苦无参考之资料。观察社会者，不仅徒观察其现形，当观察其所以致此现形之由。如社会有良好之风俗，应考察此良好之风俗，由何养成。如社会有不良好之风俗，应考察此不良好之风俗，由何造出。此种资料，更不易觅。《诗经》中十五国之风俗，有善者，有不善者。善不善之风俗，皆可于《诗经》中求其致此之由。譬如《汉广》沐文王之化，即游女不易求，城隅染淫乱之风，虽静女不自保。本此例以求之，《桃夭》、《摽有梅》之婚姻及时；《兔罝》、《驺虞》之人才众多，庶类蕃殖；《行露》、《野有死麕》之女子能以礼法自守，皆有礼教之督责、训导、及感化而至于善者也。《谷风》、《氓》之夫妇失道；《桑中》、《溱洧》之男女淫乱；《葛屦》、《园有桃》之俭啬褊急；《东门之枌》之男女弃其旧业，亟会于道路，歌舞于市井；皆无礼教之督责、训导、及感化而流于恶者也。亦有时礼教已亡，而社会受礼教之感化，流风遗俗，犹存于丧乱之后者。如《柏舟》之共姜自誓，《二子乘舟》之汲寿争死，《陟岵》之思念父母，《蟋蟀》之忧深思远，《素冠》之能用三年丧，虽当国家政治混乱之日，或兵戈流离之际，而社会尚存此一二良好之风俗，断非受当时礼教之影响。实数十年或数百年前，握政治之权者，以礼教督责人民，训导人民，人民受礼教之感化极深，故虽当礼教沦亡之日，不知不觉之中，尚能谨守礼教之范围。礼教之感人极深，读吴季札观乐之言可知也。

左襄二十九年《传》："吴公子札来聘，请观于周乐，使工为之歌《周南》、《召南》，曰：'美哉！始基之矣。犹未也，然勤而不怨矣。'为之歌《邶》、《鄘》、《卫》，曰：'美哉！渊乎。忧而不困者也。吾闻卫康叔武公之德如是，是其《卫风》乎？'为之歌《王》，曰：'美哉！思而不惧。其周之东乎？'为之歌《郑》，曰：'美哉！其细已甚，民弗堪也，是其先亡乎？'为之歌《齐》，曰：'美哉！泱泱乎大风也哉！表东海者其大公乎？国未可量也。'为之歌《豳》，曰：'美哉！荡乎！乐而不淫，其周公之东乎？'为之歌《秦》，曰：'此之谓夏声，夫能夏则大，大之至也，其周之旧乎？'为之歌《魏》，曰：'美哉！沨沨乎！大而婉，险而易行，以德辅此，则明主也。'为之歌《唐》，曰：'思深哉！其有陶唐氏之遗民乎？不然，何忧之远也。非令德之后，谁能若是。'为之歌《陈》，曰：'国无主，其能久乎？'自郐以下无讥焉。'为之歌《小雅》，曰：'美哉！思而不贰，怨而不言，其周德之衰乎？犹有先王之遗民焉。'为之歌《大雅》，曰：'广哉！熙熙乎！曲而有直体，是文王之德乎？'为之歌《颂》，曰：'至矣哉！直而不倨，曲而不屈，迩而不逼，远而不携，迁而不淫，复而不厌，哀而不愁，乐而不荒，用而不匮，广而不宣，施而不费，取而不贪，处而不底，行而不流；五声和，八风平，节有度，守有序，盛德之所同也。'"

季札所观虽为乐，古时乐教与礼教有同一之功效。诗于声音言为乐教。于政治言即礼教二南始基而犹未，纣时不良好之风俗未尽变也。《邶》、《鄘》、《卫》忧而不困，康叔时良好之风俗未尽泯也。《秦》则有周之旧风俗，《魏》则有唐之旧风俗。设非礼教感人之深，不良好之风俗，焉能革之一旦；良好之风俗，焉能留之千百年以后乎？凡此关于社会之礼教，可于《诗经》中求之者二也。

（三）家庭

中国国家之发达，由家庭而扩充。国家之基础，即建筑于家庭之上。家庭之组织，至周始巩固。所以然者，有礼教以组织之也。《关雎》何以为后妃之德，以其"琴瑟友之，钟鼓乐之"，而有闺房之礼也。《葛覃》何以为后妃之本，以其"言告师氏，言告言归"，而有妇道之礼也。用之于己者谓之礼，感之于人者谓之教。《桃夭》之宜其家室，即感后妃之教而化者也。由此推之，后妃能"为絺为绤，服之无斁"，故《采蘩》之夫人，能夙夜在公；《采蘋》之季女，能筐筥锜釜。后妃能不妒忌，而子孙众多，故《兔罝》之武夫，可为干城之选；《羔羊》之大夫，有退食自公之致。所以《诗经》中，言家庭之礼教綦详。《邶》、《鄘》、《卫》之《绿衣》、《终风》、《谷风》，皆为夫妇乖违之诗，已启礼教沦亡之渐。至《新台》、《墙有茨》、《君子偕老》、《鹑之奔奔》、《桑中》诸诗，礼教亡，而夫妇之伦大坏，家庭乱，而国家之祸日多。《桑中序》云："卫之公室淫乱，男女相奔，至于世族在位，相窃妻妾，期于幽远；政散民流而不可止，此卫之所以见灭于狄也。"其他如《郑风》之《溱洧》，《齐风》之《南山》、《敝笱》、《载驱》，《陈风》之《株林》，无不叹息礼教之亡，以至丧乱宏多，家国不保。盖家庭为国家之本，夫妇为人伦之始，"文定厥祥，亲迎于渭"，知周之所南兴。"俟我于著乎而，俟我于庭乎而，俟我于堂乎而"，知齐之所由乱。"刑于寡妻，至于兄弟，以御于家邦",言家齐而后国治也。"以尔车来,以我贿迁,士也罔极,二三其德",言始不慎者终必仳离也。和好之家庭,则如鼓瑟琴;乖离之家庭,则有洗有溃。《诗经》关于夫妇之间,言之尤切者。匡衡所谓"妃匹之际,生民之始,万福之原;婚姻之礼正,然后品物遂而天命全"是也。故家庭有礼教,家未有不兴,国未有不治者;家庭无礼教,家未有不亡,国未有不乱者。凡此关于家庭之礼教,可于《诗经》中求之者三也。

(四)个人

《礼记》云:"温柔敦厚,《诗》教也。"又云:"其为人也,温柔敦厚而不愚,则深于《诗》者也。"则是个人之修养,则当本《诗》之礼教,而成一温柔敦厚之人。"乐而不淫,哀而不伤",孔子之论《诗》而得性情之正也。"《国风》好色而不淫,《小雅》怨悱而不乱",此司马迁之论《诗》而得性情之正也。据此以言,修养性情,莫善夫《诗》,"我思古人,实获我心。先君之思,以勖寡人",怨而不怒也。"宽兮绰兮,猗重较兮,善戏谑兮,不为虐兮",和而不流也。《烝民》言仲山甫之德,"柔嘉维则,令仪令色,小心翼翼,古训是式,威仪是力"。又云:"柔亦不茹,刚亦不吐,不侮矜寡,不畏强御。"真可谓有温柔敦厚之态度者矣。其他见于《诗》者,如"温温恭人抑抑威仪"之类,不胜枚举。若夫听鸣皋之鹤,而知诚不可揜;察跃渊之鱼,而知理无定在,檀下惟箨,爱当知其恶;石可攻玉,憎当知其美;好贤如缁衣,知善之足以为法;疾恶如巷伯,知恶者之足为戒;善颂不为过誉,故生民有庶无罪悔之语;绝交不出恶声,故何人斯有尔还而入之言:皆礼教修养之深,故有此和平之旨。凡此关于个人之礼教,可于《诗经》中求之者四也。

合以上四项而研究之,所以造成中国之国家、社会、家庭、个人者,决非现今之所谓政治学、法律学、伦理学、教育学可以造成也。礼教造成中国之国家、社会、家庭、个人，不仅《诗经》中有之；而《诗经》中礼教之效力，尤为显见。善者为法，恶者为戒，故诗无论美刺，皆不外乎礼教之原意。孔子所谓"《诗》三百，一言以蔽之，曰：思无邪"是也。由此言之，《诗经》一书，以礼为质，以教为用；盖舍礼则无以为教也。礼教之意，已具述于上。至于典章制度之文，《诗经》中在在可以考见。包世荣著《毛诗礼征》一书，采《三礼》郑氏《注》孔贾《义疏》，而旁稽《史记》、前后《汉书》、《三国志》、《杜氏通典》。据《诗》文分五礼，以引其绪；稽宫室衣服器物之制度，次其条目，原其终始。则凡周代之典章制度，皆可于《诗》中征之。兹略举数条于下：

读《昊天有成命》之诗，而知郊祀天地之礼。

读《时迈》之诗，而知巡守祭告柴望之礼。

读《载芟》、《良耜》之诗，而知春秋祈社稷之礼。

读《噫嘻》之诗，而知春夏祈谷于上帝之礼。

读《闵予小子》之诗，而知嗣王朝庙之礼。

读《桓》之诗，而知讲武之礼。

读《鹿鸣》之诗，而知宴群臣之礼。

读《四牡》之诗，而知劳使臣之礼。

读《皇皇者华》之诗，而知遣使臣之礼。

读《常棣》之诗，而知燕兄弟之礼。

读《伐木》之诗，而知燕朋友故旧之礼。

读《湛露》之诗，而知天子燕诸侯之礼。

凡此皆全篇之诗，可征之于礼者。至于一章一句之可征者，如蘋蘩菹藻之菜，筐筥锜釜之器，五绖五缌之裳，琴瑟钟鼓之乐，椅桐梓漆之树木，柜秠穈芑之嘉种，皋门应门之宗庙，鸟革翚飞之宫室，于他书有未详者，时可于《诗》中见之也。

欲明《诗经》时代之礼教，必须明《诗经》时代之礼。古者制礼以教民，大之祭祀婚丧，小之饮食衣服，皆有一定之节。人民受礼制之教化，耳濡目染，日更月移，自成为行为上之习惯。虽礼文或已经更变，习惯之行为，遂为人民之第二性。所以研究中国国家之组织，社会之维持，家族之集合，个人之修养，《诗经》中之礼教，实为参考最好之资料。兹不过发其凡。学者本此例，求之全《诗》中，分别记之，以成《诗经》礼教学之专书，当必更有可观也。

诗经之史地学

《尚书》记言，《春秋》记事。《尚书》、《春秋》，为中国最古之历史；然而偏于政治，社会之风俗无闻焉。至于地理，除《尚书》中《禹贡》一篇外，其他略见于《周礼》。若三百五篇之《诗》，自《关雎》以至《狼跋》，所言多社会之事；且备一十五国之风俗。小大《雅》虽言政事，而风俗亦时时可见。太史公云："闻之董生，《诗》记山川溪谷禽兽草木，故长于风。"匡衡云："窃考《国风》之诗，《周南》、《召南》，被贤圣之化深，故笃于行而廉于色。郑伯好勇，而国人暴虎；秦穆贵信，而士多从死；陈夫人好巫，而民淫祀；晋侯好俭，而民畜聚；太王躬仁，邠国归恕。"据以上所述，各国之风俗，皆由各国之政治养成；三百五篇之《诗》，最能表见政治与风俗相关之故。历史中之政治，舍《诗经》，尚有他书可以考见；惟由政治养成之风俗，只可于《诗经》中得之。地理中之土壤、物产、田赋等，《禹贡》所记綦详。若因风土之不同，致好恶之各别，亦只可于《诗经》中得之。故《诗经》一书，确有史地学之价值也。

兹先言史。据《诗谱世系》：二《南》之《关雎》、《葛覃》、《卷耳》、《樛木》、《螽斯》、《桃夭》、《兔罝》、《芣苢》、《汉广》、《汝坟》、《麟趾》、《鹊巢》、《采蘩》、《草虫》、《采蘋》、《行露》、《羔羊》、《殷其靁》、《摽有梅》、《小星》、《江有汜》、《野有死麕》、《驺虞》、为文王时诗；《甘棠》、《何彼襛矣》、为武王时诗：（其他见于《诗谱》不悉录）此为历史之可见者。又如《击鼓》、见州吁之暴；《新台》、见宣公之淫；《定之方中》、见文公之复兴；《淇奥》、见武公之能听谏；《叔于田》、《大叔于田》，见庄公之陷弟于不义；《清人》、见文公之弃其臣；《南山》、《敝笱》，见襄公之淫于其妹；《黄鸟》、见穆公之用人殉葬；《株林》、见灵公之淫于夏姬；以及《鸱鸮》，见成王之听流言；《东山》、见周公之东征：亦为历史之可见者。惟是吾人以历史之方法读《诗经》，不仅知其某诗属于某王，某诗属于某事而已。盖历史所记，皆系正面；《诗经》中之历史，尝能得其背景。本此以求，读《周南》、《召南》，可以知家庭之组织，至周始巩固焉。读《邶》、《鄘》、《卫》，可以知卫风之淫，始于卫庄公焉。读《郑》，可以知郑风之乱，始于郑庄公焉。今本此起例，为读《诗经》者之发凡。

（一）《周南》、《召南》

中国婚姻制度，虽云托始于伏羲；然书缺有间，已无可征。观《孟子》二嫂使侍朕席之言，夫妇之伦理，尧舜时犹未严也。夏商之书，关于家庭之记载，殊未之闻。《左氏传》所记寒浞因羿室生浇及豷事，杀人而取其室，可推想掳掠之婚姻，在社会上尚有此种习惯也。《仪礼》一书，为周朝之制度，观其昏礼之纤细毕备，可知夫妇之伦理，至周始严，家庭之组织，至周始固也。今本此观察，读二《南》之诗，愈为有征。《关雎》后妃之德也，言后妃有窈窕之德，始可以为君子之好仇。故其未得之也，则展转反侧；已得之也，则琴瑟钟鼓。非如以前之婚姻，不审慎于事前，不尊重于事后。后妃所以能为君子之好仇者，不仅有此窈窕之德；必有葛覃之本，卷耳之志，可以尽妇道，可以佐君子，而并有樛木之不嫉妒，故能得螽斯之子孙众多；于是夫妇之伦理严，家庭之组织固矣。文王与后妃，既组织和乐之家庭；《周南》之社会，受文王后妃之感化，故《桃夭》之诗，男女以正，婚姻以时，皆知夫妇有别之必要矣。上古之时，夫妇无别，故人民知有母而不知有父。夫妇有别，则家庭之间，故有子孙之足乐。《兔罝》之贤人众多，《芣苢》之妇人乐有子，皆在夫妇有别家庭组织以后也。文王后妃，组织家庭之教化，逐渐普被；《汉广》之游女，平日可随便以求者，至此亦不可求矣。言秣其车，言秣其马，必曰以礼相聘，不可以非礼相犯也。由此而及于《汝坟》之国，夫妇爱情愈深，家庭之结合愈固。未见君子，惄如调饥，爱之深也；既见君子，不我遐弃，结之固也。于是《周南》之国，皆被文王后妃之化，室家和乐，子孙多贤；所以《麟趾》之公子公姓公族，皆振振仁厚；故曰麟之趾，《关雎》之应也。文王后妃之化，由《周南》而至于《召南》，《召南》之诸侯，亦知选择夫人之必要，故曰《鹊巢》夫人之德也。德如鸤鸠，乃可以配焉。夫人有鸤鸠之德，又有采蘩之不失职，则诸侯之家庭巩固矣。由诸侯而至于大夫，《草虫》能以礼自防，《采蘋》能循法度，则大夫之家庭巩固矣。而社会上或犹强暴之行为，行掳掠之婚姻者，则使召伯听政以治之。召伯对婚姻之诉讼，皆能处置得宜，故有《甘棠》之遗爱。观《行露》之诗，谁谓女无家，何以速我讼，虽速我讼，亦不女从，可知当时因婚姻而致讼者颇多，故《小序》谓《行露》为召伯听讼。以此推之，《甘棠》之美召伯，即美此能听婚姻之讼也。《召南》诸侯大夫之家庭，皆已巩固，故《羔羊》在位而有节俭正直之德，《殷其靁》室家能悯其勤劳之思，使家庭之组织，未巩固以前，个人之行为，必不肯节俭，男女之爱情，亦未能如是之密也。由此而推及《召南》社会，《摽有梅》之男女及时，则不正当之婚姻，几于尽革矣。家庭制度，以多子孙众多为第一幸福，欲子孙众多，必须行一夫多妻之制度。《周南》之《樛木》，《召南》之《小星》、《江有汜》，皆一夫多妻之制度也。至《野有死麕》之诗，言文王后妃之化，及于全国，皆知夫妇之配合须有礼，而不可以苟合；虽有怀春之女，引诱之士，而亦有所畏而不敢。至《何彼襛矣》之诗，序言美王姬；虽则王姬，亦下嫁于诸侯。夫王姬下嫁，原平常之事，何可美之有？序言美之者，以见以前之王姬不下嫁也。盖古者强有力之男子，则一夫多妻；强有力之女子，则一妻多夫。家庭制度之下，一夫多妻之制度，可以保存；一妻多夫之制度，必须革去，故云虽则王姬，言强有力之女子也，亦下嫁于诸侯，言不能沿一妻多夫之习惯也。必如此，则家庭之组织，始可巩固；家庭巩固，则社会亦和平矣。故《驺虞》、《小序》云："人伦既正，朝廷以治。天下纯被文王之化，则庶类蕃殖，搜田以时，仁如驺虞，则王道成也。"故曰：读《周南》、《召南》，可以知家庭之组织，至周始巩固也。

（二）《邶》、《鄘》、《卫》

世儒言郑卫之诗多淫。今以《邶》、《鄘》、《卫》风考之，卫诗诚多淫风；盖卫之国家，由淫而至乱也。设无文公之节俭，与齐桓公之援助，则卫国之灭久矣。兹本《诗序》而说之。《柏舟》之诗，《小序》以为仁人不遇；朱氏本刘向《列女传》，以为妇人不得于其夫。以历史之眼光观之，当以《小序》为是。仁人不用，此即淫乱之渐。《考槃》之诗，庄公不能用贤，所以《绿衣》、《燕燕》、《日月》、以及《硕人》诗，因不亲贤，遂至贤如庄姜，亦不见答。庄姜所以不见答者，以庄公宠嬖人，此不好贤之证也。妾上僭，夫人失位，夫妇之伦乖，淫佚之事起，嫡庶之分乱，灾祸之原伏。《终风》之暴，家庭之灾祸也；《击鼓》之暴，国家之灾祸也。淫佚时行，灾祸并作，上行下效；虽《凯风》之孝子，尚不能使母安其室，社会之风俗可知矣。自是以后，淫佚更甚，灾祸亦日急。《雄雉》，宣公淫乱不恤国事，军旅数起。《匏有苦叶》，宣公与夫人并为淫乱。朝廷如是，人民可知。自文王以来，组织巩固之家庭，至此又有动摇之象。读《谷风》之诗，知社会上离婚之事日多矣。卫本康叔之后，有方伯连率之责任。自国内淫乱，不能修方伯连率之职，故有《式微》、《旄邱》之诗。《简兮》不用贤，而贤者仕于伶官。《北门》之任事愈重，而禄养不及。不仅不能修方伯连率之职，即朝廷之政治，亦日形衰落矣。至《北风》之百姓不亲，携持而去，则国几不国矣。当是时也，《静女》之不能自保，固其所也。《新台》、《二子乘舟》之诗，宣公宣姜之淫行愈甚。以及《墙有茨》、《君子偕老》、《鹑之奔奔》三诗，皆言宣姜之淫行；驯致公室淫乱，男女相奔，世族在位，相窃妻妾，期于幽远，民流而不可止。读《桑中》之诗，知在位者之淫行也。礼义消亡，淫风大行，男女无别，遂相奔诱；华落色衰，复相弃背。读《氓》之诗，凡自由结婚者，不转瞬即自由离婚，知人民之淫行也。淫行如是，虽无狄人之难，而卫亦必亡也。《定之方中》美文公，以见卫之中兴。《木瓜》美齐桓，以见卫中兴之所由。《蝃蝀》、《相鼠》，见卫中兴而后，改变社会之风俗。《干旄》见文公所以能中兴者，不仅得齐桓之助，实有好贤之德。《有狐》诗，可见乱时之婚姻杀礼。《正义》虽云宣公诗，以予度之，或当狄难时也。《芄兰》刺惠公，益见宣姜之淫乱。《伯兮》不可考。《泉水》、《河广》、《载驰》，无关政治。卫事分为《邶》、《鄘》、《卫》三风，简策或有错乱，故不能顺次序说之。统计卫诗，除美文公中兴外；惟《鄘风》之《柏舟》共姜自誓，与《淇奥》美武公之德为美诗；其余皆为刺诗。可见虽有武公之德，及共姜贞节之风；庄公一旦宠妾抑妻，遂至淫乱而不可止。殆宣公宣姜淫行而国即灭矣。设非文公，尚有卫乎？故曰：读《邶》、《鄘》、《卫》，可以知《卫风》之淫，始于庄公也。

（三）《郑》

《论语》云："郑声淫。"朱子本之，遂以淫诗说《郑风》。以历史之眼光，观察《郑风》背景。《郑风》之淫，乱致之也。《缁衣》美武公之德，以见郑开国之善。《将仲子》、《叔于田》、《大叔于田》，见庄公陷弟于不义，即为郑乱之基。《清人》见遣将之不得其道，《羔羊》见用人之不得其道，皆足以使乱事之增长。《遵大路》而君子去之，则乱愈急矣。《女曰鸡鸣》，不说德而好色，亦乱君之事也。郑之乱也，始于庄公与叔段之不义，甚于三公子之五争立。《有女同车》、《山有扶苏》、《箨兮》、《狡童》，皆为刺忽之诗。自忽立以来，连年兵革。《褰裳》、因乱思大国之见正；《丰》因乱致婚姻之道缺；《东门之墠》、因乱至男女不待礼而相奔；《风雨》、因乱而思君子；《子衿》、因乱而学校休业；《扬之水》、因乱而忠臣良士至于死亡；《出其东门》、因乱而男女相弃，不能保其室家：此皆三公子五争立之所致也。《野有蔓草》，民穷于兵革，男女失时，思不期而会。《溱洧》、兵革不息，男女相弃，淫风大行；战争不息，生计困难，室家不保，至有淫行，与《卫风》之淫不同矣。《卫风》以庄公之宠妾，致有宣公之纳子妻。上行下效，自《桑中》至于《谷风》、《氓》，无不有淫行矣。因淫而乱，狄难兴焉。郑以庄公不义于弟，致有三公子之争立。政治乱于上，人民乱于下；因乱而淫，《溱洧》作焉。故曰读《郑》，可以知《郑风》之乱，始于庄公也。

以上皆以历史方法读《诗》，可以见政治与社会之关系；并可以见家庭与国家之关系。其他各篇，以此种方法读之，必有所得。至于一章一句，可为历史之考证者尚多。略举例于下：

> 读《驺虞》之诗，及"言私其豵，献豜于公"之句，可以知古代田猎之风俗。
>
> 读"在泮献馘，在泮献囚"之句，可以知古代尚武之风俗。
>
> 读"匪鸡则鸣，苍蝇之声"；及"虫飞薨薨，甘与子同梦"之句，可以知古代草昧之风俗；虽人君之所居，亦不能脱离草昧，故多苍蝇之声，而虫飞薨薨也。
>
> 读"乃召司空，乃召司徒，俾立室家，其绳则直，缩版以载，作庙翼翼，捄之陾陾，度之薨薨，筑之登登，削屡冯冯，百堵皆兴，鼛鼓弗胜"之句，可以知古代朴实之风俗，虽建立宗庙，其墙悉以土也。
>
> 读"乃生男子，载寝之床，载衣之裳，载弄之璋；乃生女子，载寝之地，载衣之裼，载弄之瓦"之句，可以见古代重男

轻女之风俗。

读《七月》之诗，及"或舂或揄，或簸或蹂，释之叟叟，烝之浮浮"与"尔牧来思，何蓑何笠，或负其餱，麾之以肱，毕来既升"之句，可以见农家之生活。

读"妻子好合，如鼓瑟琴，兄弟既翕，和乐且湛"之句，可以见和好家庭之生活。

读"不我能慉，反以我为仇，既阻我德，贾用不售，昔育恐育鞫，及尔颠覆，既生既育，比予于毒"之句，可以见乖违家庭之生活。

读"于粲洒扫，陈馈八簋，既有肥牡，以速诸舅"及"彼有旨酒，又有嘉殽，洽比其邻，昏姻孔云"与"我行永久，饮御诸友，炮鳖脍鲤，侯谁在矣"之句，可以见富贵家庭之生活。

读"维南有箕，不可以簸扬，维北有斗，不可以挹酒浆"及"纠纠葛屦，可以履霜；掺掺女手，可以缝裳"之句，可以见贫贱家庭之生活。

读"玼兮玼兮，其之翟也，鬒发如云，不屑髢也，玉之瑱也，象之揥也"之句，可以见富贵女子之生活。

读"彼有不获稚，此有不敛穧，彼有遗秉，此有滞穗，伊寡妇之利"之句，可以见贫贱女子之生活。

以上皆《诗经》中之历史，可以补历史之所不及。研究上古社会史者，当于《诗经》中求之也。

《诗经》中之历史，已述如上矣。至于地理，如山川之形势，疆域之沿革，见于宋王应麟之《诗地理考》，清朱右曾之《诗地理征》。学者求之二书，关于《诗经》中之地理，当可知其原委矣。惟是求地理学于《诗经》之中，不仅知其山川，辨其疆域；当因诗以求其地之所在，稽风土之厚薄，见民情之盛衰。太史公讲业齐鲁之邦，其作出家，于齐曰洋洋乎固大风之国也；于鲁曰洙泗之间断断如也。《王制》："天子五年一巡守，命太史陈诗以观民风。"《书大传》："圣王巡十有二州，观其风俗，习其情性。"是风土民情，为地理学中之重要部分。《诗》可以观广谷山川之异势，而知刚柔轻重迟速之异俗。本此例以求，齐为东海大国，读《还》与《卢令》之诗，而知斗鸡走狗之风，不自晚周始也。唐为帝尧旧部，读《蟋蟀》之诗，而知忧深思远之意，其由来固已久也。魏地狭隘，其民机巧趋利，其君俭啬褊急；读《葛屦》之诗，知贫小国之生计困难也。秦本西周旧地，《蒹葭》、《无衣》，虽刺时君；而好贤之意，敌忾之心，非新造之人民所能有。知流风遗俗，至异世而犹存也。语曰："山川能说，可以为君子。"夫所谓君子，当不仅能说山之脉络，水之支派；必能说民生其间者之生活情形焉。此风土民情，所以为地理学中之重要部分。《诗经》之地理，所以为研究地理学之风土民情者必不可忽也。盖《诗经》一书，最重风土民情。如《邶》、《鄘》并于《卫》，其诗皆为卫事，而犹系之《邶》、《鄘》。魏唐即为晋，其诗皆为晋事，而犹系之《魏》、《唐》。以政治言，为卫晋之政治；以风土民情言，为邶鄘魏唐之风土民情。所以以地理学之方法读《诗经》，所得不仅在山川之形势，疆域之沿革也。

以上为《诗经》史地学之发凡，学者本此求之全《诗经》中，当更有进于是也。

诗经之博物学

博物重于实验。仅知草木鸟兽虫鱼之名者，不可谓之博物。知其名必实验其物者，始可谓之博物。古时关于草木鸟兽虫鱼之类，无书可征，必实验而始知之。譬如雎鸠之声为关关，鱼之掉尾为发发，非实验者必不能加以关关发发之形容词。由是知《诗经》中之草木鸟兽虫鱼，皆由实验而得者，此《诗经》所以可为博物学之祖也。计全《诗经》中，言草者一百零五，言木者七十五，言鸟者三十九，言兽者六十七，言虫者二十九，言鱼者二十；其他言器用者约三百余。自陆玑以后，著书考证者颇多。虽详略不同，要皆可为博物学参考之助。著者之意，据《诗经》以求博物学，当有二种方法：

（一）据《诗经》本书，求草木鸟兽虫鱼之命名所由起。

（二）据历代疏草木鸟兽虫鱼之书，求草木鸟兽虫鱼命名变迁之迹。

古人命物名，大概象物声。《管子·地员篇》云："凡听宫如牛鸣窌中；凡听商如离群羊；凡听角如雉登木以鸣，音疾以清；凡听征如负猪豕觉而骇；凡听羽如鸣马在野。"虽譬况五声，实则牛羊雉豕马之命名，皆与牛羊雉豕马所发之声有关系也。张行孚云："牛字音即与牛鸣相似，羊字音即与羊鸣相似，豕字音即与豕鸣相似，乌字音即与乌鸣相似，木字音即与击木相似，石字音即与击石相似，竹字音即与击竹相似，金字音即与金声相似，鸡字音即与鸡鸣相似，雀字音即与雀鸣相似。其余鹡鸲、秸鞠、鸸鹅、鸶鸠、鹃鹞等字，大抵其字之音，即象其鸟之声。"本此例而推之，则《诗经》中草木鸟兽虫鱼之名，本之《说文》，证之古音，皆可得其命名由起；不仅蟋蟀为双声，仓庚为叠韵已也。

《诗经》中草木鸟兽虫鱼之名，除牛、羊、鸡、马、桃、李、梅、松、麻、艾、黍、稷普通常称者外，其他古今异者极多。如黄鸟一名黄鹂，一名黄鹂留，一名黄栗留，一名搏黍，一名黄莺，一名仓庚，一名商庚，一名鵹黄，一名楚雀，亦有同名为鸠而非一物者。如《左传》之五鸠氏，雎鸠氏司马，即《关雎》之鸠；祝鸠氏司徒，即《四牡》嘉鱼之雏；鸤鸠氏司空，即《曹风》之鸤鸠；爽鸠氏司寇，即《大明》之鸠；鹘鸠氏司事，即《氓食桑葚》之鸠。又如《诗经》中有尨而无犬狗；据此尨之命名，当在犬狗之先。尨字之音，如犬吠声，故名之为尨。《说文》："犬狗之有县蹄者，象形；尨犬之多毛者，从犬彡，疑犬尨古为一字，如百首之类。犬尨分为二字，或为李斯所省改者。"本此例而推之，则《诗经》中草木鸟兽虫鱼之名，本之陆玑以下之著述，证之《说文》、《尔雅》等，不仅晨风之为鹯，苤苢之为车前已也。

以上为《诗经》博物学之发凡。学者本此求之全《诗经》中，当更有进于是也。

研究诗经学之书目

关于《诗经》之著作，据《四库书目》，六十二种，九百四十一卷；存目八十四种，九百一十三卷；共一百五十种，一千八百五十四卷，可谓多矣。顾《四库书目》所不收与不及收者，尚多有之。关于《诗经》之著作，固不只一百五十种，一千八百五十四卷也。兹篇所列书目，大半出于《四库书目》之外，共计一百一十四种，一千九十卷；虽所列不多，然皆就著者所有之书，略事涉猎，区分其派别，裨学者由此书目，得研究《诗经》学之门径。亦有书虽重要，著者未曾过目者，则不列入，不敢以钞袭目录，自欺而欺人也。所列书目，漏略之处，在所不免；若未曾过目之书而列入者，则可自信其无焉。

《毛诗正义》四十卷　毛亨《传》郑玄《笺》孔颖达《疏》　《十三经注疏》本

《毛诗要义》四十卷　魏了翁　江苏书局本

《毛诗原解》三十六卷　郝　敬　《湖北丛书》本

《毛诗稽古篇》三十卷　陈启源　《清经解》本

《毛郑诗考正》四卷　戴　震　《清经解》本

《诗经补注》二卷　戴　震　《清经解》本

《毛诗故训传》三十卷　段玉裁　《清经解》本

《毛诗䌷义》二十四卷　李黻平　《清经解》本

《毛诗传笺通释》三十二卷　马端辰　《续清经解》本

《毛诗后笺》三十卷　胡承珙　《续清经解》本

《毛诗传疏》三十卷　陈奂　《续清经解》本

《毛诗古义》一卷　惠栋　《昭代丛书》本

《毛诗复古录》十二卷　吴懋清　光绪原刊本

《毛郑诗释》四卷　丁晏　《颐志斋丛书》本

《毛诗补疏》三卷　焦循　《清经解》本

《毛诗日笺》一卷　秦松龄　《昭代丛书》本

《毛诗考证》四卷　庄述祖　《续清经解》本

《毛诗校勘记》十卷　阮元　《清经解》本

《郑氏笺考正》一卷　陈奂　《续清经解》本

《毛诗通考》三十卷　林伯桐　原刻本

《吕氏家塾读诗记》三十二卷　吕祖谦　《金华丛书》本

《续吕氏家塾读诗记》三卷　戴溪墨　海金壶本

《诗缉》三十六卷　严粲　嘉庆刊本

《诗总闻》二十卷　王质　经苑本

《读诗质疑》三十一卷附录十五卷　严虞惇　钞本

《诗说考略》十二卷　成僎　道光原刻本

《诗经传说汇纂》二十五卷　清御纂　清御纂七经本

《田间诗学》十二卷　钱澄之　《钱饮光全书》本

《诗经原始》十八卷　方玉润　影印本

《诗沈》二十卷　范家相　光绪重刊本

《诗集传》八卷　朱熹　通行本

《诗传注疏》三卷　谢枋得　《知不足斋丛书》本

《诗经大全》二十卷　胡广　通行本

《诗古微》十六卷　魏　源《续清经解》本

《诗经补笺》二十卷　王闿运　《湘绮楼全书》本

《诗序辨说》一卷　朱　熹　通行本

《非诗辨妄》一卷　周　孚　涉闻梓旧本

《诗疑》二卷　王　柏　《金华丛书》本

《诗序补义》二十四卷　姜炳章　通行本

《诗序义》八卷　吕调阳　《观象庐丛书》本

《诗本谊》一卷　龚　橙　《半厂丛书》本

《毛诗经说》二卷　王益斋　道光原刊本

《絜斋毛诗经筵讲义》一卷　袁　燮《武英殿丛书》本

《诗义指南》一卷　段昌式　《知不足斋丛书》本

《诗论》一卷　程大昌　艺海珠尘本

《诗说》一卷　张　耒　艺海珠尘本

《诗说》一卷　陶正靖　《借月山房汇钞》本

《白鹭洲主客说诗》一卷　毛奇龄　《续清经解》本

《诗说》四卷　惠周惕　《清经解》本

《毛诗说》一卷　陈　奂　《续清经解》本

《毛朱诗说》一卷　阎若璩　《昭代丛书》本

《治斋读诗蒙说》一卷　顾成志　《昭代丛书》本

《诗说》二卷　王圆照　光绪刊本

《诗说》一卷　廖　平　《六译馆丛书》本

《读诗私记》五卷　李先芳　《湖北遗书》本

《诗广传》五卷　王夫之　《船山遗书》本

《诗经稗疏》四卷　王夫之　《船山遗书》本

《周颂口义》三卷　庄述祖　《续清经解》本

《诗经通论》一卷　皮锡瑞　《皮氏所著书》本

《读诗经》四卷　赵良爵　《续泾川丛书》本

《诗考》一卷　王应麟　《玉海》本

《王氏诗考补注补遗》四卷　丁晏　《颐志轩丛书》本

《三家诗遗说考》四十九卷　陈乔枞　《续清经解》本

《三家诗拾遗》十卷　范家相　光绪重刊本

《三家诗补遗》一卷　阮元　《观古堂汇刻》本

《韩诗外传》十卷　韩婴　崇文书局本

《韩诗遗说》一卷《订伪》一卷　焦循　《灵鹣阁丛书》本

《韩诗内传征》四卷《叙录》二卷　宋锦初　《积学斋丛书》本

《齐诗翼氏学》四卷　迮鹤寿　《续清经解》本

《齐诗翼氏学疏证》二卷　陈乔枞　《续清经解》本

《诗书古训》十卷　阮元　《续清经解》本

《诗经拾遗》一卷　郝懿行　光绪刊本

《诗经拾遗》十五卷　叶酉　原刻本

《诗经考异》一卷　王夫之　《船山遗书》本

《诗经小学》四卷　段玉裁　《清经解》本

《诗经小学》三十卷　吴树声　同治刻本

《三家诗异文疏证》二卷　冯登府　《清经解》本

《四家诗异文考》五卷　陈乔枞　《续清经解》本

《诗经四家异文考补》一卷　江瀚　《晨风阁丛书》本

《诗经异文补释》十六卷　张慎仪　《□园丛书》本

《诗经异文释》十六卷　李富孙　《续清经解》本

《毛诗异文笺》十卷　陈玉树　《南菁丛书》本

《诗考异字笺余》十四卷　周邵莲　《木犀轩丛书》本

《毛诗郑笺改字说》四卷　陈乔枞　《续清经解》本

《毛诗传义类》一卷　陈奂　《续清经解》本

《毛诗古音考》五卷　陈第　武昌张氏刊本

《诗音辨略》二卷　杨贞一　函海本

《童山诗音说》四卷　李调元　函海本

《诗本音》十卷　顾炎武　《清经解》本

《诗声类》十二卷　孔广森　《续清经解》本

《诗声分例》一卷　孔广森　《续清经解》本

《释毛诗音》四卷　陈奂　《续清经解》本

《叶韵辨》一卷　王夫之　《船山遗书》本

《毛诗音订》十卷　苗夔　汉砖亭本

《毛诗双声叠韵说》一卷　王筠　原刊本

《毛诗韵谱》八卷　郭师下　通行本

《毛诗音略》二卷　周春　《粤雅堂丛书》本

《毛诗正韵》四卷　丁以此　民国刊本

《毛诗礼征》十卷　包世荣　《木犀轩丛书》本

《郑氏诗谱考正》一卷　丁晏　《花雨廔丛书》本

《毛诗谱》一卷　胡元仪　《续清经解》本

《诗氏族考》六卷　李超孙　《别下斋丛书》本

《诗地理考》一卷　王应麟　《玉海》本

《诗地理征》七卷　朱右曾　《续清经解》本

《毛诗草木鸟兽虫鱼疏》二卷　陆玑　《汉魏丛书》本

《诗集传名物钞》八卷　许谦　《金华丛书》本

《诗传名物集览》十二卷　陈大章　《湖北丛书》本

《毛诗多识录》十六卷　董桂新　稿本

《续诗传鸟名》三卷　毛奇龄　《续清经解》本

《毛氏陆疏校正》二卷　丁晏　《颐志堂丛书》本

《诗陆氏疏》二卷　焦循　《南菁丛书》本

《毛诗草木鸟兽虫鱼疏校正》二卷　赵佑　《聚学轩丛书》本

《诗名物证古》一卷　俞　樾　《续清经解》本
《毛诗九榖考》一卷　陈　奂　《古学汇刊》本

案以上所列各书外，《汉魏遗书钞》所辑《诗经》类十一种，《玉函山房辑佚书》所辑《诗经》类三十二种，细目从略。